河出文庫

「国を守る」とは何か
三島由紀夫政治論集

三島由紀夫

河出書房新社

目次

「国を守る」とは何か　三島由紀夫政治論集

凡例

本文庫は三島由紀夫の政治論にかかわる文章から編集部が精選したものである。ただし「道義的革命」の論理」「橋川文三氏への公開状」を例外として『文化防衛論』（ちくま文庫）収録のものは除いた。

初出は各文章の末尾に記し、単行本収録時に題名を変更したもののみ初出題名を記した。

『決定版　三島由紀夫全集』（新潮社）を底本として、新字新かなで表記した。

大東亜戦に対する所感

「昭和風雲録」という書物は、大東亜戦勃発の数ヶ月前に読了して感ずるところ大きかったが、開戦以来、再び読み返してみて、歴史上の必然性に偶〻《たまたま》遭遇したという観点から見れば、我々が二、二六を経験したのも、日支事変にぶつかったのも、この大東亜戦争のはじまる時代に生れ合わしたということと、略〻《ほぼ》同等の意義をもつものであることを考えたが、しかし大東亜戦の勃発は、我々にとって、歴史的必然性というもののすべてを超越する国民的感激であったことも、亦《また》万々否定し得ない事実である。今度の戦争が過去の緻密必然な基いの上に、きわめて自然にひらいた結果であることが事実であると同時に、又、すべての預言や、過去の原因やを、超えきった純一無垢《むく》の戦争であることも覆《くつが》えぬ事実なのである。今度の戦争がはじまってから、度々私が考え、あるいは口にした一事は、次のようなことであった。即ち、戦争開始以前から、我々は戦争に対するあらゆる予想を恣《ほしいまま》にしておった。好戦派あり、平和派あり、悲観派あり、楽観派ありで、時勢の不安に対する国民の精神的動揺は、そういう種々な、賭事的「主張」となって鬱憤を晴らさざるを得なかったのである。当時の我々には、甚だ過渡期的な現象であるが、未来が現在に及ぼす結果ばかりが徒《いたず》らに意識され、過去の未来に及ぼす結果についてはあまり触れず、又ふれたくなかった。――そこへ大東亜戦が勃発した。このとき、人々の精神はなにか超自然な澄明にみたされたのである。それは前《さき》にも申した通り、預言をこえた境涯であった。私は、それ以前、必らず起るべき日米戦争に就いて、耳にたこのできるほど、聞かされたのであったが、いざ起ってみると、ああ、あれはこれだったな、あのことはこゝだな、と首肯される節が少しもなかった。そうして、彼等の云ったような戦争は

（原稿一枚欠損）

力は、それがそのまゝ、大東亜戦最終の勝利を導き出す力だと思うのである。こと程左様に、大東亜戦勃発がまがう方なき、歴史的必然性の開花であるとしても、それをどこかで反撥したものは、そういう客観的理解の方法を執らずとも我々は全霊をもって、感覚的にそれを感受した、という国民的感激だったのである。

——十七年一月十七日

『決定版　三島由紀夫全集』補巻・新潮社・二〇〇五年一二月

わが世代の革命

僕らは嘗《かつ》て在ったもの凡《すべ》てを肯定する。そこに僕らの革命がはじまるのだ。僕らの肯

定は諦観ではない。僕らの肯定には親密な残酷さがある。――僕らの数え切れない喪失が正当を主張するなら、嘗ての凡《あら》ゆる獲得も亦《また》正当である筈だ。なぜなら歴史に於ける蓋然《がいぜん》性の正義の主張は歴史の必然性の範疇《はんちゅう》をのがれることができないから。

僕らはもう過渡期という言葉を信じはしない。一体その過渡期をよぎってどこの彼岸《ひがん》へ僕らは達するというのか。僕らは止められている。僕らの刻々の態度決定はもはや単なる模索ではない。時空の凡ゆる制約が、僕らの目には可能性の仮装としかみえない。僕らの形成の全条件、僕らをがんじがらめにしている凡ての歴史的条件、――そこに僕らはたえず僕らを無窮の星空へ放逐しようとする矛盾せる熱情を読むのである。決定されているが故に僕らの可能性は無限であり、止められているが故に僕らの飛翔は永遠である。嘗てあれほどまでに多くの詩人の懊悩《おうのう》の象徴であった「帰郷」という言葉も、僕らには空しい文字だ。

更に――。僕らは文学の所謂《いわゆる》「新らしさ」に大した関心を払わぬ心算《つもり》だ。第一次大戦後の欧羅巴《ヨーロッパ》は「新らしさ」への偏執狂的な時代を体験した。彼らが新らしいとして賞味したものは何だったか。――僕らは考えてみる必要がある。優れた古典が僕らの感覚に与える読む毎に新らしい刺戟と、第一次大戦後の「新らしい」文学の今日も僕らの感覚に対するあのザラザラした、人を困惑させる抵抗と、を区別しなければならない。理論は往々この二つを同様に扱うような手品を敢《あえ》てするからだ。無関心に値いする事物が、たゞその異常さによってのみ関心を強いることに成功した時、人は往々それを「新らしさ」と勘違いするのである。人は馴れないいかもの料理に閉口しながら、いつまで経ってもそれに無関心にもなれず、さりとて馴れて了うこともできない自分を、「旧《ふる》い人間だ」と思い込んで諦めてしまうのである。そしてこうした読者自身に対する「旧い」感じを与えがちな点に、あの種の「新らしい」文学のまやかしが潜むのではあるまいか。文学の真の新らしさは読者自身をも新らしくするものではあるまいか。文学の新らしさと読者の新らしさとは相携えて進むべきもののようだ。読者自身に古さを感じさせるような新らしい文学は、やがては「古い」という一語の批評で葬り去られる復讐に会うであろう。

新らしさが「発見」であるとするならば、発見ほど既存を強く意識させるものはない筈だ。発見は「既存」の革命であるが、それは既存そのものの本質的な変化ではなく、既存の現象的相対的変化に他ならない。既存の革命というよりも、既存の意味の革命というべきだ。それなら発見の意義はどこにあるのか。発見の刹那《せつな》に於て第一の既存は一旦異常な現存へ高められ、この現存を契機として第二の既存に接続する。発見の驚きは刹那的な現存へのおどろきである。この極めて現在的な体験が、第二の既存に達した対象の上に有する意義。そこに僕らは発見の意義を見出す。現在的なるものが流動しつゝ、しかも現在的たることを止めずに、人間体験の裡《うち》に永遠化されイデヤ化される。その現在的なるものは単なる歴史的現在を超えた異例な創造的現在である。従ってそれは内的形成の過程を経た内的現在として把握される。内的形成とは何であろうか。僕らは自己の既存と対象の既存との一致を予定調和的に考え、そこに発見の機構《メカニズム》を見るのだが、この内的形成をもメカニックに考えようとはしない。形成の全条件の内に存するあの「矛盾せる熱情」は、常に体験的なものとしてあらわれてくるからである。僕らは真の「新らしさ」を真の「発見」にのみかくて見出だした。そして僕らは又してもこの小論文の最初の一行へ還るであろう。

きわめて常識的な結論の反復を追いかけて、読者は僕らがなぜ革命を云おうとするのか訝《いぶ》かるかもしれない。しかし手始めに僕らは、革命という概念の古さを修正しようとかかっているのだ。十八世紀以来使い古されたこの陳腐な概念そのものに、革命を与えることからはじめるのだ。狂熱的な、アブサンのような革命という刺戟剤——ともすればこの種の嗜好《しこう》に傾く人間性のある一面の次元を高めようと思うのだ。僕らは永遠への思慕を忘れかねて革命を欲求する。衝動のはげしさは革命の概念によって盲目にされはしない。熱情の血との併有。信仰と懐疑との美《うる》わしい共在。僕らは革命のスツルム・ウント・ドランクを通じて、無風帯を留保しておくだろう。それは卑怯な態度とはいえない筈だ。一つの衝動が僕らを虜《とりこ》にしようとする時、僕らの本能はそれと対蹠的な場所を用意する。その衝動が烈しければ烈しいほど益々。勿論僕らは文学の本源であるあの盲目的衝動の烈しさについては知っている。しかしそれを言葉を用いて表現する時に必要な透徹した理性についても十分に知っているのだ。それをディオニュゾースの徒はこんな風に説明するだろう。言葉の行使に当ってのこのような冷静さは、たえざる衝動の累積が齎《もた》らした結果が、表面理性の作用によるかの如くみえているのにすぎない。要するにそれは衝動の累積による技術的訓練であり、何ら合理的過程を辿《たど》って馴致《じゅんち》されたものではない、と。之《これ》に反駁《はんばく》してアポロの徒——あるいは理性宗の徒はこう解説するだろう。盲目的なるかにみえる衝動も、言葉を行使するに当っての理性と同一の源泉から生れたものであり、畢竟《ひつきょう》理性の詩的発現に他ならない。言葉の行使の熟練は屢々《しばしば》理性以外のものによって招致されたかのような効果を上げる場合があるが、この誤解は純粋理性を窄《せま》く解する誤りから来ている、と。僕らはいずれの宗徒に与《くみ》するものでもない。しかしこのように云うことは出来る。僕らは盲目的狂熱的であるまでに自己の衝動に忠誠を誓う必要はない。熱情に対して、より低い次元の侵入を警戒せねばならない。あらゆる批判と警戒の冷水《ひやみず》も、真の陶冶されたる熱情を昂《たか》めこそすれ、決してもみ消してしまうものではない。むしろあらゆる冷血にも耐えうる熱情の強さに僕らは誇りを感じるべきだ、と。

僕らは所謂「新らしさ」について警告を与えた。僕らの革命の理念は一体何なのか。又また「常識的な」言辞で僕らは読者諸君をおどろかせるであろう。それは「若さ」ということだ、と。

しかし思うに、この「若さ」の立言こそは革命的なものである。芸術に於て最初にして最後の問題である年齢ということを、東洋は独特な世界観で律して満足していた。絶対的なもののそばへ恐れげもなく接近する境地を理想とする東洋の芸術家達は、形成の過程を見ないで熟練の過程のみを見ようとした。その芸術観は平面的であり、立体的でない。真の目的観が稀薄であるところには、却《かえ》って浅い目的主義が横行し易いのだ。我が国の芸術界は完成と未完成の二つしか評語を知らない。若い人の作物《さくぶつ》を見ると彼等は云うのである。「これは未完成だ。他日の完成を期待しよう」こう云いながら若い人が他日完成する能力を持っているかを疑わしい目附でせっかちに探し出そうとするのである。又万一若い人の作物が相当彼らのお眼鏡に叶うと、「この作者は老成している。小成に安んじてはならない」と思慮深そうに批評するのである。どちらにしろ彼等は若い人をそのまゝ認めようとはしない。こうした年齢蔑視の考え方には古い儒教道徳の誤まった解釈の残滓《ざんし》がある。彼等は年齢のもつ怖ろしい意味をまるで怖れない。もし神が例外を与えて三十年の歳月を一ヶ月で歩むことを僕らに許したとするならば、彼らは馬鹿々々しい讃嘆の仕方をするであろう。年齢というものが彼等にはこわれかかった危い橋であって、一刻も速くそれを渡ってしまえるならそれに越したことはない。時に阻まれてぐずぐず渡り出す若い人たちが、彼等にとってはいつでも馬鹿げた代物なのだ。――それ故今まで多くの若い詩人たちが若さを揚言した時に、そこには何か薄命な響があった。その人たちの考えた若さも亦悲劇的なものだった。

　僕らはしかし最も活潑に形成の行われるこの若年という場所に文学の本質的なものを見たいと思う。言語的表現以前に立返って、文学の評価の基準を求めようと仮にする時、発見が即ち形成であり、創造が即ち発見である若年にそれを求めるのが当然ではなかろうか。たえず高きを憧れる存在が同じくその存在にとって本質的な他のものによって掣《せい》肘《ちゅう》される時醸《かも》し出される緊張は、その存在から矛盾と衝突が取除かれ融和と協同のみが得られる所謂「完成」と之を比べる時、何《いず》れ劣らぬものをもっているのではあるまいか。形成とは本質的なるものの分裂とその対立緊張による刻々の決闘である。結果たる勝敗を本質的なものとして固定的に考えるならそれは変様と過渡とにすぎぬが、併《しか》し真の普遍性と永遠性は後者のなかに見出だされるかもしれないのだ。独創性は真の普遍性の海のなかでしか発見されぬ真珠である。不変なるものは変様のうちにひそんでいるかもしれない。僕らの若さはなるほど本質的なるものが分裂し互に制約する点にもともと悲劇的なものであるといえるし、若さそれ自身が不吉であるとさえ感ぜられる。しかし傍目《はため》には退屈なこの形成の過程は、それから生れ出る結果を俟《ま》つまでもなく、それがそのまま抽象されて評価に耐えうる筈だ。未完的完結の形に於てその刹那刹那に終止する否定しがたい意味が見られる筈だ。その外見上の未熟と不完全とにも不拘《かかわらず》、（壮年老年の文学が表現によって定型化されるなら）、若年の文学は表現を掣肘せんとする凡ゆる時間的空間的因子によって定型化されるであろう。いわばそれはネガティヴな、これまた貴重な表現型式であるといわねばならない。若年の文学的作品はその言語的表現以前の評価の基準となりうべき、或るかけがえのない不吉な「確かさ」に満ちているものなのだ。

かくて僕らは若年の権利を揚言する。「たゞ若年に可能性をのみ発掘しようとする努力に終るな。なぜなら我々の最も陥りやすい信仰の誤謬《ごびゅう》は、存在そのものを信仰しているつもりでその存在の可能性のみを信仰していることに存するのだから」かくの如く僕らは主張し警告することを憚《はばか》るまい。そしてこの時代の奔騰の前に、若年が或る兇悪な意志で見戍《みまも》られていることを知るであろう。新らしい時代を築こうとする若年には夭折の運命がある。神の国を後《あと》にした古事記の王子《みこ》たちは、凡て若くして刃に血ぬられた。彼等と共に矜《ほこ》り高くその道を歩むことを、恐らく僕らの運命も辞すまい。

『午前』一九四六年七月

最高の偽善者として――皇太子殿下への手紙

私が学習院中等科卒業の卒業式であったとおもうが、当時初等科に居られた殿下が式へ列せられるために、目白の本院へお越しになったとき、暗い自動車の車内から挙手の答礼をなさった、その制帽がすこし大きすぎるようで、何かお顔と帽子の釣合のとれない感じがした。帽子のへりが、耳のところですこし邪魔になっているような感じであった。それを父兄の人たちも見て、お可愛らしいと言った。

その殿下が成年式を挙げられるのであるから、早いものである。ふつう自分の子供でもないかぎり、年下の者の成長には無関心にくらす癖がついているから、われわれはなかなか自分の年に気がつかないが、殿下のように幼いうちから大きな社会的存在でいらしたものが、こんなに成長されるのを見ると、自分の年をとったことがはっきりと感じられるものである。

殿下とは、そういう風に年齢の懸隔があるし、同じ学校でもほとんど校内でお目にかからなかったので、(というのは、殿下が初等科のとき、私は中等科であり、殿下が中等科のとき、私は大学という具合で)、その御成年についての個人的な感慨はないが、いつも殿下の御生活を仄聞《そくぶん》しては、並大抵の御苦労ではなかろうとお察ししている。しかし傍《はた》から思うようではなく、若い殿下にはそれ相応の青春のよろこびがある筈で、人間は何事にでも慣れるものである以上、殿下もうるさい側近や狂熱的な崇拝者や頑固な石頭の昔気質《むかしかたぎ》の教師やオールドミスの清教徒の米国女や好奇心のよだれを垂らした拝謁者や独善的な忠義者には、もうすっかり馴れっこになって、空気のように思っていらっしゃるにちがいないのである。

まわりから注文を出すものばかりで殿下もお困りだろうが、私も憚《はばか》らずに注文を出せば、殿下に「最高の偽善者」になっていただきたいと思う。いやしくも近代的な教養をうけられた以上、殿下の御生活をとりまくさまざまな虚偽に、盲目でいらっしゃる筈のない殿下であるが、実はそういう虚偽は殿下のまわりに拡大された顕著な形で現われているもの、それはわれわれの生活のまわりにも、目立たない形で渦巻いている虚偽と同質のものなのである。あるものは目をつぶって盲従し、あるものは反抗して狂奔し、あるものは別のところに築いた世界にようやく息をやすめているのが、ほぼわれわれの生活の総体であるが、殿下は、一方日本の風土から生じ、一方敗戦国の国際的地位から生ずる幾多の虚偽と必要悪とに目ざめつつ、それらを併呑《へいどん》して動じない強さを持たれることを、宿命となさったのである。偽悪者たることは易しく、反抗者たり否定者たることはむしろたやすいが、あらゆる外面的内面的要求に翻弄《ほんろう》されず、自身のもっとも蔑視するものに万全を尽くすことは、人間として無意味なことではない。「最高の偽善者」とはそういうことであり、物事が決して簡単につまらなくなったりしてしまわない人のことである。

殿下の御結婚問題についても世間でとやかく云われているが、われわれには自由恋愛や自由結婚が流行しているのに、殿下にその御自由がないのは、王制の必要悪であって致し方がない。王制はお伽噺《とぎばなし》の保存であるから、王子は姫君と結婚しなければお話が成立たないのだ。こういう点でも殿下の持っておられる自由は、われわれよりはるかに乏しいが、人間は自由を与えられれば与えられるほど幸福になるとは限らないことは、終戦後の日本を見て、殿下にもよく御承知であろう。殿下は人間がいつも夢みている、自由の逆説としての幸福を生きておられるので、いかに御自身を不幸と思われるときがあっても、御自身を多くの人間が考えている幸福という逆説だとお考えになって、いつも晴朗な態度を持しておいでになることが肝要である。殿下はオスカア・ワイルドの「幸福な王子」という感傷的な童話を御存知と思うが、それは無憂宮に一生を暮した王子の像が、貧しい人たちに涙して、像を飾る金箔《きんぱく》や両眼の宝石を、燕《つばめ》の使者をして貧しい人たちに贈らしめる物語である。十九世紀末ならともかく、現代はそんな涙と乏しい身の廻りの財宝で不幸な人たちの救われるような感傷的な時代ではない。殿下は個人的な感傷に動かされて貧民を救いに出かけられる必要はないので、御自身のますます孤独な道を最善の努力でお歩きになるほかに、殿下の人間としての責任をお果しになる方法はなかろうと思われる。

『婦人公論』一九五二年一二月

新ファッシズム論

私の答案

こんにち、狂気ということが成功を奏するということは、現代の特異性の一つであり、うまく成功を収める型の狂気は、殆《ほと》んど、権力に対する衝動から出てくるものばかりだと云っても過言ではない。

――バートランド・ラッセル「権力」――

私がファッシズムに興味を抱いたのは、左翼系の某誌が私をファッシスト呼ばわりしてからであった。大体、左翼の人は「ファッシスト」と呼ぶことを最大の悪口だと思っているから、これは世間一般の言葉に飜訳すれば「大馬鹿野郎」とか「ひょうろく玉」程度の意味であろう。それにしても、この私が「何とかイスト」呼ばわりされたのははじめてで、これが少々私の虚栄心をくすぐった。共産党よりももっと口の悪い私の友人は、「お前も今までペデラストにすぎなかったが、ファッシスト呼ばわりされれば、はじめてイストに昇格したんだから、大したもんだ」なんぞと云う。私は面倒だから、原書はよまないが、日本語に飜訳されたファッシズム文献はあんまり豊富ではなかった。その読んだ二三のもののうちから、次に書こうとするのが、私の答案である。

私は大体、ファッシズムを純粋に西欧的な現象として、主にイタリーのその本家とドイツのナチズムとに限定して考えるのが、本筋だと考えている。イギリスのコミュニスト、パーム・ダットによると、西欧のファッシズムが政治権力を握る過程には、一定の定型があって、それがほとんど枠を外れたことがない。

パーム・ダットの「ファッシズム論」は共産党の書いたものであるから、ファッシストを頭のからっぽな暴力団の徒党ぐらいに考えている傾きがあり、その成立の必然性や、インテリゲンチャの思想的共感をいかにして得たか、という点の叙述は閑却されており、すべてがコチコチの唯物論的弁証法で固められている。初版は一九三四年であるが、ファッシズムの運命に関する限り、この本の言うとおりになったのであるから、古典的名著というのであろう。共産党の悪口に、敵を悉《ことごと》く「神秘主義的」とけなすのが一般に行われ、この本でも、ファッシズムをしきりに神秘主義よばわりしているが、私はあのヒトラアも「我が闘争」の中で、コミュニズムを神秘主義よばわりしているのを読んで、苦笑を禁じえなかった。

さて、パーム・ダットによると、ファッシズムとは、窮地に追いつめられた資本主義の最後の自己救済だというのである。そしてそれが権力を握るにいたるティピカルな過程は、まず共産党が議会の議席の過半数を占め、ゼネ・ストを指導し、正に革命の勃発《ぼっぱつ》寸前というときに、社会民主々義者たちの裏切りによって、革命が挫折する。その好機を狙って、ファッシストが資本家の後援によって登場し反共テロを開始し、一方、社会主義的偽装によって民心をとらえる。そして一旦政権を掌握すると、社会主義理念は名のみにとどまり、独占資本の後楯《うしろだて》になり、今までの無思想の暴力行動に、神秘主義的ファッシズム哲学を以て、事後の理論づけを行う、というのである。

この定型を日本にあてはめて見た場合、どうなるかについては後述するが、ファッシズムがいわゆる「世界観」であることがやかましく云われていた時代から、この狂暴な政治形態が深く二十世紀的現象であるということはもっと日本でも究明されてよかった。

前近代的な日本ファッシズム

私は現存の政治形態を、技術的な政治と、世界観的な政治の、二種に大別して考えたらよいと思う。前者の代表としては議会制民主々義があり、永い伝統をもち、今では半ば自然発生的なものと考えられている。フランス革命以前にも、はるか古代に、アテナイの民主政治というものがあった。これは政治が技術的なものと考えられた時代の産物であり、相対主義の上に立ち、近代以降は、政治家という職業自体が、一種の社会的分業の観念を背後に持っていた。政治は世界観ではなく、政教分離以来、道徳は教会の手に委《ゆだ》ねられ、また政治は科学でもなく、ルネッサンス時代の狂暴な都市国家の統治者におけるがような政治という名の芸術でもなかった。政治は一種の高度の生活の技術であった。デモクラシー社会主義も亦《また》、技術的な政治理念の一変種と考えることができる。

第二の世界観的な政治が、二十世紀にいたって、技術的な政治では解決しえない問題の解決に乗り出した。コミュニズムとファッシズムである。前者の信奉する科学と、後者の信奉する神話とは、およそ相容れない対照を示しているが、科学というとき、われわれは先験的な認識能力を想起し、神話というとき、われわれは潜在意識的な記憶に思いいたる。人工的な政治理念が、それぞれ源泉的なものを錦の御旗《みはた》にして、その人工性を覆おうとするのである。「資本論」と「我が闘争」は、全く一個人によって書かれた著書にすぎず、ヴォルテエルの著書も決してこのような神格には達しなかった。世界観的な政治の最大特徴は、一個人から生れた思想乃至《ないし》観念の、現実における実現ということであり、権力は技術的なものではなく体系的なものになり、政治理念は、宗教道徳科学芸術あらゆるものを包括し、そのため一見、文化主義のような形をとることさえある。世界観的な政治は、その発生形態において、個人主義の極致と考えてもよいのである。また芸術的創造がもっとも個性的なものであるという意味で、コミュニズムが政治の科学化、乃至は科学の政治化を企てたとするなら、ファッシズムは、芸術の政治化を企てたものともいえよう。

ここではコミュニズムに触れている暇がないから、ファッシズムにだけレンズの光りを収斂《しゅうれん》するが、正にこういう理由で、日本のいわゆるファッシストたちは二十世紀的現象としてのファッシズムとは縁が遠かったというほかはない。何故なら戦前の日本の右翼は、悉く天皇主義者である。彼らの思想は極度に人工的な体系を欠いていた。つまり議会制民主々義は技術的政治形態であるから、欽定憲法の下でも、いくばくの矛盾を容認しつつ、成立しうる。しかしファッシズムは、人工的な世界観的政治形態であるから、実は自然発生的な天皇制とはもっとも相容れない筈であった。私は戦時中の日本のファッシズムといわれるものを、その言論統制その他におけるあらゆるナチス化をも含めて、技術的な政治の理論的混乱とより以上は考えないのである。軍部独裁は歴史上にしばしば見られたところで何の新味もなく、統制経済と言論統制は世界観的政治の技術的模倣にすぎず、かれらの犯した悪は、ファッシズムの悪というより、人間悪、権力悪の表現であった。人間悪はファッシズムなんかを乗り超えて広大である。（こういうことをい

うと、コミュニストが私を馬鹿にする顔が目に見えるようだ）

また日本のいわゆるファッシストは、インテリゲンチャの味方を持たなかった。日本のハイカラなインテリゲンチャは、日の丸の鉢巻や詩吟や紋付の羽織袴《はかま》にはついて行かなかった。しかるに西欧のファッシズムは、プチ・ブゥルジョアジーの革命と考えられている。パーム・ダットは、ファッシズムを中間階級の独自的運動と解することを、自由主義者の迷妄と見なし、その本質をブゥルジョア独裁に置くのであるが、ファッシズムが多数の自由職業者・専門家層に呼びかけ、インテリゲンチャの人心を収攬《しゅうらん》したことはたしかであった。

何故か？　これが重要だ。ファッシズムはニヒリズムにおもねったからである。

ニヒリストの救い

ムッソリーニは、十九世紀的実証主義に反対して、「ファッシズムは宗教的観念である」と主張する。その理論的指導者ジョヴァンニ・ジェンティーレによれば、イタリア・ファッシズムの源は、詩人・思想家・政治的著作者の少数者の意志が歴史を左右すると考える十九世紀のリゾルギメントーの運動に在ったが、彼はファッシズムの特徴を、ファッシスト国家なるものが、一の徹底した精神的創造である、という点に置いている。同時にそれは反理知主義であり、何らの思弁的体系ではなく、特定のテーゼから出発しているものでもない。思索と行動は常に不可分であり、ファッシズムは行動に移されない思索を尊重しない。

二十世紀初頭の西欧には、ニヒリズムによる反理知主義の風潮が滔々《とうとう》たるものがあった。これにおもねって世に出たのが、フロイドであり、ファッシズムである。その先駆者がニイチェであった。

ヘルムート・ティーリケによれば、無の絶対化によってニヒリストは、自我崩壊と世界崩壊に直面し、機械の一つの歯車にすぎぬところの職務実行者《フンクティオネール》に自らをおとしめ、かくてファッシズムの受入態勢を作った。しかしファッシズムにとっては、かかる羊のような麻薬常習者よりも、ニイチェの亜流のほうが利用しやすかったにちがいない。いわゆる能動的ニヒリズムの一傾向が、ファッシズムを志向したのである。

ニヒリストは世界の崩壊に直面する。世界はその意味を失う。ここに絶望の心理学がはたらいて、絶望者は一旦自分の獲得した無意味を、彼にとっての最善の方法で保有しようと希《のぞ》むのである。ニヒリストは徹底した偽善者になる。大前提が無意味なのであるから、彼は意味をもつかの如く行動するについて最高の自由をもち、いわば万能の人間になる。ニヒリストが行動を起すのはこの地点なのだ。

コミュニストはファッシズムの神話の子供だましの荒唐無稽を指摘するが、正にその同じ理由で、ファッシズムはインテリゲンチャを吸収しえた。

またニヒリストは相対主義には決して陥らない。無の絶対化が前提になっているから、どんな理念であろうと、絶対主義こそは、この無の最上のモデルである。「行動に移されない思索が尊敬されない」となれば、思索することをやめない人間は、何でもよいからたえず行動していなければならない。ある種の精神病の療法のように、ファッシズムはこういう意味でニヒリストの救いであった。

ファッシズムの発生はヨーロッパの十九世紀後半から今世紀初頭にかけての精神状況と切り離せぬ関係を持っている。そしてファッシズムの指導者自体が、まぎれもないニヒリストであった。日本の右翼の楽天主義と、ファッシズムほど程遠いものはない。

世界をおおう理想主義の害悪

紙数が少いから先を急ぐけれど、民族主義は、実はファッシズムにとって二次的なものであり、その基礎は唯我哲学の拡張にすぎなかった。バートランド・ラッセルも云っているように、「人種とナショナリズムに対する信念は、このようにして唯我哲学の心理的に云って当然の帰結」であった。日本の右翼がファッシズムと相渉《あいわた》るのは、主としてこの二次的な面である。ジェンティーレが、他の論者のように、ファッシズムを社会的民族主義という範疇《はんちゅう》に入れず、民族主義と全体主義との間に、本質的差異を認めたのは正しかった。民族主義はもっとも利用しやすい武器である。

未開の民族のいわゆるエモーショナル・ナショナリズムが、今日ではアジアの革命の心理的基盤になっている。今日のアジアでは革命は都市労働者から勃発するのではなく、組織化された農民一揆《いっき》のような形で勃発する。第二次大戦後のアジアにおける共産主義民族戦線のテーゼは、その魅力で以て、日本の右翼の重要な縄張りを奪ってしまった。

私が右のように問題を限定して来ると、今日ファッシズムの脅威と呼ばれているものは実は疑似ファッシズム、あるいは後述するように、「反映としてのファッシズム」の脅威であることが分明《ぶんみよう》になる。

目下の危険は、ファッシズムや、コミュニズムそのもののなかにあるのではなく、「反共」という観念に熱中して、本来技術的な政治形態が、おのれの相対主義を捨て、世界観的な政治を模倣するところにある。

二つの世界の対立は、資本主義国家と共産主義国家、民主々義国家と共産主義国家の対立、という風に規定されているけれど、本来別の範疇に属する政治形態の間には、厳密に云って、対立関係というものはありえない。もしあればそれは、理念的対立ではなく、力の対立である。だから本当の危機は単なる力の対立が、理念的対立を装うところにあるのだ。

私は「自由世界」という言葉をきくたびに吹き出さずにはいられない。本来相対的観念である「自由」なるものが、このような絶対的な一理念の姿を装うているのは可笑《おか》しいことである。絶対主義のこういう無理な模倣のおかげで、今日世界をおおうているのは、政治における理想主義の害悪なのである。

英国があくまで技術的な政治の伝統に忠実であり、相対主義と現実主義を忘れず、ソヴィエトもまた、マレンコフ以来、技術的な政治理念をもっぱら技術的にとりいれつつある時に、(事実、もし世界の共産化が成功すれば、再び技術的な政治形態が復活するであろうし絶対的な理念は分裂して相対主義に陥るだろう。アジア諸国に、すでにその二つの姿が、並行して現われている)、米国のみが、「反映としての世界観」を固執しているようにみえる。民主々義が道徳と文化を規制し、まことに奇妙なことながら、民主々義それ自体による言論統制さえ行われようとしているのは、こう考えてゆけば、別にふしぎなことでも何でもない。

西欧のファッシズムは、二十世紀前半の尖鋭《せんえい》な歴史的事件であった。それがそのままの形で再現することは、私にはありそうに思われない。

ファッシズムも普遍的だ

そこで話が私のことにもどるが、コミュニスト諸君、人をやたらにファッシスト呼ばわりするのはお止めなさい。ファッシストと呼ばれることが、正にその呼ばれた人間をファッシストにしてしまうのである。共産党が自分の敵に、誰でもやたらにファッシストの貼紙をぶらさげるので、弁別の能力のない人はいつも同じ形の、伝説的な強制収容所の幻影をえがくのだ。恐怖によってコミュニストになることが愚かしいことであるのと同時に、恐怖によってファッシストになるのも愚かしいことである。実際、諸君の度重なる呼びかけが、疑似ファッシズムでない本物のファッシズムを再現させる一因となるかもしれないのである。

暴力と残酷さは人間に普遍的である。それは正に、人間の直下に棲息している。今日店頭で売られている雑誌に、縄で縛られて苦しむ女の写真が氾濫しているのを見れば、いかにいたるところにサーディストが充満し、そしらぬ顔でコーヒーを呑んだり、パチンコに興じたりしているかがわかるだろう。同様にファッシズムも普遍的である。殊に二十世紀に於て、いやしくも絶望の存在するところには、必ずファッシズムの萌芽がひそんでいると云っても過言ではない。

そこで突然私が「芸術家の存在理由」を持ち出せば、人は又かと云うだろうし、「美がどうとかこうとか」云い出せば、臼井吉見氏のように、「三島が三十面を下げて、よくも美などと云っていられたものだ」と笑われるだろうが、ニヒリストが絶対主義の政治に陥らぬために、「美」がいつも相対主義的救済の象徴として存在する、という私の持説を附言することをゆるしてもらいたい。美は、ともすると無を絶対化しようとするニヒリストの目を相対性の深淵を凝視することに、連れ戻してくれるはたらきをするのである。そうしてそれこそが今日における芸術の荷《にな》っている急務なのである。

初出「ファッシズムは存在するか?」『文學界』一九五四年一〇月

亀は兎に追いつくか?——いわゆる後進国の諸問題

一

後進国という言葉、また後進国という意識について、久しい以前から興味を持っていた私が、この一文を書くについて漁《あさ》った材料は、中共の五ヶ年計画の成功とか、東南アジア諸国の開発所要資金は年間五十億ドルであるとか、アジア的貧困の悪循環の図式であるとか、……そういうさまざまな数字の集積であったが、かつて明治四十三年に、鷗外が小説「普請中」のなかで、「日本はまだ普請中だ」と書いているように、「アジアはまだ普請中だ」という感慨が、その結果決定的に私をとらえた。小説「普請中」の冒頭では、普請の釘音や金槌《かなづち》の音がやかましく耳を打ってひびくのであるが、小説そのものには普請の無邪気な明るい喜びはない。そしてこの「普請中」という一語に、暗澹たるひびきを与えた鷗外は、当時の日本の後進国意識を誰よりも深く嚙みしめていた人だと知れるのである。

経済学上の各国資本「発達不均衡の法則」から生じた後進国という言葉そのものには、学者によっていろいろ定義のちがいがある。低開発国と呼ぶべきだという人もある。また国連の、一人当り実質所得の低い国を低開発国とする定義に対しては、たとえそれが高くとも、植民地的経済構造によって中間搾取が行われている場合には何にもならないから、そういう初等数学みたいな定義はだめだという人もある。しかし私は、ここでは、私の必要に従って、「近代史に比較して、主体的西欧化の立ちおくれた国」と簡単に定義しよう。この西欧化という言葉には、ひろく共産主義化をも含めることにしよう。そして「主体的」という可成《かな》りあいまいな註釈によって、その国民の一部に表面的な受身の西欧化をもたらした植民地化は、この定義から除外されよう。が、私が問題とする点は、こんな定義で片附いたわけではない。この定義それ自体が、困難な問題性を担っているのである。

二

後進国なる概念そのものに、われわれは近代史の法則性と、その法則性による予見とを同時に籠《こ》めている。たとえばラテン・アメリカ諸国における社会経済的変化が、一世紀前の北欧におけるそれと似通っているのを見るときに、一世紀前の北欧では予見されなかったものが、その後の変化の経験的法則に照らして、ラテン・アメリカの未来には予見しうるように思われるのである。大ざっぱな言い方をすると、一定の法則に従った近代史の過程が、今日その本家の西欧では停滞して、アジア、アフリカ、南米などの後進地域で、もう一度くりかえされるのをわれわれは見ようとしている。現代の一般的史観は、大体のところこの線に沿っている。世界の予見があたかも突然明瞭になったかのようである。いわば後進諸国は、いつの時代にも現代史が人々に課する課題の困難さを、幾分か軽減してくれているのである。

今や後進諸国において、フランス革命以来老朽してすたりものになっていた諸理念がふたたび生色を蘇らすのを、生活の中に融け込んで忘れられていた諸理念がふたたび理想としてかかげられるのを、西欧人たちは見ている。彼らの絶望が、新興民族の希望となるかもしれないのだ。植民地時代にはただ主人であるにすぎなかった西欧人は、先達であり教師でさえあるようになった。アジアにおける西欧的理念の最初の忠実な門弟は日本であった。しかし日本は近代史をあまりに足早に軽率に通りすぎ、まがいもののファシズムをさえ通りすぎて、今や西欧的絶望の仲間入りをして、アメリカを蔑《さげす》んだりしているのである。

もし予見どおりに、後進国が近代史の成熟の手続を丁寧に踏み、二三百年もかけてみっちりやって行けば、おそらく二三百年後には現在の西欧の生活水準に達するかもしれないが、依然後進国たることには変りがない。だがコロムブスの冒険を、もう一度同じ形でくりかえす莫迦《ばか》はいないので、後進国の後進国たる所以《ゆえん》は、大いそぎで遅れを取り戻すという熱情的な意志にあって、だからこそアジアは疾風怒濤期にいるのである。日本はほぼ一世紀前から近代史の飛ばし読みをやってのけた。その無理から生じた歪《ゆが》みは、一世紀後になってみじめに露呈されたが、世界各地の後進諸国で、今や近代史の飛ばし読みがはじまっている。一度動きだしたら、もうゆっくり読んでいる暇はないのだ。アジアにおける共産主義の「脅威」なるものは、もっとも手っ取り早い方法の脅威に他ならない。中共の成功はいたるところで喧伝されている。貧困の悪循環を何とか抜け出して、着実に資本の原初蓄積を高めてゆくのは、時間のかかる迂遠《うえん》な方法である。現に社会主義経済の中共と、混合経済方式をとるインドとの間には、後進国同士の火花の散る建設競争が行われている。一九五〇年を基準とする五三年の主要品目の生産について見ると、鋼塊は中国の二〇〇%増に対しインドはわずか五%増である。発電量は中国の一〇〇%増に対しインドは三四%増である。しかしインドでも開発計画は大規模に行われており、世界第二の高堰堤《こうえんてい》となる筈のバークラ・ダムの建設をはじめ、自然条件の不利を克服する精力的な努力が払われている。殊に一九五六年から一九六〇年までの第二次五ヶ年計画は、年々六%ずつ国民所得を引き上げるための大規模な工業化の計画である。中共が十六億ドル余の借款をソ連から得ていると言われるのに比較して、第一次五ヶ年計画の十二億ドルの赤字見積りのうち、世界銀行、英連邦諸国、米国の援助を差引いても、なお九億ドルの不足を見なければならなかったインドは、同情されてよかろう。

しかしこのような較差が、若いアジアの政治的指導者に与える効果は、中共の社会主義方式のほうがはるかに能率的だという感想を抱かせることばかりではない。純然たる社会主義方式によろうと、混合経済方式によろうと、後進国の急激な工業化は、消費材生産を抑制し、実質国民所得を一時的に低下させる傾向になるのは必然的であるが、そういう場合に、共産主義国のほうがその局面をうまく糊塗できるだろうという、便宜的判断をかれらに与えることである。……そうして彼らは、かつて日本が考えたように、アジア人の伝来的矜持《きょうじ》を以て、西欧思想の技術的導入について考えるのである。

三

アジアの現代史は今やはじめて世界史の重要な部分になりつつあるが、アジアが世界史を征服しつつあるのか、世界史がアジアを征服しつつあるのか、という点はまだ実はあまり分明《ぶんみょう》でない。私は既成の概念に従って、西欧的世界史のことを言っているのである。抽象的な文化史的展望を以てすれば、中国とインドという、アジアの最も独創的な二大文化国が、永らく屈従を甘受して後進国の位置にとどまり、その「主体的な」西欧化を遅らせていたのは、最も根強い文化的抵抗とも考えられる。日本文化にはそれほどまでに根強い耐久力はなかった。

しかし又してもここで、私は「後進国」という概念のあいまいさに行き当るのだが、明治初年における日本ほど、厳密に「後進国」の概念にあてはまる国は、現代にはありえないのではないか。日本が明治維新を敢行し、独逸《ドイツ》近代法を継受し、中央集権統治機構を確立した時代には、以て範とすべき近代国家の理想像が英国、フランス、ドイツ、その他でなお保たれていた。その結果、日本はひたすら模倣を事とすれば足り、あんまり忠実に西欧の近代国家の猿真似を演じすぎ、時代おくれの植民地開拓に乗り出して失敗した。今では十九世紀的な近代国家の理想像というものはもう存在しない。追いつくべき理想的近代は過ぎ去った。アメリカ合衆国は貧困なアジアにとってあまりにも特殊なお手本である。追いつくべき目標の欠如を補うに足るものは、一種の哲学的指導者ネールの理想主義の如きがその一つであろう。近代国家創設のために必要な理想主義が、強大なエネルギーを持たねばならぬことを、西欧人はかつて自ら経験しながら、忘れてしまっているので、そこから西欧人の現代アジアに対する無理解がはじまるのである。

さて、こうした「必須の理想主義」は、アジアでは、さらに強大であることを要する。というのは、それが、後進国の偏頗《へんぱ》な社会構造に守られて存続してきたアジア的なもの、土着的なもの、民俗的慣習のうちに根強く保たれてきた古い停滞的なアジアを、積極的に放棄することを要請できるほど、強大でなければならないからだ。この点でも後進国の指導者は、どんなに民俗的な服装をして見せても、一種のジレンマに陥らざるをえない。なぜなら旧植民地では、西欧的なものはすべて屈辱の思い出に他ならないからだ。指導者は独立の彼方《かなた》に西欧的国家の誕生を夢みているのに、民衆はひたすら西欧的なものの破砕、アジア的なものの復興に独立の意味を見出だしている。かくてインドネシアでは、今回の総選挙で敗れたとはいえ、イスラム教を国教とする宗教国家を標榜する回教諸政党があり、しかもこの非近代的な政綱をもった党の一つは、共産党と提携していると云った、奇観が見られた。

ナショナリズムが統一の原理であると同時に統一の癌であるというところに、アジア後進諸国の担っている厖大《ぼうだい》な史的課題、現代史におけるアジア対西欧の史的課題が、その顔をさらけ出す。われわれは世界史の展望へ引き戻されるのである。日本ではいまだに啓蒙的なインテリゲンチアが、古い日本は悪であり、アジア的なものは後退的であると思い込んでいるのは、実に簡単な理由、日本人に植民地の経験がないからである。又、進歩主義者の民族主義が、目前の政治的事象への反撥以外に、民衆に深い共感を与えないのも、日本人に植民地の経験がないからである。この民族主義は東南アジアでは怖るべき力になる。

さて、後進諸国の指導者は、民衆のナショナリズムに対抗するに足る理想主義を持たない限り、一日も早い急激な、生活水準の向上という公約を実現しなければならぬ。政治的理念よりも物質的要請が先行せねばならぬ。そのためには外資の導入にすがりつけば、又忽《たちま》ち、ナショナリズムと共産党との挟撃に会わねばならぬ。……そしてこういうジレンマの彼方には、遠いヨーロッパの政治的幻滅の展望が横たわっているのである。しかもその政治的幻滅の近因に、植民地の喪失が大きな役割を占めているとは、何たる皮肉であろう。

四

西欧は今やあたかもアレクサンドレイア時代に在るといえよう。この時代の特色は、或る一地方の固有な文化が、風土の制約を離れて普遍性を獲得し、別の風土的条件の下においても自由に適用されるということである。そして適用された各地において別種の文化に接触するとき、それを包含しつつも、ますます自らの個性を薄くし、極度に規格化されてゆくという過程が見られる。すでに二つの巨大な適用の例が見られたが、それが北米合衆国とソ聯邦《れんぽう》であった。適用には二つの側面がある。慣習法の占める領域の多い英国の法律は、それ自体法体系というよりも、生活の経験と技能の集積であって、これに倣った米国の法理念も政治理念も、新らしい風土で生かされた経験主義とその改良である。米国はつまり西欧の生活経験の普遍妥当性を信じた適用の例である。ソ聯はそうではなかった。ソ聯邦の成立を、私が純然たる西欧的現象と考えるのは、（もちろん適用後には幾多のスラヴ的変質があらわれたが）思想というものの普遍妥当性を信じた適用だと考えるからである。そういう信じ方の伝統がなければ、ドイツの一思想家の樹《た》てた合理主義的体系が、それほど広汎な伝播力をもつ筈はなかった。東洋ではそれに反して、思想は厳密に個人の体験と実践をとおしてのみ孤立して成長するものであり、普遍性をもつのは信仰だけだったのである。今日米国が世界中に押しつけようとしている「米国式生活」の魅力を、物質文明の側面や、植民地主義からだけ理解することは本筋ではない。ソ聯の魅力が規格化された思想の成功であるなら、米国のそれは規格化された生活の成功であり、又、経験主義の勝利なのである。

日本は西欧のヘレニズムの、アジアにおける最初の適用であるが、かつて西欧の信仰を排撃して鎖国に入った日本は、目ざめるや、西欧の生活経験とは異質の生活経験を抱いたまま、トインビーのいわゆる技術的西欧化に熱中した。これは西欧的な適用ではなく、純然たるアジア的な適用の方法である。日本は自己の生活の経験法則を温存し、又、思想を顧みなかった。しかも百年ちかくたつうちに、日本人は西欧的な生活経験を重ね、西欧の思想にも浴して来て、今日になって、アメリカ式生活の魅力と、ソ聯的思想の魅力の間に、宙ぶらりんになっている状態である。

今日のアジア後進諸国は、かつての日本のような、積極的な西欧化を急がなければ、忽ち受身の西欧化、すなわち植民地化を強いられるという二者択一の歴史的状況にはいない。かれらは既に多かれ少なかれ植民地の苦い体験を経て来たのである。かれらが急ぐのは、遅れを取り戻すという民族の自発的意志、あるいは窮迫を救うという内部事情に依るのである。しかしかれらが日本のような西欧とアジアとの不恰好《ぶかっこう》な継木は作らずにすむだろうということは、一九五五年四月インドネシアのバンドンでひらかれたアジア・アフリカ会議、世界最初の両大陸に及ぶ有色人種のみの国際会議の開催を見ても予測される。そこにはアジアのナショナリズムが、一方で統一の癌をなしながら、一方ではアジア後進諸国を結びつける超西欧的な基盤として働らく、新たな歴史的契機が仄見《ほのみ》えている。それは西欧的な近代国家の創設の理想と、ナショナリズムの要請とを止揚した点にあらわれる、新らしい理想主義を暗示している。

五

「政治には、人間というものの観察が必ず含まれている」とヴァレリイは云う。「我々が政治の目的をいかに狭義に解釈し、それをいかに簡単なものに、又平凡なものに考えるとしても、すべて政治的な問題には、必ず人間や精神の観念や、何らかの世界観が含まれているのである。ところが、私が既に述べたことから察せられる如く、科学と哲学とに於ける人間というものの観念と、法律とか、政治的、道徳的、又社会的な諸概念とかが対象としている、人間の観念との間の距たりはますます大きくなって行くばかりである。その二種類の人間観の間には既に深淵が横たわっている」（「精神の政治学」）

ヴァレリイはヨーロッパの終末的状況について、その危機について、分析しているのだが、私には大まかに言って、アジア後進諸国の今後の課題と、発揮しうる独創とは、結局、この「二種類の人間観」の間の深淵を埋め、それを綜合するところにかかっていると思われる。ヴァレリイは、こうした深淵を指摘するのみならず、こうした深淵を無視して「現代科学の見地からしての人間に関する諸概念を、そのまま政治の領域に応用」して生ずる怖ろしい非人間的な結果を一方に予見している。それは全体主義への道である。しかし一方に、ヴァレリイは、科学的真実と政治的現実とは、昔から相反していたのではなく、「かつてある時代には、裁判官とか、政治家とか、法律、風俗とかの見地からしての人間というものの概念と、哲学者が規定する人間の概念とが一致していたこともあった」と書いている。なぜアジア後進諸国がこのような一致を恢復しうるかというと、かつてローマの法律とギリシアの哲学が合流してヨーロッパ的人間が形成されたように、アジアでは、西欧の法律や政治と東洋の哲学とが合流して、アジア的人間が形づくられねばならぬ時代がはじまっているからである。それこそアジアの課題であって、類別的包括的な政治的人間概念と、個別的孤立的な哲学的人間概念との一致は、西洋と東洋、政治と哲学との一致の課題に他ならないからだ。そしてヴァレリイが「科学」と呼んだものは、アジアでは西欧的技術の名に他ならず、ヴァレリイの種別に反して、アジアでは科学的人間概念は、むしろ法律や政治や経済の人間概念の方に包含されているのである。

六

アジア後進諸国が政治的独立をともかく成しとげながら、経済的独立の達成に苦しんでいることは周知の事柄である。さまざまな困難な問題をめぐって、一方ではいわゆる植民地的経済構造の残存が、一方では世界経済の帰趨《きすう》が、それぞれの個別的な解決を、多くの場合阻害するように働らいている。

たとえば資本の蓄積については、インドネシアと中共とは、まるで対蹠的な事情にあった。インドネシアには、民族資本というべきものは殆《ほとん》ど皆無であった。これはいうまでもなく、オランダの政策であるが、しかしそのことが、独立闘争に際して結束を固める結果になり、民族ブゥルジョアジーの裏切を生ぜしめなかったのである。中国では早くから中小規模の近代企業という形をとった民族資本が発達していた。しかしこの資本は、国民経済の本源的蓄積とはならず、無政府的資本ともいうべきものであった。革命はこれを徹底的に利用し、事実、中国革命における民族資本は特徴的な役割を果すことになった。革命第一期において、民族ブゥルジョアジーは反帝闘争に参加し、いわゆる新民主主義革命の時代において、民族資本はむしろ積極的に保護育成されつつ、国家資本主義の方向へむかって改造され、今日の社会主義経済下でも、なお一定の役割を担っている。これが中共の資本蓄積の基礎になったのである。さらに外国資本に結びついた大ブゥルジョアジーの資本と、外国資産は没収され、ソ聯邦の援助がこれに加わった。

多かれ少なかれ、アジアにおいては、西欧のような中産階級の発達がきわめて貧弱であるから、それだけ中産階級は稀少価値をもち、社会主義革命にあっても、これに該当するものが、国民経済の発展段階の要《かなめ》として、十二分に利用されることがわかる。東南アジアで中産階級の役割を奪って来たものは、中間搾取的な買辦《ばいべん》的東洋外国人（foreign Asiatics）の存在である。中国の民族ブゥルジョアジーの存在は中共革命の成功の一因とも考えられ、ここにアジアの革命の特殊性があって、東南アジアのように中産階級の欠如した国々では、たとえ百姓一揆のような形で部分的に農民革命が成功しても、社会主義経済への急激な、しかし組織的な移行の中間過程で、挫折する危険が多いのである。中共の成功の一因は、それら民族ブゥルジョアジーに、社会民主主義のような改良主義が滲透していなかったという理由もあろうが、おおむね混合経済方式をとっている東南アジアでは、将来、そういう社会民主主義的な思想を持った中産階級が勃興《ぼっこう》する可能性がある。一例がインドネシアで、ここにも小さなアジア的独創がはたらき、古い村落経済時代の gotong rojong（ゴトン・ロヨン――助け合い精神）が復興されて、近代的な協同組合制度による中小企業の育成が計られている。

さて、後進国の資本の原初蓄積は、最も困難な問題の一つである。近代日本における資本の本源的蓄積の過程は、後進国の苦しまぎれの表現であって、すこぶる特殊なものであった。よく言われるように、日本のそれは、上からの資本主義化であり、民主的な自由競争による資本蓄積は行われなかった。その構成も国家資本が優位を占め、英国の産業革命のような軽工業・平和産業から近代化が着手されたという過程は辿《たど》られず、造兵工業・軍事工業がまず近代化され、日本の資本主義そのものが、軍国主義的性格を帯びる端緒をなしたのである。

現代のアジア後進諸国でも、この危険を全くなしとしない。しかし日本の資本蓄積の特殊性は、他面不徹底な地租改正その他による、前資本主義的なものの残存が、人口過剰と相俟《あいま》って、異常な低賃金の基礎をなしたことであった。農村から徴収される大部分の余剰生産物は、資本として農村へ還流することが少なかった。アジア後進諸国の特徴は、いずれも農業人口が、産業人口構成の過半を占めていることであるが、資本の原初蓄積に当って、日本の轍《てつ》を踏まないためには、農地改革がもっとも重要な急務になるのである。インドの土地改革立法の不成功は、ネールの重大な失敗であった。望ましいことは、日本が上からの資本主義化を強行したときのような情熱的な政治力が、農地改革のために働らくことである。アジアにおける強力な理想主義の必要は、この局面にもあらわれている。そしてこれこそ、共産圏以外のアジア後進諸国の大半が採用している修正資本主義の試煉の機会であろう。

七

農地改革による国内市場の開拓が行われることは、アジア後進諸国の経済の、もっとも健全な基礎をなすものであるが、一方、工業化と経済の多角化が、どこの国でも目前に迫った要請になっている。アジア植民地は永く一方的市場にとどまって、不等価交換と、原料供給地としての単一生産《モノカルチユア》とを強いられてきたのであるが、ゴム、錫《すず》、油脂原料、茶、麻、棉花などの単一生産は、世界経済の変動をうけやすく、経済全体を不安定にする。単一生産がどこの地方でも後進国の癌だというのではない。人口の少ない植民地では、農業においてさえ高度な資本家的経営が発達したことは、オーストラリアの牧羊、ブラジルの珈琲《コーヒー》などについて見られ、独立後も国民経済がそれを根幹とすることができたのであるが、アジアの人口過剰、殊に農村における潜在失業者を含んだ過剰人口が、アジア独特の過小農を作り出し、単一生産物を輸出しつつも、低賃銀によって資本の蓄積の機会を奪われている。そしていかに後進諸国がこうした経済構造から抜け出しにくいかは、単一生産の典型的な例であるインドネシアが、今なお脱却しえないでいるのを見ても明瞭である。

しかし多くのアジア後進諸国は、未開拓の豊富な天然資源をもち、将来国内市場が拡張されれば、日本のような高度に海外市場に依存した危険な経済に進まずともよい利点がある。或る国は経済の多角化に成功し、或る国は単一生産にとどまりながらも、相互の経済協力が必須のものとなって来ているのである。アジア・アフリカ会議では、「互恵と国家主権尊重を土台とした参加諸国間の経済協力をもとめる一致した希望」が出された。そして「相互の技術援助」や、「地域内の商品取引を安定させる必要」について討議した。一方で、同会議は、「アジア・アフリカ諸国は、経済的に可能であるかぎり、その原料を輸出する前に、加工することによって輸出貿易を多様化すべきだ」と勧告することを忘れていないのである。

八

さまざまな宿命的な要因をはらみながらも、兎に追いつこうとする亀の歩みが、絶望的なものだと私には思われぬ。後進諸国の急激な変化には、ほとんど奇蹟といえるようなものが含まれ、昨日の絶望的な資料も、今日の新らしい報告では、希望にみちた材料に変っていることが往々ある。もちろんその逆もないではないが、われわれは昨日の資料で切り上げて早急な結論を出してはならない。

そこで思い出されるのは、前資本主義時代のイギリスが、その毛織物工業の歴史において、いかに国民経済的規模において近代的生産力（マニュファクチュア）を実現して行ったかという問題である。大塚久雄氏の分析によれば、毛織物工業の繁栄が、スペイン、オランダ、フランスにおいては、あるいは衰頽《すいたい》し、あるいは停頓したにもかかわらず、ひとりイギリスにおいて躍進をつづけつつ、まっさきに産業革命に到達した要因は、結局その「国民的生産力」の展開に求める他はない、というのである。氏は、「原料」、「人口」、「技術」、「販路」、「貧民の存在」、「低賃銀」、「貨幣」、「地理的条件」について、一々吟味してゆく。しかし「原料」について云えば、スペインもイギリスに劣らぬ羊毛生産国であった。「人口」について云えば、十六世紀半頃以降のフランスが明らかにヨーロッパで最も人口密度の高い国であった。「技術」について云えば、十八世紀英国の毛織物工業における技術の向上は、外国から吸収しつつ、之《これ》を経営的に実現したものであった。「販路」について云えば、スペインは広大な自国植民地の販路をもっていた。「貧民の存在」について云えば、当時の夥《おびただ》しい貧民も、必ずしもつねに、賃銀労働者へ転化しているわけではない。「低賃銀」について云えば、マニュファクチュア的工業生産の発達に促進的影響を及ぼす、物価騰貴に対する賃銀の「遅れ」は、フランスのほうがイギリスより大であった。「貨幣」について云えば、豊富な貨幣、低利子率の豊富な資金の存在も、オランダでは金融業へ推転して、工業生産力を壊滅させる結果になっている。「地理的条件」について云えば、イギリスの経済地理的位置や風土が、スペイン、オランダ、フランスに比して、必ずしも優越していたとは云いがたい。

氏はかくのごとく、主体的決定的要因がそのどれにも見出されぬことを証明した末、結局、国民経済的規模における英国のすぐれた経済政策にこれを見出し、さらにその「政策」の実現如何《いかん》を決定する主体的条件をたずねて、「国民的生産力」という概念に達するのである。それこそは英国の「経済的勢力圏の世界的拡延を基礎づけた現実的な要因」であったのである。

資本主義国、社会主義国いずれを問わず、結局めざましい成功を収めた経済現象の背後には、必ず政策の成功があり、政策の基礎には民族的エネルギーに富んだ「国民的生産力」が存在する。アジア後進諸国もこの例外ではない。

一例が、独立後のインドネシアに招かれた経済の魔術師シャハトは、当時のインドネシア経済の惨状を見て、「インドネシアはまだその資格も能力もないのに独立を獲得した」と嘆いて、匙《さじ》を投げた。一九五二年のインドネシア経済は、輸出不振、財政緊迫の上に、治安不良、労働不安が重なり、政府官僚の非能率と腐敗がこれに加わって、収拾しがたいどん底にあった。しかしシャハトの絶望は裏切られた。政府の輸出促進と輸入制限措置によって、貿易尻は一九五三年から好転し、赤字財政は危機の彼方に曙光を見出した。ゴム、石油、錫、砂糖、米の増産はいちじるしく、一九五五年には食糧の自給を実現したのである。(「アジア政治経済年鑑」一九五六年)

九

……私はふたたび、鷗外の小説「普請中」の主題に立ち戻る。当時の日本は「まだ普請中」であった。そして昼夜兼行の俄《にわ》か普請に対して、芸術家や知識人の態度決定が迫られていた。鷗外は普請に参画した。しかしこの小説が書かれる十六年前に、すでに理想と現実の矛盾に悩んだ北村透谷の自殺が起っている。幻滅の主調音の早さよ！　われわれがアジア後進諸国に対して、希望を託する理由は他でもない。透谷の早すぎる幻滅も追い越されたほどに、次々と幻滅がわれわれを襲って来たからである。アジアの先進国という名ばかりの、今ではあまり自慢にならぬ資格において、われわれの任務は、かれらを注視することである。注視して、われわれの急激な近代化の危険な歪みが、再びどんな形でもアジア後進諸国の間に起らぬように、忠告を惜しまないことである。このような失敗や蹉跌《さてつ》のデータは、アジアのうちにも、日本にだけ保存せられている特殊の貴重なデータなのである。

それと同時に、おそかれ早かれ、近代化を達成した後進諸国に生ずる知識人の幻滅に対しては、われわれは十分その治療法を準備して、彼らの医師とならなければならない。幻滅に対して、もっと強い幻滅が、効力のある薬餌になる場合もあろう。まずわれわれが、われわれ自身の幻滅に直面して、それを怖れない勇気を、わがものとしなければならないのだ。

『中央公論』一九五六年九月

一つの政治的意見

私はこのごろ、請願デモを見、ハガチー・デモの翌日の米大使館前における右翼デモを見、六月十八日夜には、安保条約自然承認の情景を国会前で見た。私は自慢じゃないが一度もデモに参加したことはなく、これはあくまで一人のヤジ馬の政治的意見である。いま発表されている政治的意見は、すべて何らかの意味で「参加者」の意見である。一人くらいヤジ馬の意見があってもよかろう。

私は十八日の晩、記者クラブのバルコニー上から、大群衆というもおろかな大群衆にとりかこまれている首相官邸のほうをながめていた。門前には全学連の大群がひしめき、写真班のマグネシウムがたかれると、門内を埋めている警官隊の青い鉄かぶとが、闇のなかから無気味に浮かび上がった。官邸は明かりを消し、窓という窓は真暗である。その闇の奥のほうに、一国の宰相である岸信介氏がうずくまっているはずである。私はその真暗な中にいる、一人のやせた孤独な老人の姿を思った。すべての人が彼の名を呼んでいるのに、彼は孤独で疲れ果てて、むりやりに軽蔑の微笑をうかべて、人並みにお腹《なか》がすいたり、眠くなったりしているはずであった。

何故岸信介氏が悪いのか、と私は考えた。彼の悪の性質は一体どういうものなのか？私見によれば、氏は元戦犯だから悪いのではない。また、権謀術数の人だから悪いのではない。向米一辺倒だから悪いのではない。悪いのは、氏が「小さな小さなニヒリスト」だからである。民衆の直感というものは恐ろしいもので、氏が、「小さなニヒリスト」であるということは、その声、その喋り方、その風貌、その態度、あらゆるものからにじみ出て、それとわかってしまうのである。

氏が何もかも信じていず、いかにも自分では信念の人だと思っているかもしれないが、自分の政治的信条を素朴に信じることのできない性格だということは、民衆には直感的にわかっており、こうした氏の不幸が不信と不安の種子《たね》をまいているのであるらしい。私

政治的人間とはどうあるべきかという考察が、つぎつぎと私の心の中に生まれた。私

は何かというと、私はニヒリストである。しかし幸いにして、私は小説家であって、政治家ではない。もし私が政治家を選ぶとすれば、自分と同じ型の人間は選ばないであろう。私が考える政治的人間とは、私とちがったタイプでなければならない。

ではどうやって私とちがったタイプの人間を弁別するか。これが実にむずかしい。岸信介氏のような小さなニヒリストなら、すぐばれてしまうが、ヒトラーのような大きなニヒリストが出てきた場合、彼がニヒリストであることをどうやって見抜くべきか？ヒトラーは死ぬまでしっぽを出さなかったのである。

現在、民衆の間には異常なほどに政治的関心が高まっている。しかしこれは政府にとっての政治的危機であると同時に、民衆にとっての政治的危機である。胃痛のときにはじめて胃の存在が意識されると同様に、政治なんてものは、立派に動いていれば、存在を意識されるはずのものではなく、まして食卓の話題なんかになるべきものではない。政治家がちゃんと政治をしていれば、カジ屋はちゃんとカジ屋の仕事に専念していられるのである。現在、政治は民衆の胃痛になり、民衆の皮膚はアレルギーの症状を示し、異常に敏感なその皮膚は、何事もまず皮膚で感受しようとする。こういう状態こそ政治的危機である。皮膚というやつは敏感だが盲目的で、小さなニヒリストを忌避しているうちに、大きなニヒリストを受け入れる危険がある。「岸が何となくきらい」で、デモに参加している人は多かろう。ところが「岸が何となくきらい」という心理は、容易に「だれそれが何となく好き」という心理に移行する。来《きた》るべき総選挙に、私はこうした皮膚感的投票の増加するのをおそれる。

現代の状況において、われわれはみなニヒリストである。岸信介氏はわれわれの同類だから、あるいは同類であることが明らかになったから、嫌悪され忌避されるのである。こんどこそ同類を選んではならない。

それなら現在のわれわれのニヒリズム、不安、危機感、皮膚的感覚に、直接に訴えるものを避けなければならない。もしこうした不安や危機感の皮膚的感覚に、直接に甘く媚《こ》びるものに投票すれば、われわれは容易に、岸氏に似たもの、外見上は岸氏と反対で、実は本質は岸氏よりもっと危険なものをつかむのである。いまこそ自分の過敏な皮膚的感覚を信用しないようにしなければならぬ。ニヒリストはもっと透徹したニヒリストになり、自分と同類でないものを選ぶようにしなければならない。

記者クラブのバルコニーから、さまざまな政治的スローガンをかかげたプラカードを見まわしながら、私は、日本語の極度の混乱を目《ま》のあたりに見る思いがした。歴史的概念はゆがめられ、変形され、一つの言葉が正反対の意味を含んでいる。社会党の審議拒否も、全学連の国会突入も、政府の単独採決も、みな同じ「議会主義を守るために」というスローガンの下になされている。民主主義という言葉は、いまや代議制議会制度そのものから共産主義革命までのすべてを包含している。平和とは時には革命のことであり、自由とは時には反動政治のことである。長崎カステーラの本舗がいくつもあるようなもので、これでは民衆の頭は混乱する。政治が今日ほど日本語の混乱を有効に利用したことはない。私はものを書く人間の現代喫緊《きっきん》の任務は、言葉をそれぞれ本来の古典的歴史的概念へ連れ戻すことだと痛感せずにはいられなかった。

さて、うその言葉を、それと知りながら使うというのは、まぎれもないニヒリズムの兆候である（だから小説家という人種は油断がならないのだ）。催眠術師、魔術師、扇動家、感傷家、悲壮趣味、ヒロイズム、……これらはみなニヒリズムの兆候である。

本当の現実主義者はみてくれのいい言葉などにとらわれない。たくましい現実主義者、夢想も抱かず絶望もしない立派な実際家、というような人物に私は投票したい。だれだって自分の家政を任せる人物を雇おうと思ったら、そうせずにはいられないだろう。夢想家で、理想主義者で、ニヒリストであるような男が、陰険な目つきをして、台所で女中と一緒に南京豆をかじりながら、この家に放火する計画などをめぐらしているのは、あんまりゾッとしないではないか。いくらスリラーばやりの世の中とはいいながら。

『毎日新聞』一九六〇年六月二五日

私の戦争と戦後体験——二十年目の八月十五日

しらぬ間に戦争の記憶は彼方《かなた》に薄れ、われわれは彰義隊生きのこりの老人みたいになってゆき、「新時代」に対してブツブツ不平を言うばかりの年代になってゆく。私の戦争体験、戦後体験と云ったところで、ずっとあとになってまとめた考えを、今はや、鸚鵡《おうむ》のようにくりかえすだけが能になっている。それが当時の本当の感情を、どれだけ正確に伝えているか、わかったものじゃない。

私は戦争中、幸か不幸か兵役は免かれたが、いわゆる勤労奉仕《アルバイト・ディーンスト》と軍事教練とには、たえずまとわりつかれていた年代であった。終戦のころは厚木の海軍工廠《こうしょう》にいたが、軍事的なものによって生活全部を統制されていたとはいえ、実際自分が言論人として言論統制の害悪を受けたわけではなく、そこには内心の奇妙な自由が満溢《まんいつ》していて、生活と芸術とをどうしても二元的に考えたがる私の傾向は、その当時に形成されたものではないかと思われる。

あとになって、ハタと気がついたのだが、戦争とはエロチックな時代であった。今巷《ちまた》に氾濫する薄汚ないエロティシズムの諸断片が、全部一本の大きなエロスに引きしぼられて、浄化されていた時代であった。そのことに当時気がついていなかったのだから、戦争中に死んでいれば、私は全く無意識の、自足的なエロスの内に死ぬことができたのだ、という思いを禁じがたい。平和論者にとっては、見つめたくない真実だろうが、たしかに戦争には、悲惨だけがあるのではない。それを私のような、何ら戦争の被害を受けないかのような人間が言うと思われると困るから、言っておくが、私も亦《また》、戦争の間接の影響により、妹をチフスで喪《うしな》っている。

さて、戦後の時代は、というと、私にとっては、一種の聾桟敷《つんぼさじき》に置かれて見物させられた芝居だった、とでも表現すべきか。すべてに真実がなく、見せかけだけで、何ら共感すべき希望も絶望もなかった、というのが、当時の私の正直な感想だが、一九四五年から五〇年にいたるそのへんてこりんな「悪時代」でさえ、今になってみると、一種の懐しさを以て思い返されるのだから、始末がわるい。

戦後の灰燼《かいじん》の中で、少くとも文学の世界で進行していたのは、建設の槌音《つちおと》ではなくて、破壊の羽音であった。倒れた巨牛の屍体にワッとたかる銀蠅のように、文学の役目は、いい、実に公然と、腐敗と分解を進行させる役目であった。忌わしいことのようだが、よく考えると、文学には、こういう役目が一番向いているのである。腐敗と破壊が公然と支持され、革命を準備するという美名の下に、いわゆる進歩陣営すらそれに手を貸していた時代は、日本の歴史にめったにない、面白い時代であったと思われるのである。

『潮』一九六五年八月

二・二六事件と私

「英霊の声」（昭和四十一年六月号『文藝』）を発表した機会に、その先行作ともいうべき戯曲「十日の菊」（昭和三十六年十二月号『文学界』）と、短篇小説「憂国」（昭和三十六年一月冬季号『小説中央公論』）を、とりまとめて、いささか不均衡ながら、「二・二六事件三部作」というような形で、一本にすることができたのは、私の深い喜びである。

尤《もっと》も「十日の菊」では、二・二六事件は、十・一三事件と名を変えられている。これは全く戯曲の季節と年齢の計算による技術的要請から来た変更で、こう変えられることによって、二・二六事件はその重要な詩的背景である雪景色を失うことになった。

こういうわけである。この戯曲が書かれたのは、前述のとおり昭和三十六年（一九六一年）であり、その年の十一月に上演された。本来なら、芝居はその上演の時代に合せ、季節に合せて書かれるのが望ましい。私は「十日の菊」という主題の暗示する季節に合せるために、雪景色を惜しくも割愛して、菊の季節の十月に合せ、「時」の指定として、次のように書いた。

「昭和二十七年（一九五二年）即ち日米平和条約発効の年の、十月十三日夜より翌十四日浅宵《せんしょう》にいたる、二十四時間以内の出来事」

読者はなお首をかしげられるにちがいない。この舞台上の年月は、上演年月日よりさらに九年を遡《さかのぼ》っている。これは全く登場人物の年齢計算によるもので、作中の十・一三事件は二・二六事件と同じく昭和十一年（一九三六年）に起ったことになっているが、劇中で少なくとも恋を囁《ささや》いておかしくない主人公の年齢的限度は、それに十六年を加えた昭和二十七年がギリギリの線で、それでも女主人公奥山菊は五十四歳、主人公森重臣《しげおみ》は六十九歳なのであるから、これを強いて初演年度の昭和三十六年へもって来れば、女主人公は六十三歳、主人公は何と七十八歳になってしまう。残んの色香の十日の菊は、六十三歳では困るのである。しかも一方、架空の事件といえども、十・一三事件は、昭和史の歴史諸条件の集約的表現として、現実に二・二六事件の起った昭和十一年の時点から動かすことはできない。こういう苦心の結果が、右のような時の指定となって現われたのであった。

それに主人公森重臣は、昭和十一年において、すでに大臣級の重臣でなければならない。（因《ちな》みにこの戯曲では、「奥山菊」「森重臣」という具合に、登場人物に、昔なつかしい家族合せ的命名法を用いている）そうすると、彼は昭和十一年に五十三歳になるわけであるが、これは当時の蹶起《けっき》将校の襲撃目標として、まず最低限度の年齢に当るのである。

小説「憂国」についてはのちに述べるが、戯曲「十日の菊」は、二・二六事件を重臣側から描いてみた悲喜劇である。菊の名にはもちろん寓意があり、主君への一般的忠誠を象徴して、のちに「英霊の声」であらわにされるような天皇制の問題が、そこはかとなく匂わせてある。しかしすでに忠節のその菊は、九月九日の重陽《ちょうよう》の佳節をすぎて廃物になった「十日の菊」と化しているのである。

体を張った女の助けと、その息子の犠牲によって、まんまと難をのがれ、生きのびた重臣は、しかし生ける屍《しかばね》として、魂の荒廃そのものを餌にして生きている。それが作中のサボテンの寓意である。私はこうして生きのびた人間の喜劇的悲惨と、その記憶の中にくりかえしあらわれる至高の栄光の瞬間との対比を描きたかった。

至高の栄光の瞬間とは、云うまでもなく、狙われた人間の目に映った二・二六事件である。彼は狡智と人間的絶望との固まりであるが、その狡智も絶望も、もはや現実の政治権力として現実化されることはない。彼は、かつてその人間蔑視の孤独が、事件によって攻撃目標となったときに、一挙に救われるのを感じたのであるが、奥山菊の挺身的助力によって命を拾ってからは、もう二度とそのような栄光の救済は、自分の人生に現われないことを知っている。ところが、十六年後に奥山菊の再訪に接して、ふたたび彼のうちに、このような狡智と絶望のダイナミズムが、現実に働らきかけようとする意慾がよみがえる。これこそ、彼に可能な唯一の政治的行為、すなわち欺瞞であり、第三幕における菊の裸問答、その異様な十六年後の恋の告白は、ただちに彼の政治的行為なのである。ここの長い対話のポレミックにおいて、森重臣の昭和十一年の時代における政治家としての根本的性格が語られねばならない。しかもふしぎなことに、この奇怪な老人は、欺瞞の只中において一つの詩を夢みる。一つの光り輝やく詩。それこそ奥山菊の裸体に投影された二・二六事件の天翔《あまが》ける翼の影なのだ。

加害者・被害者の、一秒の何十分の一の短い瞬間にせよ、出会と共感が、あの事件の最高の瞬間にひらめいたと考えるのは、単に私の夢想であろうか。青年将校たちによってあの事件が夢みられていたと同時に、狙われていた重臣たちによっても、別の形で夢みられており、反対側からそれぞれ急坂を駈けのぼって、その絶頂で、機関銃の砲火の只中に出会ったのではないだろうか。「話せばわかる」「問答無用」という、あの五・一五事件の有名な端的な会話には、殺戮《さつりく》を前にした魂の恐怖と戦慄のうちに、このような人間的出合が語られていはしないだろうか。そのようなとき、人間はただ、銃弾か刃によってしか、語り合うことができないのではなかろうか。

そして、森重臣は奥山菊の忠義立てによって、人生のそのような至高の瞬間を逸したのである。

菊は善意の民衆を代表し、自ら悲劇を体験しても、その体験を真に一回的な形而上学的体験に高めることができない。菊は、いわば第二次大戦を通過してかわることのない善意の民衆であり、われしらず、性こりもなく同じ善意の行為をくりかえす。彼女の心は怨念に充ちていても、決して悲劇の本質を理解しない。そして最後に彼女は言うのである。

「一度お助けしたら、どこまでもお助けするのが、私の気性なんですの」

そうだ。それこそは彼女の気性なのだ！

＊

「十日の菊」を書く一年前に、私はすでに二・二六事件外伝ともいうべき「憂国」を書いて、事件から疎外されることによって自刃の道を選ぶほかはなくなる青年将校の側から描いていた。そしてそれは、喜劇でも悲劇でもない、一篇の至福の物語であった。

私の癒《い》やしがたい観念のなかでは、老年は永遠に醜く、青年は永遠に美しい。老年の知恵は永遠に迷蒙《めいもう》であり、青年の行動は永遠に透徹している。だから、生きていればいるほど悪くなるのであり、人生はつまり真逆様の頽落《たいらく》である。「憂国」の中尉夫妻は、悲境のうちに、自ら知らずして、生の最高の瞬間をとらえ、至福の死を死ぬのであるが、私はかれらの至上の肉体的悦楽と至上の肉体的苦痛が、同一原理の下に統括され、それによって至福の到来を招く状況を、正に、二・二六事件を背景にして設定することができた。

もしもう一晩待てば、皇軍相撃の事態は未然に防がれ、武山《たけやま》中尉にはかつての同志の一人として、たとえ司直の手は伸びても、このような死の必然性は薄れたにちがいない。死処を選ぶことが、同時に、生の最上のよろこびを選ぶことになる、このような稀な一夜こそ、彼らの至福に他ならない。しかもそこには敗北の影すらなく、夫婦の愛は浄化と陶酔の極に達し、苦痛に充ちた自刃は、そのまま戦場における名誉の戦死と等しい、至誠につながる軍人の行為となる。このような一夜をのがせば、二度と、人生には至福は訪れないという確信を、私はどこから得たのであろうか。

直接にはこの確信にこそ、私の戦争体験の核があり、又、戦争中に読んだニーチェ体験があり、さらに又、あの「エロティスムのニーチェ」ともいうべき哲学者ジョルジュ・バタイユへの共感があった。少年時代まで敬虔なカトリックであったバタイユは、ある日「神の死」を体験してから、エロティスムの研究に没頭するのである。清水徹氏はその「バタイユ論」の中でこう書いている。

「エロチスムはかれに『神の死』という暗い現実をもっとも直截《ちょくせつ》に語るものだった。（中略）サルトルの巧みな比喩を借りて言えば、バタイユの生は、神という『この親しい存在の死の暗鬱な翌日』なのであり、かれは『まるで、黒ずくめの喪服を着て死せる妻の追憶のうちに孤独の罪に耽《ふけ》っている慰めようもない寡夫のように』『神の死』の翌日を生きている。性を覆う《禁止》も、（中略）すべて空ろな形骸と化した。しかも死んだ神の記憶はまだバタイユに生なましい。とすれば、《違反》に《違反》を重ねて、形骸化した《禁止》に生命をよみがえらせるしか道はないのではないか。（中略）《違反》が極限に達したとき、《禁止》は極限というかたちで厳然と実体化するだろう」（清水徹氏「両次大戦間文学へのひとつの仮説的視点」《季刊世界文学》第3号）

＊

……たしかに二・二六事件の挫折によって、何か偉大な神が死んだのだった。当時十一歳の少年であった私には、それはおぼろげに感じられただけだったが、二十歳の多感な年齢に敗戦に際会したとき、私はその折の神の死の怖ろしい残酷な実感が、十一歳の少年時代に直感したものと、どこかで密接につながっているらしいのを感じた。それがどうつながっているのか、私には久しくわからなかったが、「十日の菊」や「憂国」を私に書かせた衝動のうちに、その黒い影はちらりと姿を現わし、又、定かならぬ形のままに消えて行った。

それを二・二六事件の陰画とすれば、少年時代から私のうちに育《はぐ》くまれた陽画は、蹶起将校たちの英雄的形姿であった。その純一無垢《むく》、その果敢、その若さ、その死、すべてが神話的英雄の原型に叶っており、かれらの挫折と死とが、かれらを言葉の真の意味におけるヒーローにしていた。

十一歳のその日の朝、何も知らずに登校した私は、級友のある子爵の息子が、

「総理が殺されたんだって」

と声をひそめて囁くのをきいた。私は、

「ソーリって何だ」

とききかえし、総理大臣のことだと教えられた。斎藤内府の殺された私邸も学校のすぐ裏手にあり、その朝の学習院初等科は、いわば地理的にも精神的にも「狙われた人たち」のごく近くにいて、不吉な不安に充たされていた。

授業第一時間目に、先生は休校を宣し、

「学校からのかえり道で、いかなることに会おうとも、学習院学生たる矜《ほこ》りを忘れてはなりません」

という訓示をした。しかし私たちは何事にも出会わなかった。

その雪の日、少年たちは取り残され、閑却され、無視されていた。少年たちが参加すべきどんな行為もなく、大人たちに護られて、ただ遠い血と硝煙の匂いに、感じ易い鼻

をぴくつかせていた。悲劇の起った邸の庭の、一匹の仔犬のように。

　少年たちはかくてその不如意な年齢によって、事件から完全に拒まれていた。拒まれていたことが、却《かえ》ってわれわれに、その宴会の壮麗さをこの世ならぬものに想像させ、その悲劇の客人たちを、異常に美しく空想させたのかもしれない。

　磯部浅一氏の「行動記」は、蹶起の瞬間を次のように述べている。

「村中、香田、余等の参加する丹生《にゆう》部隊は、午前四時二十分出発して、栗原部隊の後尾より赤坂溜池《ためいけ》を経て首相官邸の坂を上る。其の時俄然、官邸内に数発の銃声をきく。いよいよ始まった。秋季演習の聯隊《れんたい》対抗の第一遭遇戦のトッ始めの感じだ。勇躍する、歓喜する、感慨たとえんにものなしだ。（同志諸君、余の筆ではこの時の感じはとても表し得ない、とに角言うに言えぬ程面白い、一度やって見るといい、余はもう一度やりたい。あの快感は恐らく人生至上のものであろう。）」（河野司氏編「二・二六事件」）

──この人生至上の面白さには、しかし、あのとき少年たちの心に直感的に宿ったものと、相照応するものがあったのではなかろうか。

＊

　戦時中は日の目を見なかった二・二六事件関係の資料が、戦後続々と刊行され、私が「英霊の声」を書き終った直後に上梓《じようし》された「木戸幸一日記」と「昭和憲兵史」（未発表の憲兵隊調書を収載）を以て、ほぼ資料は完全に出揃ったものと思われる。壮烈な自刃を遂げた河野寿《ひさし》大尉の令兄河野司氏の編纂にかかる「二・二六事件」と、末松太平氏の名著「私の昭和史」は、なかんずく私に深い感銘を与えた著書である。

私は集められる限りの資料に目を通していたが、それで一篇の小説を書こうという気はなかった。たまたま昨年からかかった四巻物の長篇の、第一巻を書いているうちに、来年からとりかかる第二巻の取材をはじめた。たわやめぶりの第一巻「春の雪」と対蹠的に、第二巻「奔馬」は、ますらおぶりの小説になるべきものであり、昭和十年までの国家主義運動を扱う筈であった。それらの文献を渉猟《しょうりょう》するうち、その小説では扱われない二・二六事件やさらに特攻隊の問題は、適当な遠近法を得て、いよいよ鮮明に目に映ってきていた。

一方、私の中の故しれぬ鬱屈は日ましにつのり、かつて若かりし日の私が、それこそ頽廃《たいはい》の条件と考えていた永い倦怠が、まるで頽廃と反対のものへ向って、しゃにむに私を促すのに私はおどろいていた。（政治的立場を異にする人たちは、もちろんこれをも頽廃の一種と考えるだろうことは目に見えている）私は剣道に凝り、竹刀の鳴動と、あの烈しいファナティックな懸声だけに、ようよう生甲斐を見出していた。そして短篇小説「剣」を書いた。

私の精神状態を何と説明したらよかろうか。それは荒廃なのであろうか、それとも昂揚なのであろうか。徐々に、目的を知らぬ憤りと悲しみは私の身内に堆積し、それがやがて二・二六事件の青年将校たちの、あの劇烈な慨《なげ》きに結びつくのは時間の問題であった。なぜなら、二・二六事件は、無意識と意識の間を往復しつつ、この三十年間、たえず私と共にあったからである。

私は徐々にこの悲劇の本質を理解しつつあるように感じた。

北一輝の思想が、否定につぐ否定、あの熱っぽい否定の颶風によって青年の心をとらえたことは、想像に難くないが、二・二六事件の蹶起将校は、北一輝の国体観とだけは相容れぬものを感じていた。幼年学校以来、「君の御馬前に死ぬ」という矜りと国体観は一体をなしていたにかかわらず、北一輝は、スコラ哲学化した国体論を一切否定し、天皇を家長と呼び民を「天皇の赤子《せきし》」と呼ぶような論法を自殺論法と貶《けな》し、君臣一家論を大逆無道の道鏡の論理となし、このような国体論中の天皇を、東洋の土人部落の土偶に喩《たと》えていたからである。

二・二六事件の悲劇は、方式として北一輝を採用しつつ、理念として国体を戴いた、その折衷性にあった。挫折の真の原因がここにあったということは、同時に、彼らの挫折の真の美しさを語るものである。この矛盾と自己撞着のうちに、彼らはついに、自己のうちの最高最美のものを汚しえなかったからである。それを汚していれば、あるいは多少の成功を見たかもしれないが、何ものにもまして大切な純潔のために、彼らは自らの手で自らを滅ぼした。この純潔こそ、彼らの信じた国体なのである。

そして国体とは？　私は当時の国体論のいくつかに目をとおしたが、曖昧模糊《あいまいもこ》としてつかみがたく、北一輝の国体論否定にもそれなりの理由があるのを知りつつ、一方、「国体」そのものは、誰の心にも、明々白々炳乎《へいこ》として在った、という逆説的現象に興味を抱いた。思うに、一億国民の心の一つ一つに国体があり、国体は一億種あるのである。軍人には軍人の国体があり、それが軍人精神と呼ばれ、二・二六事件蹶起将校の「国体」とは、この軍人精神の純粋培養されたものであった。そして、万世一系の天皇は同時に八百万《やおよろず》の神を兼ねさせたまい、上御一人のお姿は一億人の相ことなるお姿を現じ、一にして多、多にして一、……しかも誰の目にも明々白々のものだったのである。

この明々白々のものが、何ものかの手で曇らされ覆われていると感じれば、忽《たちま》ち剣を執って、これを討ち、明澄と純潔を回復しようと思うのは、当り前のことである。二・二六事件将校にとって、統帥大権の問題は、軍人精神をとおしてみた国体の核心であり、これを干犯する（と考えられた）者を討つことこそ、大御心《おおみこころ》に叶う所以《ゆえん》だと信じていた。しかもそれは、大御心に叶わなかったのみならず、干犯者に恰好《かっこう》な口実を与え、身自ら「叛軍」の汚名を蒙《こうむ》らねばならなかった。

文学的意慾とは別に、かくも永く私を支配してきた真のヒーローたちの霊を慰め、その汚辱を雪《そそ》ぎ、その復権を試みようという思いは、たしかに私の裡《うち》に底流していた。しかし、その糸を手繰ってゆくと、私はどうしても天皇の「人間宣言」に引っかからざるをえなかった。

昭和の歴史は敗戦によって完全に前期後期に分けられたが、そこを連続して生きてきた私には、自分の連続性の根拠と、論理的一貫性の根拠を、どうしても探り出さなければならない欲求が生れてきていた。これは文士たると否とを問わず、生の自然な欲求と思われる。そのとき、どうしても引っかかるのは、「象徴」として天皇を規定した新憲法よりも、天皇御自身の、この「人間宣言」であり、この疑問はおのずから、二・二六事件まで、一すじの影を投げ、影を辿《たど》って「英霊の声」を書かずにはいられない地点へ、私自身を追い込んだ。自ら「美学」と称するのも滑稽だが、私は私のエステティックを掘り下げるにつれ、その底に天皇制の岩盤がわだかまっていることを知らねばならなかった。それをいつまでも回避しているわけには行かぬのである。

「木戸幸一日記」昭和二十年九月二十九日の項には、天皇をあたかもファシズムの指導者であったかの如く邪推する米国側の論調に対して、陛下御自身次のごとく仰《おお》せられたことが誌されている。

「其際、〔天皇は〕自分が恰《あたか》もファシズムを信奉するが如く思わるゝことが、最も堪え難きところなり、実際余りに立憲的に処置し来りし為めに如斯事態となりたりとも云うべく、戦争の途中に於て今少し陛下は進んで御命令ありたしとの希望を聞かざるには非ざりしも、努めて立憲的に運用したる積りなり」（傍点三島）

　私が傍点を附したこの個所はもちろんこの文章の主旨ではなく、陛下が立憲君主として一切逸脱せず振舞われたということが主旨である。しかしこの傍点の個所に、私は、天皇御自身が、あらゆる天皇制近代化・西欧化の試みに対する、深い悲劇的な御反省の吐息を洩らされたようにも感じるのである。日本にとって近代的立憲君主制は真に可能であったのか？……あの西欧派の重臣たちと、若いむこう見ずの青年将校たちと、どちらが究極的に正しかったのか？　世俗の西欧化には完全に成功したかに見える日本が、「神聖」の西欧化には、これから先も成功することがあるであろうか？

＊

「英霊の声」は能の修羅物の様式を借り、おおむね二場六段の構成を持っている。次の如きが、修羅物の典型的形式で、

第一場――序の段（ワキ登場）
破の段（シテ登場・問答）
急の段（上歌《あげうた》などでシテ中入《なかいり》）
第二場――序の段（ワキ待謡《まちうたい》）
破の段（後《のち》ジテ登場・クセ・カケリ）
急の段（修羅の苦患《くげん》を訴えて、切《きり》）

小説では、木村先生がワキの僧、川崎君がワキヅレ、二・二六事件青年将校が前ジテ、特攻隊員が後ジテで、この特攻隊の攻撃がカケリを見せ、そのあと切《きり》までが苦患を訴える急の段に該当するが、地謡が合唱を受け持つ心持になっており、いわば典型的なカケ

リ物である。

＊

……かくて私は、「十日の菊」において、狙われて生きのびた人間の喜劇的悲惨を描き、「憂国」において、狙わずして自刃した人間の至福と美を描き、前者では生の無際限の生殺しの拷問を、後者では死に接した生の花火のような爆発を表現しようと試みた。さらに「英霊の声」では、死後の世界を描いて、狙って殺された人間の苦患の悲劇をあらわそうと試みた。

二・二六事件という一つの塔は、このようにして三つの側面から見られたのであるが、まだ一つの側面が残っている。それは狙って生きのびた人間のドラマである。しかし私はそれについてはもはや書く気がない。なぜなら、その課題は末松太平氏の「私の昭和史」の、バルザックを思わせる見事な最終章「大岸頼好の死」によって、すでに果されているからである。

＊

なお「英霊の声」の「文藝」発表のテクストから、

「近衛公が二度にわたって願い出た大赦・特赦は、二度ともお許しが出ることなく終った」

を削除する。

この歴史的事実は時間的に前後しており、ここに挿入したのは私の誤りであることが、木戸日記によって明らかになったからである。

又「憂国」を次のように改訂し、以後これを定本とする。

「近衛輜重兵大隊《しちょうへい》」を「近衛歩兵第一聯隊」と改め、「中尉は享年三十一歳」を「三十歳」と改め、中尉の帰宅の件《くだ》りで、「軍刀と革帯を袖に抱いて」を、「軍刀を抱いて」と改め、中尉の遺書の、「皇軍万歳　陸軍中尉武山信二《しんじ》」を、「皇軍万歳　陸軍歩兵中尉武山信二」と改めた。

この改訂は、当時の実状をよく知る加盟将校の一人（当時陸軍歩兵大尉）末松太平氏の助言に依ったものであるが、「輜重兵」の改訂については、私自身多少未練があった。武山中尉の劇的境遇を、多少憐《あわ》れな、冷飯を喰わされている地位に置きたいために、「輜重兵大隊勤務」にしたからである。しかし、なるほど大隊では聯隊旗もなく、中尉が最後の愛の営みで「長駆する聯隊旗手のように喘《あえ》」ぐわけにも行かず、又、もっと重要なことは、輜重兵では、友を討伐せねばならぬというその「討伐」の直接的なサスペンスが利いて来ない。これらのことを種々勘考した末に、私は右のように訂正することにした。

『英霊の聲』河出書房新社・一九六六年六月

「道義的革命」の論理——磯部一等主計の遺稿について

一

私は昨年「英霊の声」を書いて、二・二六事件のスピリットについて、いささか管見を述べたが、私はただそのスピリットのみを純粋培養して作品化しようと思ったので、敢《あえ》て社会的背景や、妹が売りに出される兵の嘆き等の有名な挿話を省いた。それらについては他に書く人があると思ったからであり、又、それらの挿話に関する若い将校の心事を述べながら読者を納得させることはむしろ容易であるが、現代、もっとも一般読者を納得させるに困難な問題のみを敢て抽出して作品化しようと考えたからである。

純粋に精神的見地からこの事件を見れば、加盟将校に甲乙上下のあるべき道理はない。いやしくも盟約を交わして事を起こした同志であれば、動機の深浅、運動経歴の長短、性格の相違等は問題ではない。男として誓い合った一集団は、栄辱共に等分に受けるのが当然である。その中で、誰それは純粋であり、誰それは相対的に不純である、等の差別があるべきではない。従って、加盟将校のうち、一を英霊とし、他を怨霊とするが如き見地は、幽界をうかがう生者のさかしらにすぎぬと思われた。

とはいえ、一人一人の加盟将校に当ってみれば、そこには、一人一人の人となりのちがいがあり、事に処するに性格の相違のあらわれがあるのは、これ又当然である。一例が湯河原襲撃を指揮して負傷し、事の破れたのを知って病院で自決した河野寿《ひさし》大尉の如きは、いかにもいさぎよい、清らかな武人の最期を思わせる。しかし一面から見れば、負傷と入院という状況が、最も美しく生を終える幸運を大尉に与えたということもできよう。それにはもちろん、大尉自身の決意と、大尉の近親者の立派な態度があったためであるが、一方、この孤立状態によって、大尉は磯部一等主計のあのふしぎな影響力を免かれることができたのである。

くりかえして言うが、純精神的見地から見れば、事を起した将校たちは皆一つである。そこに甲乙上下があるべきではない。

しかし次元を一段ずらせて、人間劇の見地から見るときに、もっとも個性が強烈で、近代小説の劇烈な主人公ともなりうる人物こそ、磯部一等主計なのである。

すでに橋川文三氏は、次のように書いている。

「二・二六のテロリズムは、ある意味では日本固有のテロリズムの伝統を集約し、その『神学』を限界にまで推し進め、その論理をほとんど教理問答《カテキズム》に近い形態にまで展開し、そのことによって、最後に『国体』という奇怪な絶対の決定によって挫折したケースと見ることができる。それは日本テロリズムの可能性の極限形態を示したものであり、極端にいえば、日本国体思想という曖昧《あいまい》な『神学』に対して、論理的に可能な、もっとも明確な定式化を提示したものであった。それはいわば明らかに神学的な『異端』の例であり、そのことによって、逆に日本の正統的な国家神学の本体を明らかにしたというるものであった。（中略）

二・二六の青年将校の思想ないし信仰は、とくに磯部浅一、栗原安秀、村中孝次らの獄中遺書に鬼気をはらんだ姿で示されている。例えば磯部の遺言はあたかも大魔王ルチフェルの如き呪詛《じゆそ》と反逆のパトスにあふれ、（中略）彼らの灼熱した頭脳から奔流する思想はいずれもある絶対的な二律背反に激突して黒い焔の中に挫折している。（中略）

日本人の遺言としてはほとんど稀有《けう》のものとさえいえよう。かれらは己の刑死を陰謀による虐殺として、絶対に容認していないのであり、何らの意味でも承認しようとはしていない。かれらの遺書にあふれる阿修羅のような気魄《きはく》は主としてそれにもとづいている。（中略）

磯部の獄中の手記が、ほとんど『ヨブ記』を思わせるような凄まじい呪《のろ》いを奔騰させており、悪鬼羅刹《らせつ》の面影をあらわしているのは理由なしとしない。それは、日本の国体論者が、その限界状況において、かえって致命的な国体否定者に転化する劇的な瞬間を記録している。磯部の手記を読むものは、あるいはそこにドストエフスキーの『大審問官』の問題を感じとるかもしれない」―（テロリズム信仰の精神史――「歴史と体験」）

橋川氏のこの論文は、テロリズム信仰の局面からする二・二六事件の分析としては、比類のないすぐれた業績であるが、橋川氏自身のデエモンが乗りうつったようなこの文章からは、磯部一等主計のもう一つの側面が逸せられている。これこそ今般発表された遺書の主調音である「癒《い》やしがたい楽天主義」なのであるが、それについては詳しく後述しよう。

二

私は事件後三十年にして世に出たこの遺稿が、達筆の毛筆書きの、ほとんど血書を思わせる墨痕淋漓《ぼくこんりんり》たる姿のまま、現代アメリカの尖端《せんたん》的な複写機ゼロックス（アメリカ人はゼロックスという語をすでに動詞化している）によって複写されたものを読んで、複雑な感慨を禁じえなかった。ここに詳細に述べられた暗黒裁判から三十年の経過の間に、われわれはもう一つの、これと反対の立場からの暗黒裁判、すなわち戦争裁判を経過している。暗黒裁判はすでにもう一つの暗黒裁判によって裁かれているのである。

絶望を語ることはたやすい。しかし希望を語ることは危険である。わけてもその希望が一つ一つ裏切られてゆくような状況裡に、たえず希望を語ることは、後世に対して、自尊心と羞恥心を賭けることだと云ってもよい。磯部の本遺稿は、（今後特に断らぬかぎり、遺稿というときは本遺稿を斥《さ》す）、この点で、希望を語りつづけることの羞恥心を顧慮しないという点で、もっともコンフィデンシャルな内心告白であるということができる。

それは自己弁護ということとはちがう。二・二六事件はもともと、希望による維新であり、期待による蹶起《けっき》だった。というのは、義憤は経過しても絶望は経過しない革命であるという意味と共に、蹶起ののちも「大御心《おおみこころ》に待つ」ことに重きを置いた革命であるという意味である。こういう二・二六事件の根本性格を、磯部ほど象徴的に体現している人物はなく、そこに指導者としての磯部を配したのは、神の摂理とさえ思われるのである。蹶起の指導者としても、又、同時に、挫折の指導者としても。……昭和維新はその積極面においても消極面においても、明治維新と根本的にちがっていた。明治維新は、これほどに切なく「待つこと」はなく、又、一方、その指導理念が、北一輝のそれほど暗い否定に陥ったことは一度もなかった。橋川文三氏の言うように、二・二六事件の思想的源流は、明治維新にではなく、神風連《しんぷうれん》に求めるほうが論理的であるが、同時に、二・二六事件は、その内に、神風連にはない尖鋭《せんえい》な近代的性格をも包含している。その近代的性格は、近代国家における軍隊というものの性格の必然である。

刑法第七七条に曰《いわ》く、

「政府ヲ顚覆《てんぷく》シ又ハ邦土ヲ僭窃《せんせつ》シ其他朝憲ヲ紊乱《びんらん》スルコトヲ目的トシテ暴動ヲ為シタル者ハ内乱ノ罪ト為シ左ノ区別ニ従テ処断ス」

朝憲とは、朝廷で定めた掟を謂《い》い、国家の基礎をなす制度を意味するが、そもそも、現存の或る国家およびその国家制度を悪と考える者の企図した変革には、その国家像の分裂はなく、現存の該国家およびその国家制度は悪であり、まだ存在せずかれらによって定立されることになる制度は善に決っている。しかし、ザインの国家像を否とし、ゾルレンの国家像を是とする者の企てる変革には、この二つの国家像が、現在只今の状態においてすら、二重に焼付けられている部分がある筈で、ザインの中にゾルレンの核と萌芽が見出される筈である。これは必ずしも不徹底な、改良主義的変革を意味するものではない。上述の二種の国家変革は、おそらく国家変革というものの根本的な二種の範《はん》疇《ちゅう》なのである。

すなわち、国体思想がなぜこのような変革を激動せしめたかという経緯を、橋川氏は中世基督《キリスト》教の正統と異端を例にとって巧みに分析したが、私は本来国体論には正統も異端もなく、国体思想そのものの裡《うち》にたえず変革を誘発する契機があって、むしろ国体思想イコール変革の思想だという考え方をするのである。それによって、平田流神学から神風連を経て二・二六にいたる精神史的潮流が把握されるので、国体論自体が永遠のナインであり、天皇信仰自体が永遠の現実否定なのである。明治政府による天皇制は、むしろこのような絶対否定的国体論（攘夷）から、天皇を簒奪《さんだつ》したものであった。明治憲法的天皇制において、天皇機関説は自明の結論であった。

しかし明治憲法上の天皇制は、一方では道義国家としての擬制を存していた。この道義国家としての擬制が、ついに大東亜共栄圏と八紘一宇《はっこういちう》の思想にまで発展するのであるが、国家と道義との結合は、つねに不安定な危険な看板であり、（現代アメリカの「自由と民主主義」の使命感を見よ）これが擬制として使われれば使われるほど、より純粋な、より尖鋭な、より「正統的な」道義によって「顚覆」され「紊乱」される危険を蔵している。道義の現実はつねにザインの状態へ低下する惧《おそ》れがあり、つねにゾルレンのイメージにおびやかされる危険がある。二・二六は、このような意味で、当為《ゾルレン》の革命、すなわち道義的革命の性格を担っていた。

あらゆる制度は、否定形においてはじめて純粋性を得る。そして純粋性のダイナミクスとは、つねに永久革命の形態をとる。すなわち日本天皇制における永久革命的性格を担うものこそ、天皇信仰なのである。しかしこの革命は、道義的革命の限定を負うことによって、つねに敗北をくりかえす。二・二六はその典型的表現である。

これに反して、制度（体制）全否定の変革は、その制度自体の純粋性に関わることがない。従って、敵である制度に対していかなる意味でも道義的責任を免かれている。共産主義革命はこのような性格を担っているが、その代り、一旦革命が成功すれば、永久革命的性格は、前述のような、制度内部の純粋性の問題に関わらざるを得なくなる。すなわち、スターリン批判や中共の文芸整風は、その実体が単なる権力の争奪なるにもかかわらず、前述の道義的革命の擬装をとらざるをえないが、しかも道義的革命の本質的な限定を（擬装なるが故に）免がれているのである。

右の二種の変革は、国家変革の根源的な二範疇であって、相互にディアレクティッシェな関係を持たない。前者の論理的な発展が後者になるわけではなく、後者の論理的な発展が必ずしも前者を招来するわけではない。ただ共通するところは、変革のパトスに、社会悪とそれへの憤激が必要とされる点であろう。

かくて二種の極限形態は、このような倫理的憤激の最終的な責任を、自己に負うか、他者に負わせるか、という反対の方向へ裂かれるであろう。究極的に自己に負うとすれば、自刃があり、究極的に他者に負わせるとすれば、制度自体の破壊にゆきつく。

磯部の遺稿の思想は、本質的にその道義革命的性格を貫通《がえ》しつつ、最後に何ものかを「待っている」ところに特色がある。彼は決して自刃を肯んじなかった。しかし、そのようにして「待つこと」の論理的必然は、正に自刃の思想と紙一重のところにあることを、ついに意識しなかったように見えるのである。私には、同じ理由から、磯部が「致命的な国体否定者に転化した」かどうかは疑問に思われる。

三

「待つ」とは何か？　それが道義的革命の限定性である。

道義的革命に於ては、いかにしてゾルレンをザインから見分けるかというところに、重要な戦術的判断があるのであろう。もし徹底して天皇御一人のみをゾルレンと認め、その他の人間を悉《ことごと》くザインと認めれば、論理は一貫するし、北一輝の「日本改造法案大綱」はそのような論理的徹底性に基づいていた。

しかしこのような論理は、ほとんど権力奪取の論理と同一になるであろう。なぜなら、変革者の考える制度悪は制度自体に対して無限の近似値になり、この悪に関する変革者自身の道義的責任は無限に免除され、ゾルレンの制度の純粋性を自分たちが頒つ可能性は無限に稀薄化するであろう。もしその最小限の純粋性と道義的責任を自分たちのみで固執するとなれば自刃のほかに道はなく、（終戦時における大東塾の集団自刃を見よ）、もし自ら純粋性と道義的責任の確保を諦めれば、国家変革は共産革命と同様の権力奪取に終るであろう。

かくて二・二六の将校たちは、上御一人は別として、現存の権力のうちから、ゾルレンとザインを見分けようとしたのである。そのとき彼らの脳裡に、恐怖によって権力の質を高めようという考えがほとんどなかったのはふしぎであり、テロールの本質をしっかり把握していたかどうかも疑問であり、それに彼らが、少くとも磯部が、このことに目ざめるのは、獄中において、「多数の関係者を敢て巻き込もう」と決意するときはじめてなのだ。

彼らの脳裡に、権力の構造がスタティックに描かれていたのはおどろくのほかはない。権力を奪取して国家を変革しようとする代りに、道義的革命を貫き通し、権力の錆びついた部品を手荒に取り代え、テロールを情愛と信実に充ちた殴打のように行使して、以て、自分たちが国家に関わる道義的責任を果し、制度自体の最高の純粋性に参与しようとしていたとき、彼らの心に、権力の刻々の変様の政治学的ダイナミクスは忘れられていた。

権力内部のゾルレンとザインはいかに見分けられていたか？　この事件に関して終始一貫青年将校の味方であり、節を変えなかったただ一人の人物斎藤瀏《りゅう》は、予備役少将にすぎなかった。かれらがもっとも信頼した真崎の首鼠両端《しゅそりょうたん》の態度はひろく知られている。権力の側からさしのべられる筈の支援に悉く裏切られながら、磯部はなおかつ、軍司法権に対してゾルレンの夢をつないだ。そして最後には、大御心の直接の救済に夢をつないだ。

事件、逮捕、裁判の過程において、いや、事件の渦中においてすら、戒厳令下の維新大詔の渙発を待った彼らは、待ちつづけた。革命としてははなはだ手ぬるいこの経緯のうちに、私は、道義的革命の本質を見る。というのは、彼らは、待ち、選ばれ、賞讃され、迎えられなければならない、ということを共通に感じている筈だからである。純粋性と道義的責任の完遂は、権力自体の自画自讃によっては決して果されず、ゾルレンの権力の側から、みとめられ、賞讃されることを待つほかはない。もし権力を奪取した者が、自分の敢行した道義的革命の成果を自画自讃したとしたら、誰がこれを信じるだろうか。そもそも一つの芸術作品を作り出したと信じた者が、その作品を賞揚する批評家の役を兼ねたいと思うだろうか。彼およびその作品にとっては、待つことのほかに何ができるだろうか。

青年将校たちの心事には、真の名誉は、評価され与えられるものであり、自分たちが権力を手垢で汚したら最後、自分たちの道義的成果を保証するものはどこにもなくなるという考えが潜在していたにちがいない。権力はそのためにあるのである。権力はそのためにこそ変容し、彼らの期待に応えなくてはならない。この点で、奉勅命令が下達されなかったという、あの奇怪な一挿話は、道義革命としての二・二六の悲劇のキイ・ノオトをなすものだ。

待つことによって、彼らは再び権力がその冷酷な本質を取り戻すことを放任した。怒れる磯部が、二十八日朝「戒厳司令官と一騎打のつもりで」司令部を訪れながら、「午前中待ったが会わせない」と書いている。蹶起の渦中に何たる時間のロスであろうと、無責任な読者のわれわれは、これを読んで今さら歯嚙みをする。しかしこの信じられないような「待つこと」のロスの裡に、おそらく二・二六の本質が横たわっているのである。

四

磯部一等主計の遺稿においては、この「待つこと」と「癒やしがたい楽天主義」とが、事件の力学と個人の情念とを一つなぎにして、不気味なまでに相接着している。そして人も知るように、楽天主義とは、実践家の持つべきもっとも大切な素質の一つなのだ。

遺稿にあらわれた磯部一等主計は、ファナティックな自由人ともいうべき相貌を具《そな》えている。この遺稿の読後感は、あたかも大東亜戦争の末期において、「必勝の信念」が一つ一つファクトに負けてゆきながら、いよいよ必勝の信念の万能の観念性がとぎすまされていったあの国民心理を思わせる。ファクトに対して想像力がある。そしてもし、ファクトを認めることが冷静な理性の唯一の証左であるなら、精神の自由がファクトの味方になることはまず覚束《おぼつか》ない。自由は或る場合に、理性がファクトに縛られることを容認しないのみならず、理性をして、理性自身のファクト以上の価値に目ざめさせようと努めるのであろう。想像力はそのようにして故意に高められた理性を基盤にして栄え、精神の自由の核ともいうべきものを形づくる。そのとき、自由人はファナティズムと容易に結びつくのである。

「赤誠純忠の十五士が射たれて二週目になった」

という書出しで、この遺稿ははじまる。香田、安藤両大尉以下の十五士の銃殺刑が執行されたのは、事件のわずか五ヶ月後、昭和十一年七月十二日のことであるから、その二週目とは、七月下旬の盛夏のころである。

北一輝の「国家改造案原理大綱」の巻一「国民の天皇」の第一行は「憲法停止」の項目であって、「天皇ハ全日本国民ト共ニ国家改造ノ根基ヲ定メンガ為メニ天皇大権ノ発動ニヨリテ三年間憲法ヲ停止シ両院ヲ解散シ全国ニ戒厳令ヲ布《し》ク」とあり、蹶起将校たちも戒厳令下の維新大詔渙発を夢みていたのであるが、事志と反して、その戒厳令は暗黒裁判を合法化するために利用され、青年将校の銃殺が執行されるまで解かれなかった。一方、磯部一等主計の死刑執行は、これより一年後の昭和十二年八月十九日に、村中孝次、北一輝、西田税《みつぎ》と共に行われ、磯部の獄中生活は事件後一年半に及んだのであった。

開巻いきなりはじまる、磯部の呪詛の言葉、

「神国をうかがう悪魔退散、君側の奸《かん》払い給え。牧野、西園寺、湯浅、鈴貫(鈴木貫太郎)、寺内、梅津、磯貝、外軍部幕僚、裁判長石本寅三外裁判官一同、検察官、予審官等を討たせ給え。(中略)菱海の云うことをきかぬならば必ず罰があたり申すぞ。神様ともあろうものが、菱海に罰をあてられたら、いい面《つら》の皮で御座ろう」

という、天を呪《のろ》い人を呪う言葉を読むと、今日の読者はいやでも、それから九年後の日本の敗戦と戦犯裁判を思わずにはいられまい。この報いとして日本の悲運が来たと考える必要はないが、この呪詛には日本の来《きた》るべき凶運に対する予言的洞察が含まれていたと考えることはできるのである。

「今や日本は危機だ。日本の国土、人民が危機だと云うのみでは(ない)、余の云う日本の危機とは日本の正義の事だ。神州天地正大の気が危機に瀕していると云うのだ。日本の天地から神州の正気が去ったら、日本は亡びるのだ。神々は何をしているのだ。

(中略)

日本国の神々ともあろうものが、此の如き余の切烈なる祈りをききもしないで、何処

へ避暑に行ったか、どこで酒色におぼれて御座るのか、一向に霊験が見えぬ。余は神様などにたのんで見た所でなか〳〵云うことをきいて下さりそうにもないから、自分が神様になって所信を貫くことにした」（傍点三島）

神々は何をしているのだ。このとき、磯部の心に、神々の留守の空虚が切実に感じられ、留守の家に一人とじこめられた子供のように、「自分が神様になって」所信を貫ぬこうとする覚悟が生れる。神々の空虚を充たすために自ら神となること、そこには留守居の子供の深い屈辱に充ちた自己神化があり、神は人々の尊崇によって自然にその座に就くものではなくなっていた。それは、無理矢理に搾り出された神、強いられた神の叫びになった。

追いつめられた状況で自ら神となるとは、自分の信条の、自己に超越的な性質を認めることである。そのときもはや、その信条には自己証明の義務はない。しかし信条はふつうたえざる自己証明によって確認されるものであるから、その義務を失うことはもはや二度と確認の機会が得られないことを意味する。同志の刑死後、いつ死刑執行に会うかわからぬ状況に生きていた磯部にとっては、このことは反対の経過を辿《たど》って起る。すなわち、もはや確認の機会が得られぬことは自明であるから、信条はもはや自己証明の義務を失い、従って、その信条はいやでも自己に超越的なものになり、かくて彼は自らを神とするのである。このような心理的パラドックスは、死刑囚を無限に悔悟から遠ざけるためにのみ有効であろう。

「余は断じて後世《ゴセ》の安穏をいのらない。一信一念に維新を祈るのだ」と磯部は書いている。決して後悔しないということは、何はともあれ、男性に通有の論理的特質に照らして、男性的な美徳である。

磯部は終始一貫自刃に反対していた。そして軍司法権に望みをつないで、法的な処置に身を委ねたとき、彼は軍司法権を相手どって、マキャベリ的戦術を用い、事件の望ましい解決へ漕ぎつける可能性を信じていた。これにはもちろん五・一五等の先行事件の「寛大な処置」の影響がある。それは文中にもあるように、少数厳刑主義を破るために、事件の責任を上はあらゆる軍首脳部、下は一兵卒にまで及ぼし、全軍部の崩壊の危機と引きかえに、維新大詔の渙発と、大赦奏請を克ち取ることである。「此の際涙は禁物」なのだ。信を裏切った諸先輩を裏切ることは当然の報復としても、自ら率いた無辜《むこ》の兵士までも裏切るには忍びないが、それも大局から見て、自他を最終的に救うための方便である。兵士たちも諒としてくれるであろう。

しかし当然、こんな単純な法廷戦術は裏を掻《か》かれ、兵の大多数は罪をゆるされて渡満し、十五先輩は悉く卑怯な態度で逃げのび、下士官らは転向させられ、せめて「真崎一人でも入所させて」というプランさえ、最終的には真崎一人は全くの無罪という皮肉な大団円に終るのである。

遺稿の第二部の結末で、簡潔に述べられている挿話であるが、磯部に告発された真崎が、獄中で磯部と対決させられる場面は、尽きぬ劇的興趣に溢《あふ》れている。

真崎は、磯部より森との関係を暴露されて、一時入所し、そこで磯部と対決させられることになったのだ。

この煽動家の将軍は、怖ろしい呪詛の焰に充ちた青年の目を直視することができない。それでも虚勢を張って、「国士になれ！」と叱咤する。暗に金銭関係の暴露を封じようとして、そう言うのだと磯部は察する。そこで、

「余は国士になるを欲しない。如何に極悪非道と思われてもいいから主義を貫徹したいのだ」

と答えるのである。

しかし、告発し暴露した当の相手に対して、磯部も亦《また》、その証言に頼らなければならぬ弱味を持っている。対決は七月十日のことで、十五士銃殺のわずか二日前である。もし将軍が誠意ある証言をしてくれれば、同志の命は救われるかもしれないのだ。

将軍は将軍で、この危険な青年が、どこまで自分を恫喝《どうかつ》しうるかを、恐怖を以て測っている。磯部が、蹶起の瓦解を将軍の責任だと信じていることは明白なのである。

裏切者はきらびやかな将官であり、告発者は追いつめられた虜囚なのだ。

しかも真崎というこの陰翳《いんえい》に充ちた煽動家、野心をついぞ明朗な形で発揮できぬ男の心にも、このとき、いうにいわれぬ苦さと幻滅が生じていたことは疑いがない。

彼はおそらく自分が煽動家で野心家であることをよく知っていた。この自己弁護の達人が一種の自意識家であったことは明らかである。しかし、嘗《かつ》て幸福な日々に、彼の空

虚な心が青年たちによって慰められ、彼の冷たい胸が青年将校たちの熱烈な魂によって温められ、それによって陶酔が自意識の氷をつかのまでも溶かし、彼も亦その熱誠の一員であるかのように錯覚させてくれたこともたしかなのだ。欺瞞が凡《すべ》てであった筈はない。だが、このような熱誠と怯惰《きょうだ》の一つながり、打算と純情との混淆《こんこう》、野心と「正大の気」とのアマルガムを、どうやって、目前の暗い怒りと呪いに充ちた青年に納得させることができるだろうか？

とはいえ、今更自分はこの青年を救うために我身を犠牲にするだけの情熱は夙《と》うに失っている。今はおのおのが、おのおのの力で、我身を守るために全力を尽すべき時なのだ。それなのにこの青年は、なお将軍に何事かを期待している。これだけ裏切られてまだ懲りないのか。青年はその愚かさのために死ぬがいいのだし、老人がその賢さのために生き残るのは理に叶ったことだ。この青年は将軍にもう十分泥を引っかけた。それだけで満足すべきだし、これ以上何かの厚意を期待するとは、人間性に関する何たる無知だろう。

しかし彼が期待しているのは、果して一片の厚意だろうか。彼が期待しているのは、将軍の胸奥になおのこっているかもしれぬ赤誠の燠《おき》ではないのか。それを取り出して見せろと彼がわめいているのは、それがまだ存在していると彼が信じてくれていることを意味するのだろうか。そうだとすれば、事態はかなり情緒的な温かみを保っている。それにしても、もしそうだと仮定したにしても、この磯部という男は、世にもまずいやり方をしたものだ。将軍の自尊心をずたずたにするようなやり方をしておいて、目を怒らせ、睨《にら》みつけながら、しかも心は「どうか救ってくれ」と哀願しているのだ。これだから青年はいやになる。将軍がかつて青年たちとの間に会話が成立すると考えたのは、一時の甘い幻想にすぎなかった。そんな会話は成立する筈もなかったのだ。今のこの憎しみと怨《うら》みに充ちた無言の対峙のほうが、より自然であり、より真実だったのだ。こいつやこいつの仲間は、もう決して救ってはやるまい。……

——磯部はつづいてこう書いている。

「だから真崎の言は馬鹿らしくきこえた。余は真崎に云った。大臣告示も戒厳軍隊に入りたる事もすべてウヤムヤにしたのは誰だ。閣下はその間の事情を知っている筈だから、純真な青年将校の為に、告示発表当時、戒厳軍編入当時の真相を明らかにして下さい。これによって同志は救われるのです。閣下は逃げを張ってはいけない。青年将校は閣下を唯一のたよりにしているのだ。故に軍内部の事情を青年将校の為にバクロして下さい、と願って簡短に引きあげさせられた」

五

磯部一等主計の本遺稿の最大の資料価値は、いうまでもなく、名高い「暗黒裁判」の実態の記述にある。この裁判の判決正文はすでに世に出ているが、審理の実態の詳細が世人の目に触れるのは、これがはじめてである。従って、これは戒厳令下の軍法会議という特殊な条件における公判の記述としての価値のみでなく、ひろく軍司法権なるものの本質を解明するのにもっとも貴重な価値のある資料である。又、この記述に至ると、磯部の文体は、資料的価値を重んじたためであろう、今までの激情を内に秘して、比較的冷静な記録者の文体に変貌している。それと同時に、あのような怒りと呪詛にもまして、磯部の真の内心告白がはじまるのもここからなのである。

　大臣告示の卑劣な変更について、磯部が難詰している部分で、突然、美人の比喩が現われるところは、国家変革というものの深いエロティックな衝動のあからさまな提示として、きわめて大胆清新である。

「軍事参議官が先頭第一に躊躇《ちゅうちょ》せずに認めたと云う事実は、もうどうにも動かせぬではないか。も少し突込んで云ってやろうか。此処《ここ》に絶世の美人がある。この美人に認められたらもうしめたものだと思う殺人犯の男が、平素ねらっていた。或夜戸を破って侵入し、美人を説いて、とう〳〵ウンと云わせた。美人はその男の行動を認めた。所があとになって矢かましい問題になったら、美人は色々と理由をつけて、アノ時は実はいやだったのだ、とか何とか云い出したがもう追つかない。女は男の種をやどしていた。これでやめておこうか、もっと云ってやろうか。後世の馬鹿はまだ判然しないだろう。陸軍及陸軍大臣及軍参議官等が、何と云いのがれをしても駄目だ。ちゃんと国賊（？）反軍の種を宿しているではないか。その罪の子が生れ出るのがコワイので、軍首脳部はヨッテタカッテ堕胎をしようとして、色々のインチキな薬をつかったのだ。説得案と云うインチキ薬が、奉勅命令という薬の次の堕胎薬に過ぎぬのだ」(傍点三島)

真相は正に磯部の言うとおりである。このような文章が、「明日銃殺されるかも知れぬ」男の手で書かれたことを考えてみるがいい。

事態はエロティックな比喩で語られたので、この事件に関するパトスの所在は、遺稿のどの部分よりも明快になっている。

美々しく装った権力は女性形で語られている。磯部は女性を姦した一時《いっとき》に、たしかに或る手応えを感じたのだ。「男の行動を認めた」とは、男の側からいえば、この手応えのことである。そして手応えとは、パトスの一時的な感応である。これを指摘されて、良心の苛責《かしやく》を感じない女はあるまい。なぜなら女も亦、永らく心に夢みていた観念的な赤誠尽忠が、その瞬間みごとに肉体化され、その官能的な頂点を男と共に味わったことを否定することはできないからである。道義的革命のエロティシズムの最高の陶酔を、一瞬、頒ち合ったことを否定できないとは、すなわち、女も亦、ゾルレン的国家像が実現されたという夢想に酔った一瞬を持ったことを意味する。二月二十六日には、たしかにそういう数時間が存在したのだ。昭和の歴史において、もっともアナーキーな、もっとも天空海闊な数時間が。鮮血によって洗われた雲間《くもま》の青空が。

女も亦、その青空をたしかに瞥見《べっけん》したことを磯部は知っている。この秘密を知っていることは磯部の絶対の強味であると同時に、磯部がどうしても殺されなければならぬ直接原因だった。彼が一緒に寝た女は千姫だったのだ。

かくて事態は、たとい一瞬たりとも一度は同じパトスを頒ち合った同士の、血みどろの争闘になるのである。「女は男の種をやどしていた」。大臣告示における「行動」の語が「真意」の語にすりかえられるトリックには、観念論と実在論とのすりかえにも似た哲学的トリックが感じられる。

磯部が予審について語りはじめるあたりから、いよいよ主調音の「癒やしがたい楽天主義」がはじまるのであるが、この楽天主義の基調をなす「信念」と共に、前述の「秘密」を知った者の強みがあったことは否定できない。磯部は予審の杜撰《ずさん》なことにおどろきながらも、その「杜撰なのは或は不起訴にするのであるかも知れぬと考え」、予審官が磯部ら同志の精神をわかってくれるとまで信じ、「一度信じてみると一から十迄疑う可《べ》き所はなくなった」。

安藤大尉にいたっては、「馬鹿に楽観して、四月二十九日の天長節には大詔渙発と共に大赦があって必ず出所出来るとさえ云ってい」た。

しかもこのとき、すでに予審に入っていたこの裁判が、「大御心」によって、どのような特殊な性格の裁判に化していたか、彼らが少しも知らずにいたということほど、悲痛極まるトラーギッシェ・イロニーがあるだろうか。高橋正衛氏は次のように書いている。

「この事件は、緊急勅令の出るまでは、相沢事件のときのように、第一師団の師団軍法会議で裁判することも陸軍部内で、特に法務官のあいだで考えられた。このばあいには公判を公開し、弁護人の選任を許し、上告も認めることになるのである。しかし、未曾有の大事件であることから、治安情況、軍紀保持という点を考慮し、迅速に処理する必要にせまられていた。そのうえ天皇の強い意志が働いて前記の緊急勅令となり、特設軍法会議、すなわち東京陸軍軍法会議が特設されたのであった」（「二・二六事件」――「昭和維新」の思想と行動）（傍点三島）

そして磯部は、藤井予審判事に、予審よりも公判が主だから公判で何も彼《か》も云えばいいと説得されると、又しても「公判でウンと戦える」という楽天的な希望を心に抱くのだ。「そして私《ひそ》かに全勝を期してユカイでたまらなかった」

公判は、「原因、動機、思想、信念等は抜きにして」、直ちに事実審理に入った。彼らの行動のもっとも重要な「真意」は没却された。

たちまち死刑が求刑される。「自分で自分の歪《ゆが》んだ表情、顔面の筋肉が不自然に動くのがわかった」。しかしなお磯部は楽観を捨てない。求刑をわざと極度に厳しくしておいて、あとで寛大な判決を下す筋書だろうと観察し、「この観察は日時がたつ程正しいと思える様になった」。

ここは磯部の人間研究に甚だ大切なところと思われるので、煩をいとわず引用しておく。

「他の同志はもはや死を観念しているのに、余は独り楽観して、栗（原中尉）あたりから、磯兄は永生きをする、殺されるのがきまっているのにそんなに楽観出来る様な人はたしかに永生きをする、等と云いて冷やかされた。栗（原）から、磯部さん、あんたは不思議な人だ、あんたに会うと何だか死なぬ様な気がする、等と云われたこともある。余は七月下旬には出所出来る、出所したら一杯飲もう、等云いて、栗（原）、中島をよろこばしたものだ。軍部や元老重臣が吾々を殺そうとした所で、日本には陛下がおられる、陛下は神様で決して正義の士をムザ〳〵殺される様な事はない、又、日本は神国だ、神様が余等を守って下さる、と云う余の平素の信念がムク〳〵と起って来て、決して死刑される気がしなくなったのだ」

後段の陛下に関する部分については、すでに多くの資料で、事件当初からの「大御心」の帰趨《きすう》を知っている読者は、云うに云われぬ悲痛な印象を与えられるであろうが、私が今言おうとすることはそれではない。

ここには、たしかに迫り来る死を直視しまいとする人間の弱さ、と謂《い》った通俗的心理的解釈をゆるすようなものがないではない。しかし、これが果して弱さであろうか。すべての希望的観測が裏目に出て、なお「正義の神」の救済を信ずる癒やしがたい楽天主義が。——橋川文三氏が「ヨブ記」を聯想《れんそう》しているのはまことに適切だが、これは単なる信仰の問題とはちがうのではないか。

正直に言って、此度発表された遺稿を通じて、私にもっとも興味があったのはこの問題である。私の年来の人間観をもう一度検証してみようという気を起させたのはこの問題である。ましてそれは、三十年を経て今なおなまなましく、もどかしい禿筆《とくひつ》の乱れるに委《まか》せて書かれた筆跡そのまま、今私の目の前にあるのである。人は日常生活では、これほど肺腑をえぐる、しかもこれほど虚心坦懐な告白に接することは、めったにあるものではない。そこにあるのは、人間の真相に他ならない。

彼の楽天主義の根拠の一つは、もし彼の肉体を滅ぼしたいなら滅ぼしてもみよ、そのとき滅ぼそうとする側の理念は崩壊するのだぞ、という、いわば神聖な恫喝にあったことは前にも述べたとおりである。

事実《ファクト》が一歩一歩われらを死へ追いつめるとき、人間の弱さと強さの弁別は混乱する。弱さとはそのファクトから目をそむけ、ファクトを認めまいとすることなのか？　もしそうだとすれば、強さとはファクトを容認した諦念に他ならぬことになり、単なるファクトを宿命にまで持ち上げてしまうことになる。私には、事態が最悪の状況に立ち至ったとき、人間に残されたものは想像力による抵抗だけであり、それこそは「最後の楽天主義」の英雄的根拠だと思われる。そのとき単なる希望も一つの行為になり、ついには実在となる。なぜなら、悔恨を勘定に入れる余地のない希望とは、人間精神の最後の自由の証左だからだ。磯部の遺稿は、絶望を経過しない革命の末路にふさわしく、最後まで希望に溢れて、首尾一貫している。それこそは実践家の資格である。

すでに世に出た遺書の八月八日の項に、

「吾人は別に霊の国家を有す」

と書いた磯部は、その時点で転回するまでは、なお、肉体の不死を信じていた。

それにしても絶体絶命の状況における希望と楽天主義は、生命の生理学的反応にすぎないのか、それとも生理学的生命の原理に反して生きようとする精神の反作用なのか。磯部はこの問題を、生命＝肉体＝正義という、独特の受肉の思想で切り抜けている。彼自身が正義の肉化なのであるから、彼を滅ぼしたら、この世の中にもはや正義の代替物はなくなるのであり、従って、論理的に言って彼が殺されることはありえない。自分の個の生命は滅びても、日本という全体の生命は滅びないという常識的な国家観を、磯部はそこで踏み破っている。このとき、磯部が「大御心」の救済と神の救済を待ったのは必然的である。なぜなら、ゾルレンの国家像はついに崩壊し、ザインの悪によって完全に包囲され、追いつめられ、ゾルレンは最高度に純化されると共に、絶対的に孤立して、磯部の個的存在それ自体と完全に重複したのであるから、ゾルレンの究極の像であり、且つその玉体と神とは一体不二なる天皇と、磯部はもはや一体化している筈である。磯部は自ら神となった。神が神自身を滅ぼすとは論理的矛盾である。神はその形代《かたしろ》を救済しなければならない。

しかし、このように、個にして同時に全体であるような、肉体と思想の究極の結合状態において、彼が希望したような救済はありうるだろうか。彼はその肉体の不死の信念いる。そのとき実は無意識に、彼は自刃の思想に近づいていたのではないか、と私は考えている。天皇と一体化することにより、天皇から齎《もた》らされる不死の根拠とは、自刃に他ならないからであり、キリスト教神学の神が単に人間の魂を救済するのとはちがって、現人神は、自刃する魂＝肉体の総体を、その生命自体を救済するであろうからである。

しかし、昭和十一年九月以降の磯部のありうべき遺稿は、ことごとく湮滅《いんめつ》されて、今はその後の心境の変化を知りうべくもない。

六

日本テロリズムの思想が自刃の思想と表裏一体をなしていることは特徴的であるが、二・二六事件の二重性も亦《また》、このような縦の二重性、精神史的二重性と共に、横の二重性、社会学的二重性を持っている。それは同時に、尖鋭《せんえい》な近代的性格を包摂している。私は、少くともこれが成功していたら、勝利者としての外国の軍事力を借りることなく、日本民族自らの手で、農地改革が成就していたにちがいない、と考える。史上、独裁と軍隊の力を借りずに成功した農地改革はなく、それはアジアにおける近代的軍隊の（たとえ無意識であろうと）歴史的使命なのであり、二・二六の「義軍」は、歴史に果すべき役割に於て、尖鋭な近代的自覚を持った軍隊だった。そして私はむしろ、その成功のあとに来る筈の、日本経済の近代化工業化と、かれらが信奉した国体観念との、真正面からの相剋《そうこく》対立に、かれらが他日真に悩む日があったであろう、その悩みにこそかれらを十分にひたらせて成熟せしめたかった、と思う者である。

それにしても、遺稿の中に出てくる裁判官たちのスケッチは、昭和の転回点をなしたこの大事件の公判に臨む人間として、戯画以上のものである。

「アクビをし、居ねむりをし、終始顔をいじり、（顔面シンケイ痛の少佐裁官）（居ねむりは肥大せる少佐裁官）、等々出タラメのかぎりをしているではないか」

昭和十一年に居眠りをし、昭和十一年に出鱈目《でたらめ》の限りをつくしていた連中の末裔《まつえい》は、昭和四十二年にも居眠りをし、昭和四十二年にも出鱈目の限りをつくしている。われわれのまわりは、仮寝の鼾《いびき》に埋まっていて、豚小屋のようである。

私は三十年前の雷をきく。

「天命を奉じて暴動と化せ。武器は暴動なり殺人なり放火なり。戦場は金殿玉ロウの立ならぶ特権者の住宅地なり。愛国的大日本国民は、天命を奉じて道徳的大逆殺を敢行せよ」

「愛国、忠誠、自主、自覚国民は、直ちに暴動の武器を以て権力者を討滅決壊せよ。これ忠義の最高道なり」

むかしの殿様は、毒味を重ねて運ばれる冷え切った料理に馴らされて、すっかり猫舌になってしまっていた。われわれの舌もそうなっており、いきなり熱い料理に接すると、火傷《やけど》をする。さらでだに、あらゆる情熱が人に不快を与えるような時代に、われわれは生きてきたのである。

『文藝』一九六七年三月

自衛隊を体験する――46日間のひそかな〝入隊〟

私はここ一ト月半ほど陸上自衛隊にひそかに体験入隊をしてきた。「ひそかに」というのは、受け入れ側の事情にもよることだが、私にしても、各隊の訓練や営内生活の、なるたけ自然なままの、生《なま》の実態に触れることが目的であったから、私が世間の風をいっぱい帆にはらんで遊弋《ゆうよく》しては、向う側の教育訓練の邪魔になることを惧《おそ》れたからでもあった。

なぜそういう気を起し、なぜそういうことをしたか、という理由については冗々《くだくだ》しくは言うまい。まじめにとられても、不まじめにとられても、政治的にとられても、非政治的にとられても、一向にかまわない。ただ、誰にたのまれたわけでもない自発的な行為であり、又、私が、徴兵制度には反対であって、本来民主国家の国民的権利に属する国防の問題を、義務化することには反対であることを、自衛隊の内部でもたびたび明言してきたことは、附記しておいたほうがよかろう。要はその権利の考え方の問題なのである。

ここ一ト月半の間に私のしたことは、陸上自衛隊という大きなヴァラエティーに富んだ食品デパートの、いろんな棚の食品を、片っぱしから試食してみた、というにとどまる。多くの食品は私の口に合ったが、空挺とレインジャーだけは、とても固くて強烈で嚙みこなせなかった。これを逆に言えば、この二種の固い強烈な食品を嚙みこなせる丈夫な若い歯を持った人たちだけが、本当にプロの軍人と云えるのであろう。

しかし、自衛隊の内外を問わず、私ほど、この短い期間に、上は陸将から下は二士にいたる全階級の陸上自衛官と、親しく膝を交えて話をしてきた人間は、他にはあるまいと思われる。私に云わせれば、今こそそういう対話の必要な時なのであり、又、軍隊における人間関係は、自ら汗を流すことによってしか確かめられないものであって、体で知ることなくしては、軍隊を知りえないということも、多分たしかなことなのである。

私はまず四月十二日に、久留米《くるめ》の、陸上自衛隊幹部候補生学校に隊付になった。

ここでの生活は、旧士官学校とウエストポイントとの、一日中余裕のないスケジュールで追いまわして、時間の効率を会得させる教育法に則《のっと》ったものであった。一日はまず、六時起床、六時五分の舎外点呼で、半裸にエッサエッサと乾布摩擦をしながら集合する行事にはじまった。防衛大学出でない一般大学出の学生群は、入校したばかりで勝手がわからず、取締学生が、「……して下さい」などと命令しては、「命令口調で言え」などと叱られていた。英語とちがって、命令形の用法がせまい日本語では、馴れるまで、心理的な抵抗があるのであろう。

ここでは予告なしに、朝礼時の服装点検があり、何か指摘されると、自己反省のために、十回腕立て伏せをする慣習がある。私も胸ボタンが外《はず》れているのを指摘されて、十回腕立て伏せをやった。課業の関係で制服に身を正して居並ぶ朝礼時など、朝風のなかで、上着の茄子《なす》いろの裏地をひるがえして、反省の腕立て伏せをする学生の姿には、一種のさわやかな男らしさがあった。

話は飛ぶが、レインジャー部隊と空挺団の毎朝の服装点検のきびしさは音にきこえている。レインジャーでは、一寸《ちよつと》したボタンの外れ、靴紐の乱れが生命にかかわることがあるからだし、空挺では、パラシュートの降下前の細心な装具点検の精神に、毎朝の服装点検が直ちにつながるからである。

あとで私がレインジャー部隊の隊付になったときには、学生長の考えで、誰がどこを注意されたという他人事ではなく、隊全体の反省のために、一律に三十回、自発的に腕立て伏せをしようということになり、私も毎朝それをやったが、これは腕の強化にも役立って、一石二鳥であった。

夏の高良《こう ら》山マラソンの練習にいそしむ若い学生の、飛鳥のようなランニングには追いつけなかったが、二十二年ぶりに銃を担って、部隊教練にも加わった。肩は忠実に銃の重みをおぼえていた。行動の苦難を共にすると、とたんに人間の間の殻が破れて、文句を云わせない親しみが生ずるのは、ほとんど年齢と関わりがない。私は実に久々に、昼食後の座学の時間の耐えられない眠さを、その古い校舎の窓外の青葉のかがやきを、隣席の友人の居眠りから突然さめて照れくさそうにこちらへ向ける微笑を味わった。

私は又、対核防護のガイガー・カウンターの鳴き声を知り、航空機概説や、師団の編成の講義をきいた。一般大学卒業生の宿舎から、防大卒業生の宿舎へ移るとき、「向うがきつかったら、毛布を背負って、逃げて帰っていらっしゃい。いつでも泊めてあげますから」と学生たちは口々に言った。

一人の防大出の学生に文学論を吹きかけられたのにはおどろいた。あの理工科専門と思われる大学にも、宿敵太宰治は影響を及ぼしていた。私が、「太宰は人間の弱さばかりを強調したからきらいだ」というと、彼は、「しかし、やたらに強さを売り物にするよりも、弱さを強調するほうが本当の文学者らしいのではないでしょうか」などと、耳の痛いことをいうのであった。

無階級の体験入隊者の悲しさは、校庭を歩いていると、見知らぬ一尉から、いきなり、「おい、階級章を忘れとるじゃないか」

と怒鳴られたりした。

四月十九日に候補生学校を離校すると、私はただちに富士学校へ飛んで、丸一ヶ月を、須走《すばしり》登山口のこのマンモス学校で、さまざまな教育隊に隊付をしてすごした。私がそこへ着いてからは快晴の日がつづき、富士が全容をあらわしているのを見るのはめずらしくなかった。

校外の滝ヶ原分屯地の普通科（歩兵）新隊員教育隊に隊付をして、与えられた宿舎は、奇《く》しくも、二十数年前に学校の野外演習で泊ったことのあるそのままの廠舎《しょうしゃ》だったが、米軍が使って以来、外壁は緑のペンキに塗りつぶされ、水洗便所が設けられて、むかしのあの終日立ちこめていた廁臭《ししゅう》もなく、かつては枕を振ると五、六疋ぱらぱらと落ちてきた南京虫の影もなかった。

満開の姫桜——富士特有の灌木の桜——の間を縫って、朝日にあたかも汗をかいた白馬のような富士を見上げて、半長靴《はんちょうか》で駈ける朝の駈足はすばらしかった。

ある朝の朝礼では、一隊員が隊長のおほめにあずかりタオルをもらった。きのうの射撃のあとで空薬莢《からやくきょう》が一つ見つからず、二百人で手分けして二時間も探した末に、自分の半長靴にはさまっていたのを発見したその隊員が、恥を忍んで申し出たという「真の勇気」をほめられたのである。昔の軍隊では考えられない教育法と云ってよかろうが、これも一つの行き方ではある。

富士学校では、戦車隊の元気な若い幹部連中に、戦車の乗員訓練や操縦を教わったが、ついで私は、特科（砲兵）の新隊員たちの、行軍と露営に加わった。最大傾斜六十度を含む約四十キロの山地踏破と山中湖露営では、角取山《かくとりやま》の急勾配の、一歩一歩が砂にずり落ちる難路を、小銃、天幕、円匙《えんぴ》を背負った完全武装で、どうにか歩きとおしたときから、それまで口の固かった若い隊員たちとの間に、急に隔意のない会話が生れた。隊員の前職の五割は工員だった。そして、その夜のキャンプ・ファイアーに、湖と山とをこえて本校から届くねぎらいの無電、特別配給のチキンや羊羹《ようかん》などを喜んで、「今までこんなに自分たちのことを考えてくれた勤め先はない」と言うのだった。

十代の少年の一人は快活に、自分には飯と風呂があればよい、女は遠くから憧れているだけで十分で、近くへ寄ればだまされるからいやだ、と言った。又、彼らは小休止の間に、西洋式便所にはじめてまたがったときの困惑について議論をした。

山中湖の満目の春のうちをすぎる帰路の工程は佳《よ》かった。私はこれほどに春を綿密に味わったことはなかった。別荘地はまだ悉《ことごと》く戸を閉ざし、山桜は満開、こぶしの花は青空にぎっしりと咲き、湖畔の野は若草と菜種の黄に溢《あふ》れていた。

あくる日から連休に入ったので、私はこれほどにも濃密な、押絵のなかをゆくような春と別れて東京へかえった。そして大都会の荒涼としていることにおどろいた。

すでに私は、営庭の国旗降下の夕影を孕《はら》んだ国旗と、夜十時の消灯喇叭《らっぱ》のリリシズムのとりこになっていた。帰校後入ったAOCの、私と同年輩の二尉が、小学校を出てから今まで、終戦後の短かい間をのぞいて、内原訓練所をふり出しに、終始、軍隊あるいは軍隊類似の生活をつづけて来たという告白に、私はおどろかなくなっていた。彼はきわめて練れた、動作の機敏な、愉快な、ユーモラスでストイックな男だった。

AOCで私は、実に愉しい生活を送った。同室の十人は、一人をのぞいて皆世帯持ちの、三十歳以上の一尉二尉だったが、これほどお互いに敬意と揶揄《からかい》を忘れぬ、思いやりにみちた人間集団に、私はかつて属したことがない。

ＡＯＣは中級幹部課程であり、その主要な課業は戦術で、戦術こそは旧軍以来、将校と兵とを峻別する秘教的《エソテリック》な学問とされてきたものである。私が今まで興味を感じた学問は、刑事訴訟法とこの戦術だけで、いずれも方法論とプロセスの学問であり、結論乃至《ないし》「決心」にいたる、論理的な思考過程をはじめから規定してしまうという特色を持っている。ここで詳述する暇はないが、戦術のような面白い学問に一般社会人が触れる機会がないのは惜しいことだ。

或る一日を、たとえば陣地攻撃の図上戦術のディスカッションに費やすと、あくる日は教官に率いられて東富士演習地へ現地戦術にゆき、夕影が迫ると共にルネサンス風の風景をひろげる野の一角に、小隊正面の地積の誤差を論じ合ったりした。ときどき、無関心に種を蒔《ま》いている農夫の姿を見た。私はその農夫が深沢七郎氏のような気がした。彼は百姓をし、そのかたわらを、私は鉄兜《てつかぶと》をかぶって歩いている。いずれも仮装ながら、何と千里を隔てたことであろう！

そうやって歩く機会は隔日にありはするものの、ＡＯＣは、運動不足になりがちな、軍隊にはめずらしい課程であったので、私は宿舎でブルワーカーをいじったり、友を誘って学校の外柵一周の四千メートルの駈足をしたりした。

そのころの私は、次のレインジャー部隊で、自分がどんなに疲れるか、想像もしていなかった。

レインジャー訓練は、要するに腕力と腹筋力と脚力と耐久力乃至疲労回復力の勝負である。私は前二者には自信があったが、平均年齢二十五歳の三尉クラスの学生たちと伍しては、後二者についてはいささか自信がない。

入校式の夜の学生舎は、特攻隊はかくもあったろうかと思わせる、一種凄壮な雰囲気だった。日本各地の部隊からやって来て、まだ馴染《なじ》みのうすい青年たちは、交わす冗談の数も少なく、頭のなかは先輩たちから針小棒大につぎこまれてきた不安な知識で一杯で、しかもまだ闘志のはけ口が見つからないで、名高い服装点検にそなえて、ただ血眼になって半長靴を磨いていた。私は靴にペイパーをかけたり、唾をつけたりするという、卓抜な磨き方をはじめて教わった。靴に唾をつけた指を、又あやまって舐《な》めてしまうと、実に異様な味がした。

朝礼の時には、当直学生が、「第二十八期」と叫ぶと同時に、一同が「レインジャー！」と合唱する。これからは一人一人が、レインジャー田中、レインジャー佐藤というふうに呼ばれるわけだ。

彼らの前には、九週間に亘《わた》って日ましにそびえ立ってゆく訓練の峻嶮がある。第一日の体育の時間のはじまるとき、階段を駈け下りながら、「さあ、はじまるぞ」と言っている学生の声には、躍動と不安とがぎらついている。

その基礎体育は主として腹筋を鍛える烈しい訓練であったが、或る朝、叢林にかこまれた小高い丘の上から、ひとりひとり個別の命令を与えられて、命令書の示す角度へ、磁石の針と歩測だけをたよりに直進して、正しい地点に立てられた標識を探すコンパス行進は、そのがむしゃらな爽快さで私を魅した。ただ直進する、それだけのことが人間に与える自由。任務が与える、命令が与えるあふれるような自由感。その自由というのは、叢林の夥《おびただ》しい藤蔓《ふじづる》、棘《とげ》をものともせず、しばしばラオコオンのように手足をからまれ、頬を傷つけられながら、木洩れ陽のなかを息をはずませ、下草を踏みにじりながら、しかも、歩測を口のなかで数えて、ただ直進、ただ直進することなのである。教官が探しに来てくれたとき、私は第一の標識のすぐ近くで、どうしても見つけられずにうろうろしていた。

私は基礎登攀《とうはん》や降下の技術の手ほどきを受け、又、蛇の口をひらいてその咽喉骨《のどぼね》を嚙み砕く料理法を教わって、その通りにやってみた。渓流を見下ろす崖から崖へ渡された一本のロープに身を託して渡る「水兵渡り」という渡り方も、何度かの失敗の末に、どうにか形がつくところまで漕ぎつけた。そうしている内に、日々、疲れは累積してきて、負け惜しみの強い私も音を上げるようになった。

青年たちとは、疲れは同じでも、回復力がまるでちがうのである。どんなに疲れても、一晩眠ると、青年たちの顔はファブリス・デル・ドンゴのように冴《さ》え冴《ざ》えとした朝の顔になっている。

次の予定の習志野の第一空挺団では、もう教育隊の学生とは行動を共にせず、私だけ切り離して、基礎的な訓練だけを体験させてもらうことにした。六年前の頭の怪我で入院したとき、医者から「頭を打つ」ということがいかに怖ろしいかを懇々ときかされて以来、頭を打つ可能性については極度に神経質になった私は、降下訓練だけは御免蒙《こうむ》ったが、降下しない人間は、空挺団では、まず一人前の人間とは認められないのである。

空挺団はいわば、見えない大きな船に乗り組んだ、船乗りたちの危難共同体であった。その快括、その元気、その連帯感、その口の悪さは、まさに古典的な船乗りの集団と似通っていた。船乗りが海に憑《つ》かれるように、彼らはパラシュートに憑かれていた。その誘惑に身を委《まか》せた一種の豪快な自由は、ここが一段と規律のきびしい部隊であるにもかかわらず、陸上自衛隊のどこにも見当らぬほど強く感じられた。かれらには、近代的軍隊にまつわる官僚臭がもっとも稀薄に見えたが、それは指揮官も同じ条件下で、共に降下するという特性から来たものであろう。

私は、マット・ワークからだんだんに台を高くしてゆく基本着地訓練、ロープに通した環から吊り下って空中を辷《すべ》り、マットの上に落ちる走行着地や、高いところから吊り下げられ、ブランコのようにゆすぶって落される懸吊《けんちょう》着地や、落下傘の操縦訓練や、降下の跳び出しのタイミングをおぼえる模擬扉訓練や、送風器の風を孕んだ着地後の落下傘に引きずられて立ち直る閉傘訓練などのあらましを体で学んだ。

もっとも降下の感覚に近いと思われるのは、十一米《メートル》の塔から跳び出す、跳び出し塔の訓練であった。

営庭の一角に立つ銀色の塔の頂きに、ドアのない出口があいていて、そこまで登って、模擬扉訓練で教わったとおりの姿勢で、その出口に身構える。十一米の高さは人間にもっとも恐怖感を与える高さだと云われている。肩からは懸索が吊られていて、跳び下りたあと、空中に放り出された体が、斜めに張られた鉄線に吊られて、地上の足留めの土手まで飛んで行くだけの話だが、空中へ跳び出して、足の下に何もない感じは如実に味わえる。

私はこのような絶対安全の、結論のわかった恐怖なら、かなり平然と克服することができるのだが、それというのも、恐怖自体に論理的な理由がないからである。私は二度飛んだが、飛ぶことにためらいは感じなかった。しかしあの輝やかしい「降下」という言葉とは、悲しいかな、まだ無縁の私であった。

『サンデー毎日』一九六七年六月一一日

祖国防衛隊はなぜ必要か？

戦後平和日本の安寧になれて、国民精神は弛緩し、一方、偏向教育によってイデオロギッシュな非武装平和論を叩き込まれた青年たちは、ひたすら祖国の問題から逃避して遊惰な自己満足に耽《ふけ》る者、勉学にはいそしむが政治的無関心の殻にとじこもる者、「平和を守れ」と称して体制を転覆せんとする革命運動に専念する者の、ほぼ三種類に分けられるにいたりました。しかし一九六〇年の安保闘争は、青年層の一部に「日本はこれでいいのか」という深刻な反省をもたらし、学校で教えてくれなかった日本の歴史と伝統に自ら着目して、真摯《しんし》な研究をつづけて来た一群を生むにいたりました。これらの青年たちが植民地化されたアジアにおいて、ひとり国の自立を獲《か》ちえた明治の先人の業績に刮目《かつもく》し、自らの力で近代国家日本を建設したその民族的エネルギーが、今日、ひたすら経済的繁栄にのみ集中されて、国家をして国家たらしめる国防の本義から逸脱し、国民精神の重要な基盤を薄弱ならしめているところに、日本の将来の危機を発見するにいたったのは偶然ではありません。

われわれは一九六〇年以後、言論活動による国の尊厳の回復の準備を進めて参ると共に、一九六五年にいたって、国防精神を国民自らの真剣な努力によって振起する方法の研究に着手しました。核時代といわれる新時代に入って、戦争はいわゆるボタン戦争のみで、これに携わるのは高度に技術化された軍隊のみだという概念が流布しましたが、その後、核兵器の進歩は却《かえ》って通常兵器による局地戦(いわゆる代理戦争)の頻繁な発生を促し、これを戦う者も正規軍のみでなく、ベトナム戦に見る如く人民戦争の様相を呈して来た以上、必ずしも高度に技術化された軍隊でなくとも、通常兵器を以て国防に参与できる余地のあることが常識化されるにいたりました。

そもそもわが自衛隊は、安保体制下集団安全保障の一翼を担って、国防の任務に就いておりますが、この任務のうち、純然たる自主防衛の領域は、新安保条約によれば、

一 間接侵略に対する治安出動

二　非核兵器による局地的直接侵略に対する防衛の二領域であります。この二つのケースにおいては、自衛隊は、いかなる外国軍隊の力をも借りず自らの手で国防を引受けるという重大な任務を負うているのであります。尤《もっと》も後者は、全面戦争に移行して集団安全保障下に入らんとする時間的境界があいまいでありますから、完全な意味での自主防衛は前者にあると云えましょう。

間接侵略とは何か？　現代における局地戦争がしばしば代理戦争と呼ばれているように、イデオロギーの対立状況が局地的紛争にたちまち浸透し、単なる民族的対立によって生じた紛争も東西二大勢力の角逐の場となると共に、東西二大勢力の不断の緊張が、真空化した一定の局地にほとんど自動的に紛争を生ぜしめる例も二、三にとどまりません。なかんずく、共産主義勢力の自由諸国に対する思想戦、宣伝戦の働きかけは千変万化であり、レーニンの言のごとく、「議会的闘争形態と非議会的闘争形態の交代、議会ボイコット戦術と議会参加戦術の交代、合法的闘争形態と非合法的闘争形態の交代」……「非合法的活動と『合法的可能性』を義務的に利用することとをむすびつけるただしい戦術」（共産主義における「左翼」小児病）によって、言論活動からデモンストレーション、経済的ストライキから政治的ストライキ、さらに蜂起への転化という屈折をきわめた動きは、正に端倪《たんげい》すべからざるものがあるといえましょう。

従って、「間接侵略」の形態も亦《また》、一様ではありません。革命の客観的条件の成熟と向うが認めた時点が何時《いつ》であり、そこへ向って、いかなる一連の動きによって「間接侵略」という内戦段階へ移行するかは予断を許さぬのみならず、現に今日只今の平和な日常生活の中にも、間接侵略の下拵《したごしら》えは着々と進められていると考えていいのです。

　これに応戦する立場も、単に自衛隊の武力ばかりでなく、千変万化の共産戦術に応じて、あるいは言論、あるいは行動により、千変万化の対応の仕方を準備するのが賢明であります。そのための最後の拠《よ》り処《どころ》は、外敵の思想的侵略を受け容れぬ鞏固《きょうこ》な国民精神であると共に、民族主義の仮面を巧妙にかぶったインターナショナリズムにだまされない知的見識であり、又、有事即応の不退転の決意でなければなりません。このような決意を持たぬ思想は、怯懦《きょうだ》に陥って、いつか敵の術策に陥ることをなしとしないのであります。

　不退転の決意とは何か？　すなわち、国民自らが一朝事あれば剣を執って、国の歴史と伝統を守る決意であり、自ら国を守らんとする気魄であります。

　しかし、気魄《きはく》だけでは実際の役に立たないので、武器の取扱にも周到な教育を要し、指揮統率の能力も、またこれに応ずる能力も、一定の訓練体験なしには、ついに画に描いた餅にすぎません。

　又、別方面から考えれば、何事も感覚的にしか理解しえない無関心層の青年に、国防精神を植えつけるには、単なる思想指導や言論による教育では不十分で、実際に彼らに執銃体験を与えることによって、彼らが武器というものの持つ意義も危険も知り、感覚を土台にして、より高い国防精神に覚醒する端緒をつかむということも十分考えられるのであります。

ここに思い到ったわれわれは、諸外国の民兵制度を研究し、左記のような各種の資料を得ました。

一　英国

英陸軍は、現役軍（Active or Regular Army）と予備軍（Reserve Army）に分れ、後者がさらに、地方軍（Territorial Army）と緊急予備軍（Army Emergency Reserve）に分れていますが、この地方軍が、民兵に当り、約十万七千人の兵力を持っています。

二　スエーデン

スエーデンは人口七百六十七万人にすぎませんが、十八歳から四十七歳までの男子は兵役義務があり、また陸軍の中から志願者を集めた Home Guard があります。その他、民間防衛組織があって、その中央機関は内務省の「民間防衛局」であります。地方自治体では、知事の下に軍連絡将校が派遣され、民防の最下部組織は約三百四十の警察区で、警察長がその責任者であります。

ホーム・ガードは単なる民兵ではなく、敵の第一撃を引受ける「永久武装ゲリラ部隊」であり、動員下令があってから二時間内に、単管区内で約四千人の郷土防衛隊が守備配置につき、また二十四時間以内に地域防衛の一万人が軍管区内の重要地帯防備に展開できます。

三　ノルウェー

ノルウェーも、スエーデンの半分しかない人口三百六十八万の小国でありますが、効率的な陸海空三軍と、「国土防衛軍」を持っています。国土防衛軍は国土の地勢によくマッチしており、戦時常備部隊を除く全部の戦闘能力ある男子を、防衛のため召集できます。全国で約十万人の志願者があり、年間五十時間の訓練を受けます。

四　スイス

スイスは人口五百八十一万。憲法で常備軍の保有は一切禁止されています。

平時は職業軍人一千人で、基幹部員でありますが、最高級者は大佐にとどまります。

兵役義務は憲法に明記されており、兵役服務期間は、二〇歳―三二歳の現役から、予備、後備を含めて五〇歳までで将校は五五歳が停年であります。

兵役不合格者も補助部隊に入ることができる一方、兵役免除者からは国防税が徴収されます。

在営期間の終了したものは兵器、被服、装備等を自宅に持ち帰り、弾薬は市町村の倉庫でこれを保管します。かつ、自転車兵は自転車を、自動車兵は自動車を、騎兵は乗馬を、それぞれの責任において管理します。

二日間という短期間に、人口の二割に当る五〇万人の軍の動員完結を可能とするスイスの民兵制度は、ヒットラーをしてその侵入企図を放棄させるにいたったのであります。

五　フランス

ド・ゴール大統領は従来の三軍編成を再編成して、左の如き三体系の軍隊を保有せんとする軍事政策を遂行しつつあります。

① 戦略核部隊

② 干渉部隊

③ 国土防衛部隊

この第三に当るDOT（Les Forces défence opérationelles du territoire）が、英国のテリトリアル・アーミーに当るもので、本土に侵入せんとする敵軍を絶滅する事を任務とし、緒戦で不利になったときはゲリラ部隊に変身する事が出来るように訓練されます。目下、アルプス旅団一団が編成中であり、さらに五ヶ旅団の創設が用意されつつあります。

以上で、いわゆる自由陣営に属する諸国の民兵制度を概観しましたが、次に共産諸国のうち、中共のそれを瞥見《べっけん》してみましょう。

六　中共

一九五八年毛沢東主席が「全民皆兵」を呼びかけ、これにこたえて「民兵師」の大規模な創設が行われ、その民兵は、対敵闘争、国境・海岸の守備、社会治安の強化などを当面の任務としますが、毛沢東は「民兵は軍事組織であり、また労働組織、教育組織、体育組織でもある」と言っています。

民兵は十六歳から四五歳までの男女を以て組織され、基幹民兵は十八歳から三十歳までの青年男女のうち、身体が強壮で思想の堅固なものを選んでこれに充て、復員退役軍人がその中核となっています。

その編成は人民公社一社、各大工場、鉱山学校などを以て一民兵師を構成し、正規軍と大体同じ編成をとって、政治部もありますが、武器弾薬は公社が管理しています。

一九五八年一月にはじまった毛沢東軍事思想の学習運動は、中ソ対立による中共独自の核兵器開発の決意と時を同じゅうしており、九月にいたって、人民公社化運動と人民皆兵運動が一体となって開始され、全国で男子一億二千五百万人、女子七千五百万人、合計二億人に達し、その民兵組織運動と並行して、「唯武器論」批判の思想教育運動がはじまりました。「アメリカ帝国主義と原子爆弾は張子の虎にすぎぬ」という有名な宣言は、正にこの年の八月に公表されたものであります。

このように、各国の民兵制度を概観して来ますと、民兵制度そのものの長所短所と、わが国の実状との比較検証が必要になります。この制度の長短を論じたスイス軍人の論文によると、

一、長所

①　国民と軍との全体的団結、完全な一致であり、民兵軍はその幹部も兵員も市民の縮図であります。

②　各人はそれぞれ階級を受けて相応の義務を果すので、軍事知識が自然に涵養され、国防の必要について強烈な関心を抱くようになり軍民の対立は解消します。

③　総力戦時代には、この国民と軍との一致は第一義的な重要性を持っています。

④　市民は誰でも志願して階級を受け得るから、各方面のすぐれた人材を適材適所

に配置しえます。

⑤　民兵幹部は、部隊の長として指揮をとりつつ近代工業での経験を軍に寄与する半面、軍事的経験による対人的教訓をその職業に活かすことができます。

⑥　民兵制度は人口に比例して多数の兵員を軍旗の下に召集することができ、容易にその兵員数は人口の10％に達します。

⑦　民兵制度は国民所得との比較では、財政的負担が最小であります。

二、短所

①　はっきり決った簡単な任務のための簡単な教育しかできません。

②　奇襲攻撃に対処しうる常備兵員が少ない。

③　使用兵器は操作が簡単で短期間に容易に教えこむことができるものに限られます。

④　兵器を常時各自に携行させるため、過激分子の武力蜂起を誘発する危険があります。

⑤　理論的にはいいが、実際野戦兵力として使う場合には戦力として不十分であり、敵の電撃作戦にどこまで耐えられるか問題であります。

三、この制度の妥当する条件

①　派手な国際政策を持つ国々は民兵軍は駄目です。局限的国際政策を持し、予算も兵力も制限を受ける小国であって、はじめてその使用が妥当となります。

②　民兵軍の力は伝統とともに発揮されるのであり、全国民が軍と融合して、はじめてその真価を発揮しうるが、この達成には永い時間と努力を要します。

大体、右のごとくでありますが、長所はさておき、日本の現状に照らして、短所は一つ一つこれを反駁《はんばく》することができます。短所①と③については、正にこの短所が、通常兵器による局地戦の補助兵力養成という、われわれの目的に符合し、⑤についても、間接侵略に対処する目的には役立つでありましょう。

労働基準法による労働協約の制約から、予備自衛官の訓練ですら、年一週間を超えないわが国の現状では、どのみち長期間の徹底的教育は望めないからであります。又短所②に対しては、詳細周密な計画準備による迅速な動員の実施により、或る程度これをカバーしうるでありましょう。短所④については、正にこれこそ、わが国で戦われている思想戦の本質を衝いた問題なのであります。密輸あるいは横流し武器による革命軍の武装蜂起が、間接侵略の第一段階をなすのであれば、短所④の提起する問題は、「いかにして思想堅固な者にのみ武器を携行させせうるか」という、困難にして根本的な問題に帰着しますが、それこそわれわれの解決せんとする問題なのであります。

スイス軍人の論じた右の諸論点には、自国に民兵制度を持つ者の経験から生じた知識が横溢《おういつ》していますが、その他二、三われわれの考える利点も数え上げることができます。

①　通常の市民生活をつづけている時も、民兵としての兵籍にあるわけですから、軍以外のあらゆる分野の広大な情報網を、平時から確保することができます。

②総力戦時代における正規軍は、ますます、技術化、官僚化、パブリック・リレーションズの重視、機能化、分業化を避け得ませんが、民兵制度は素朴なりに却って、軍の本来的なスピリットを保持し、そのスピリットを人々の内に目ざめさせ、拡大させることができます。

以上のように、民兵制度なるものを種々検討してみたわれわれは、平和憲法下の日本で、われわれ国民が市民としての立場で国防に参与する方途は、ここにあると確信するにいたりました。民主国家国民としてあらゆる自由と権利を享楽してきた日本人は、戦後、義務の観念を喪失したと云われますが、実はまだ使っていない権利が一つ残っているのではないか、民主国家の国民としてのもっとも基本的な権利である、「国防に参与する権利」だけは、まだ手つかずのままではないか、というのがわれわれの発想のもとであります。

民兵という言葉はみすぼらしく、魅力的でないので、われわれは祖国防衛隊という言葉を使います。この制度を日本へ移入する場合、早速次の三つの疑問に逢着すると思います。

一　国土防衛は自衛隊だけで十分ではないか。この東洋一の近代装備の軍隊に一切を委《まか》せて、われわれは言論活動その他の各自の職域を通じて協力すればよいではないか。

二　明治近代国家の成立以来、わが国軍はつねに一本であった。その上、なぜ別編成の市民軍を創らねばならないか。

三　君らの目的のためには徴兵制度を復活させればよいではないか。

疑問一に対しては、自衛隊自身が十分と考えていないという答で足りましょう。専門家の概算によると、長大な海岸線を持つわが国の国土防衛のためには、三五万から百万の陸上兵力を必要としますが、陸上自衛隊の現有勢力は、十七万二千五百から、三次防による増員計画十八万に達しても、なお最小限三十五万の半数にすぎません。しかも、現行の志願兵制度では十八万がおそらく限度ではないかという悲観的予測もなされ、のこりの十七万は何とか国民の自主的な努力により確保せねばならぬのであります。従って祖国防衛隊は、大都市においては都市防衛、海浜地域においては沿岸警備、山間地域においては対ゲリラ防衛を任務とすることになるでしょう。又、出動した正規軍師団の後方警備要員としても有効適切であります。

疑問二に対しては、ヨーロッパ諸国の軍事制度を研究した者は、むしろ戦前の日本の国軍一本化がむしろ異例であることを知っています。正規軍以外の各種の軍隊の並立のうちに発達してきたヨーロッパ軍事制度の歴史に鑑《かんが》み、日本の戦前の軍事制度に関する常識を、戦後の平和憲法下の特殊事情を考慮して、一ぺん徹底的に考え直し、真に有効な現代的方途を発見してゆかねばなりません。現に戦時中も、総力戦体制と称しながら、軍の権力構造を保持するために、知識人や行政上経営上の指導者をも一兵卒として召集し、無理な一本化を急いで弊害のみを助長させた教訓は近きにあり、むしろ、戦争末期は市民軍の養成を別途に推進すべきであったのであります。

疑問三に対しては、正規軍の増強と精鋭を望む議論としては正論でありますが、日本の現状から見るとき、徴兵制度の弊害の記憶がありありと残っている国民感情から見ても、又、もし将来徴兵制度復活が実現されても、そのときはもはや国論統一が成し遂げられた時点であり、国論統一が成就するや否やわからぬ過渡期の危機を収拾するには間に合わず、前述のとおり、間接侵略の複雑微妙な進行過程において、徴兵制を強行すれば、軍自体の赤化の危険さえ懸念されるのであります。その点からも、「思想堅固な者にのみ、武器をとらせる」方式を別途に考えなければ、間接侵略に真に対処することは不可能なのであります。

これらの考察ののち、われわれは一九六六年秋にいたって、祖国防衛隊のもっとも基本的な原案を作製しました。これは全くの机上の仮案にすぎませんが、左の通りであります。

「祖国防衛隊」草案

一、祖国防衛隊は民兵を以て組織し、有事の際の動員に備え、年一回以上の訓練教育を受ける義務を負う。

一、民兵は志願制とし、成年以上の男子にして年齢を問わず、体格検査、体力検定に合格したる者にして、前科なき者を採用する。

一、隊員の雇傭主は、隊員訓練期間の有給休暇を与える義務を負う。隊員には原則として俸給を支給せず。

一、隊員はこれを幹部と兵とに分け、幹部教育には、年一ヶ月、兵には年一週間の特殊短期訓練を施す。

一、隊員には制服を支給する。

概《おおむ》ね、右のとおりでありますが、無給である以上、隊員には強い国防意識と栄誉と自恃の念の養成が必要とされます。又、まだ法制化を急ぐ段階ではありませんから、純然たる民間団体として民族資本の協力に仰ぐの他はなく、一方、一般公募にいたる準備段階に数年をかけ、少くとも百人の中核体を一種の民間将校団として暗々裡に養成することが先決問題と考えられたのであります。又制服の支給には三つの理由があり、第一には、陸戦法規慣例規則第一条第二項により、「遠方より認識し得べき固着の特殊徽率〔徽章〕を有すること」に則《のっと》る必要があること、第二には現代青年を魅惑するには、制服という感覚的美的媒体が必須と考えられること、第三に、栄誉・自恃の観念及び団結心の養成には、制服の着用がもっとも直接的且つ効果的であること、の三つであります。

さらに計画の実現に当って、もっとも重要不可欠なのは、自衛隊の協力であり、殊に国土防衛、間接侵略の対処を任務とする以上、陸上自衛隊の協力がなければ、計画を一歩も前進させることはできません。

われわれは自衛隊の広報活動の一つとしての体験入隊に着目し、一九六〇年以来本格化した体験入隊の経験者はすでに十万人をこえていることを知りましたが、その大多数は数日間の単なる体験見学であり、しかも企業体からの組織的入隊者が多く、結果として、体験者はほとんど自衛隊びいきになるところから、自衛隊は広報活動の目的を達すると共に、企業体は新入社員教育や管理技能の向上に役立てるという、ギブ・アンド・テイクの関係にあり、戦力として組織化されぬ自衛隊シンパサイザーの増加に終っていることを、遺憾に思わずにはいられませんでした。一方、自衛隊が一般市民に軍事的教育訓練を施すことは禁じられているので、体験入隊の軍事的効果にはほとんど期待することができません。

しかし、われわれは、陸上自衛隊に体験入隊した結果、次のような長短があることをよく認識しました。

一　特殊部隊はきわめて精強であり、組織及び教育指導の面では、旧軍の長所と新らしい方式をよく融合して成果を挙げていること。

二　われわれ一般市民の軍事常識はすこぶる薄弱であり、このことが逆に自衛隊の軍隊としての専門化技術化孤立化特殊社会化を、必要以上に強めていること。

三　市民軍の統御に当っても、必要最小限の軍事知識の獲得はこれをすべて自衛隊の指導に仰ぐ必要があり、真の指揮能力を身につけるには実に長期の教育課程を要すること。

四　反面、自衛隊内部においては、世論への遠慮から、精神教育、思想教育がきわめて不徹底であり、複雑微妙な間接侵略に対処する精神的思想的知的バックボーンの存否に危惧を感じさせられること。

等でありました。

われわれはかくて自衛隊内部にも知己を得て、国防問題について真剣に論じ合いました。われわれの知りたいことは、市民軍の指導者たる幹部要員の教育に、必要最低限度、どれだけの訓練が必要とされるか、現行法制下でそれが可能か、ということでありました。そしてついに、それが可能である、という成果を得たのであります。

われわれは、自衛隊に対し、あくまで市民の立場から、市民としての見解を披瀝《ひれき》し、市民としての権利を行使し、その協力を仰ぐについても、あくまでわれわれの自由な自主的な態度で、自衛隊にとって可能な範囲のことを懇請する以上に出ませんでした。又それを法治国家国民としての当然な態度であると思っています。

一九六七年夏からの話し合いの結果、秋に入って次のような「紹介計画」が成立しました。これは在来の体験入隊計画から、百尺竿頭一歩を進めたものであり、中核体の最初の二十人からの計画に従って、一九六八年春、一ヶ月に亘《わた》って、体験入隊をすることになりました。その体験内容は、陸上自衛隊の惜しみない協力によって、正にわれわれの要望するところを悉《ことごと》く充たしております。それは左のようであります。

一　精神教育

①　統御——統御の概念

②　訓話

二　服務

①　営内服務
イ　営内服務及び検査
ロ　礼式
②　業務管理
イ　管理の概念
ロ　人間関係
三、基本教練
①　各個教練
イ　徒手教練
ロ　執銃教練
②　部隊教練
イ　分隊教練
ロ　小隊教練
四、武器訓練（ＭＩ小銃ライフル）
①　技術訓練
②　射撃予習
③　射撃展示
五、地図の見方

①　地図
イ　地図基礎
ロ　地図及びコンパス使用
ハ　コンパス行進（昼間及び夜間）

六、戦闘訓練、
①　各個訓練
イ　戦闘各個訓練
ロ　夜間戦闘各個訓練
ハ　組戦闘
②　部隊訓練

七　野外勤務
①　警戒
②　偵察斥候
③　行進・宿営

八、戦術、
①　戦術原則
②　幕僚勤務
③　応用戦術

④　戦史

九　通信

①　通信器材

②　野外無線通話

一〇　体育

①　体操

②　徒手格闘

③　銃剣格闘

④　体力検定

以上の「紹介計画」による体験を通じて、われわれは若き同志が、中核体形成の最初の重要な使命に目ざめ、自ら祖国防衛隊の民間将校団の第一線となり、将来の一般公募の成功の暁には、一方では市民として市民活動に精励し、一方では指導者として一定数の兵員を掌握しうるような、よって以て祖国を真の安泰へみちびく能力を身につけて帰ってくることを望んでやみません。この体験者は悉く、志操堅固な憂国の志に燃えた青年だからであります。

一九六八年一月一日

祖国防衛隊基本綱領（案）

祖国防衛隊は、わが祖国・国民及びその文化を愛し、自由にして平和な市民生活の秩序と矜《ほこ》りと名誉を守らんとする市民による戦士共同体である。

われら祖国防衛隊は、われらの矜りと名誉の根源である人間の尊厳・文化の本質及びわが歴史の連続性を破壊する一切の武力的脅威に対しては、剣を執って立ち上がることを以て、その任務とする。

隊　歌

強く正しく剛《たけ》くあれ
文武の道にいそしみて
正大の気の凝るところ
万朶《ばんだ》の花と咲き競う
日本男子の朝ぼらけ
われらは祖国防衛隊

若く凜々《りり》しく勇ましく
高根の雪に恥ずるなき
市民の鑑《かがみ》武士の裔《すえ》
祖国を犯す者あらば

かえりみはせじ楯《たて》の身を
われらは祖国防衛隊
清く明るく晴れやかに
憂憤深き夜《よ》は明けて
正気光りを発すれば
歩武堂々の靴跡に
敵影《てきえい》霜と消え失せん
われらは祖国防衛隊

「祖国防衛隊パンフレット」一九六八年一月

円谷二尉の自刃

私が以前にはなはだ感動した死は、老優市川団蔵の死だった。今度は又、円谷《つぶらや》選手の死に大いに心を動かされた。この二つの自決は、いずれも美しい見事な死である。それにしても、人の死に感動するには、こちらが生きている必要があり、その感動自体に、生の意味が一きわするどくひらめく。そのような他人の全的な行為である死を受けとめるには、こちらの全的な生を以てしなくてはならないからである。円谷選手の死のような崇高な死を、ノイローゼなどという言葉で片付けたり、敗北と規定したりする、生きている人間の思い上りの醜さは許しがたい。

それは傷つきやすい、雄々しい、美しい自尊心による自殺であった。私はかつて全く同じようなケースの自殺を、「剣」という小説で描いたことがあるが、小説のように純粋化された事例が現実に起ったことにおどろかされた。自尊心を殺しさえすれば、円谷選手はまだいくらでも生きることができた。後進の指導とか、何とでも名目はつき、日本人の社会は特に、過去の栄光を忘れて自分たちと同列の生き方をえらんだ人間には親切である。彼はあたたかい厚意に守られて生きてゆくこともできたであろう。

しかし自尊心を殺して生きのびることができても、それは肉体が生きのびるだけのことだった。皮肉なことに、その自尊心の根拠が肉体にあったとしたらどうだろう。自尊心と肉体は、もっとも幸福な瞬間には、手を携えて勝利の壇上に昇ったが、もっとも不幸な瞬間にはお互いが仇敵になる。実に簡単なことだ。解決は一つしかない。自尊心を活かすためには、崩壊に赴こうとする肉体を殺すほかはない。しかし、自決に際して、その自尊心からむりやり肉体を引き剝《は》がすには、自尊心自体に別な根拠を与えてやる必要があった。責任感、名誉を重んずる軍人の自尊心である。かくて彼の死は、軍人の自決になった。私がこの小文の題に、「円谷二尉の自刃」と名付けたゆえんである。

彼は遺書の末尾にこう書いた。

「メキシコ・オリンピックの御成功を祈り上げます」

これは実に純粋な遺書だが、大義が欠けている。並の人間には、オリンピックを悠久の大義と考えることはできない。いかに平時の軍隊にとって、公明正大に国威を発揚する機会が、オリンピックにおけるステート・アマチュアの活躍に限られているとはいえ、オリンピックはついにオリンピックであって、悠久の大義ではない。

しかしそれはあくまで傍観者の感想である。オリンピックを大義と錯覚する心は、少なくともそのはげしい練習と、衰えゆく肉体に対するきびしい挑戦のうちに、正に大義に近づいていたのだと考えるほうが親切である。一切の錯覚を知らぬ心は、大義に近づくことができない、というのが人間の宿命である。この贋物《にせもの》の大義を通じて真の大義を知った青年の心は、栄光のどこにもない時代にかつて栄光の味を知っていた。彼は自分がたしかに味わった栄光の味から、大義を類推することができたであろう。そのことが、この凡庸な喜劇的な時代に、一つのまぎれもない悲壮劇を実現させた力だった。彼は職業柄いくらでも手に入る拳銃を避け、又、女々しい毒薬を避けて、剃刀《かみそり》で花々しく血潮を散らして死んだ。

それにしても、円谷二尉の死は、どこまでも孤独な死だった。現代は、死を正当化する価値の普遍化が周到に避けられ、そのような価値が注意深くばらばらに分散させられている時代である。円谷二尉が一人で死に、死後十二時間にして発見されたのは、BOQ(独り暮しの将校の宿舎。バチェラー・オフィサーズ・クオータア)の一室だった。二、三の部隊のＢＯＱに泊ったことのある私には、それがどういう部屋であるか想像がつく。この世でもっとも荒涼とした、殺風景を絵に描いたような部屋。裸のコンクリートの床、机、ロッカー、鉄の軍隊ベッド、ベッドの鉄枠に干されているタオル、……しかし、あれは男の死場所としては、妙にふさわしい感じのする部屋だった。

私は円谷二尉の死に、自作の「林房雄論」のなかの、次のような一句を捧げたいと思う。

「純潔を誇示する者の徹底的な否定、外界と内心のすべての敵に対するほとんど自己破壊的な否定、……云いうべくんば、青空と雲とによる地上の否定」

そして今では、地上の人間が何をほざこうが、円谷選手は、「青空と雲」だけに属しているのである。

初出「円谷二尉の自刃――孤高にして雄々しい自尊心」
『産経新聞』夕刊一九六八年一月一三日

二・二六事件について

二・二六事件を肯定するか否定するか、という質問をされたら、私は躊躇《ちゅうちょ》なく肯定する立場に立つ者であることは、前々から明らかにしているが、その判断は、日本の知識人においては、象徴的な意味を持っている。すなわち、自由主義者も社会民主主義者も社会主義者も、いや、国家社会主義者ですら、「二・二六事件の否定」というところに、自分たちの免罪符を求めているからである。この事件を肯定したら、まことに厄介なことになるのだ。現在只今の政治事象についてすら、孤立した判断を下しつづけなければならぬ役割を負うからである。

もっとも通俗的普遍的な二・二六事件観は、今にいたるまで、次のようなジャーナリストの一行に要約される。

「二・二六事件によって軍部ファッショへの道がひらかれ、日本は暗い谷間の時代に入りました」

二・二六事件は昭和史上最大の政治事件であるのみではない。昭和史上最大の「精神と政治の衝突」事件であったのである。そして精神が敗れ、政治理念が勝った。幕末以来つづいてきた「政治における精神的なるもの」の底流は、ここに最もラディカルな昂揚を示し、そして根絶やしにされたのである。

勝ったのは、一時的には西欧的立憲君主政体であり、つづいて、これを利用した国家社会主義（多くの転向者を含むところの）と軍国主義とのアマルガムであった。私は皇道派と統制派の対立などという、言い古されたことを言っているのではない。血みどろの日本主義の刀折れ矢尽きた最期が、私の目に映る二・二六事件の姿であり、北一輝の死は、このついにコミットしえなかった絶対否定主義の思想家の、巻添えにされた、アイロニカルな死にすぎなかった。

二・二六事件を非難する者は、怨《うら》み深い戦時軍閥への怒りを、二・二六事件なるスケイプ・ゴートへ向けているのだ。軍縮会議以来の軟弱な外交政策の責任者、英米崇拝家であり天皇の信頼を一身に受けていた腰抜け自由主義者幣原《しではら》喜重郎の罪過は忘れられている。この人こそ、昭和史上最大の「弱者の悪」を演じた人である。又、世界恐慌以来の金融政策・経済政策の相次ぐ失敗と破綻は看過されている。誰がその責任をとったのか。政党政治は腐敗し、選挙干渉は常態であり、農村は疲弊し、貧富の差は甚だしく、一人として、一死以て国を救おうとする大勇の政治家はなかった。

戦争に負けるまで、そういう政治家が一人もあらわれなかったことこそ、二・二六事件の正しさを裏書きしている。青年が正義感を爆発させなかったらどうかしている。

しかも、戦後に発掘された資料が明らかにしたところであるが、このような青年のやむにやまれぬ魂の奔騰、正義感の爆発は、ついに、国の最高の正義の容認するところとならなかった。魂の交流はむざんに絶たれた。もっとも悲劇的なのは、この断絶が、死にいたるまで、青年将校たちに知られなかったことである。そしてこの錯誤悲劇のトラーギッシェ・イロニーは、奉勅命令下達問題において頂点に達する。奉勅命令は握りつぶされていたのだった。

二・二六事件は、戦術的に幾多のあやまりを犯している。その最大のあやまりは、宮城包囲を敢《あ》えてしなかったことである。北一輝がもし参加していたら、あくまでこれを敢行させたであろうし、左翼の革命理論から云えば、これはほとんど信じがたいほどの幼稚なあやまりである。しかしここにこそ、女子供を一人も殺さなかった義軍の、もろい清純な美しさが溢《あふ》れている。この「あやまり」によって、二・二六事件はいつまでも美しく、その精神的価値を永遠に歴史に刻印している。皮肉なことに、戦後二・二六事件の受刑者を大赦したのは、天皇ではなくて、この事件を民主主義的改革と認めた米占領軍であった。

初出「二・二六事件——〝日本主義〟血みどろの最期」『週刊読売』一九六八年二月二三日

F104

私には地球を取り巻く巨きな巨きな蛇の環が見えはじめた。すべての対極性を、われとわが尾を嚥《の》みつづけることによって鎮める蛇。すべての相反性に対する嘲笑をひびかせている最終の巨大な蛇。私にはその姿が見えはじめた。

相反するものはその極致において似通い、お互いにもっとも遠く隔たったものは、ますます遠ざかることによって相近づく。蛇の環はこの秘義を説いていた。肉体と精神、感覚的なものと知的なもの、外側と内側とは、どこかで、この地球からやや離れ、白い雲の蛇の環が地球をめぐってつながる、それよりもさらに高方においてつながるだろう。

私は肉体の縁《へり》と精神の縁、肉体の辺境と精神の辺境だけに、いつも興味を寄せてきた人間だ。深淵には興味がなかった。深淵は他人に委《まか》せよう。なぜなら深淵は浅薄だからだ。深淵は凡庸だからだ。

縁《へり》の縁、そこには何があるのか。虚無へ向って垂れた縁飾《ふちかざ》りがあるだけなのか。

人は地上で重い重力に押しひしがれ、重い筋肉に身を鎧《よろ》って、汗を流し、走り、撃ち、辛うじて跳ぶ。それでも時として、目もくらむ疲労の暗黒のなかから、果然、私が「肉体のあけぼの」と呼んでいるものが色めいてくるのを見た。

人は地上で、あたかも無限に飛翔するかのような知的冒険に憂身をやつし、じっと机に向って、精神の縁《へり》へ、もっと縁へ、もっと縁へと、虚無への落下の危険を冒しながら、にじり寄ろうとする。その時、（ごく稀にだが）、精神も亦《また》、それ自身の黎明《れいめい》を垣間見るのだ。

しかしこの二つが、決して相和することはない。お互いに似通ってしまうことはなかった。

私は知的冒険に似た、冷え冷えとした怖ろしい満足を、かつて肉体的行為の裡《うち》に発見したことがなかった。また、肉体的行為の無我の熱さを、あの熱い暗黒を、かつて知的冒険の裡に味わったことがなかった。

どこかでそれらはつながる筈だ。どこで？

運動の極みが静止であり、静止の極みが運動であるような領域が、どこかに必ずなくてはならぬ。

もし私が大ぶりに腕を動かす。そのとたんに私は知的な血液の幾分かを失うのだ。もし私が打撃の寸前に少しでも考える。そのとたんに私の一打は失敗に終るのだ。どこかでより高い原理があって、この統括と調整を企てていなければならぬ筈だった。私はその原理を死だと考えた。

しかし私は死を神秘的に考えすぎていた。死の簡明な物理的な側面を忘れていた。地球は死に包まれている。空気のない上空には、はるか地上に、物理的条件に縛《いまし》められて歩き回る人間を眺め下ろしながら、他ならぬその物理的条件によってここまでは気楽に昇れず、したがって物理的に人を死なすことときわめて稀な、純潔な死がひしめいている。人が素面《すおもて》で宇宙に接すればそれは死だ。宇宙に接してなお生きるためには、仮面をかぶらねばならない。酸素マスクというあの仮面を。

精神や知性がすでに通い馴れているあの息苦しい高空へ、肉体を率いて行けば、そこで会うのは死かもしれない。精神や知性だけが昇って行っても、死ははっきりした顔をあらわさない。そこで精神はいつも満ち足りぬ思いで、しぶしぶと、地上の肉体の棲家《すみか》へ舞い戻って来る。彼だけが昇って行ったのでは、ついに統一原理は顔をあらわさない。二人揃って来なくては受け容れられぬ。

私はまだあの巨大な蛇に会っていなかった。

それでいて、私の知的冒険は、いかに高い高い空について知悉《ちしつ》していたことであろう。

私の精神はどんな鳥よりも高く飛び、どんな低酸素をも怖れなかった。私の精神は本来、あの濃密な酸素を必要としなかったのかもしれない。ああ、あいつらの精神。肉体が跳ぶ高さしか跳ぶことのできぬ飛蝗《ばった》どもの精神。私はあいつらの影を、はるか下方の草地の中に一瞥《いちべつ》すると、腹を抱えて笑ったものだ。

しかし、飛蝗どもからさえ、何事かを学ばねばならなかった。私は自分がその高空へついぞ肉体を伴って来たことがなく、つねに肉体を地上の重い筋肉の中に置きざりにしてきたことを悔いはじめた。

或る日、私は自分の肉体を引き連れて、気密室《プレシャー・チェンバー》の中へ入った。十五分間の脱窒素。すなわち百パーセントの酸素の吸入。こうして私の肉体は、私の精神が毎夜入っているのと同じ気密室へ入れられて、不動で、椅子に縛しめられ、肉体にとっては思いもかけない作業を強いられるのを知って、ひたすらおどろいていた。手足も動かさずに坐っていることが自分の役割になろうとは、想像もつかなかったのだ。

それは精神にとってはいとも易々たる、高空耐性の訓練だったが、肉体にとってははじめての経験だった。酸素マスクは呼吸につれて、鼻翼に貼りついたり離れたりしていた。精神は言いきかせた。

「肉体よ。お前は今日は私と一緒に、少しも動かずに、精神のもっとも高い縁《へり》まで行くのだよ」

肉体は、しかし、傲岸にこう答えた。

「いいえ、私も一緒に行く以上、どんなに高かろうが、それも亦、肉体の縁《へり》に他なりません。書斎のあなたは一度も肉体を伴っていなかったから、そういうことを言うのです」

そんなことはどうでもよい。私たちは一緒に出発したのだ。少しも動かずに！天井の細穴からはすでに空気が残りなく吸い取られ、徐々に見えない減圧がはじまっていた。

不動の部屋は天空へ向って上昇していた。一万フィート。二万フィート。見たところ、室内には何一つ起らないのに、部屋は怖ろしい勢いで、地上の羈絆《きはん》を脱しつつあった。部屋には酸素の稀薄化と共に、あらゆる日常的なものの影が薄れはじめた。三万五千フィートをすぎるころから、何かの近づく影があらわれて、私の呼吸は次第に、水面へ出てせわしげに口を開閉する瀕死《ひんし》の魚の呼吸になった。しかし私の爪の色は、チアノーゼの紫色にはなお遠かった。

酸素マスクは作動しているのだろうか。私は調節器のFLOWの窓をちらりと見て、大きく深く吸おうとする私の呼吸につれて、白い標示片が大きくゆるやかに動いているのを見た。酸素は供給されていた。しかし体内の溶存ガスの気泡化につれて、窒息感《チョーク》が起りつつあったのだ。

ここで行われている肉体的冒険は、知的冒険と正確に似ていたので、今まで私は安心していた。動かない肉体が何かに達することなど、想像もつかなかったからである。

四万フィート。窒息感《チョーク》はいよいよ高まった。私の精神は仲よく肉体と手を携えて、どこかに自分のための空気が残されてはいないかと、血眼で探し回っていた。ほんの一片でもいい。空気があれば、それをがつがつと食べたであろう。

私の精神はかつて恐慌を知っている。不安を知っている。しかし肉体が黙って精神のために供給しているこの本質的な要素の欠乏をまだ知らなかった。息を止めて思考しようとすると、思考は何ものかに忙殺される。思考の肉体的条件の形成に忙殺されるのだ。そこで彼は又息をしてしまう、どうしてものがれることのできないあやまちを犯すかのように。

四万一千フィート。四万二千フィート。四万三千フィート。私は自分の口にぴたりと貼りついた死を感じた。柔らかな、温かい、蛸《たこ》のような死。それは私の精神が夢みたいかなる死ともちがう、暗い軟体動物のような死の影だったが、私の頭脳は、訓練が決して私を殺しはしないことを忘れていなかった。しかしこの無機的な戯れは、地球の外側にひしめいている死が、どんな姿をしているかをちらと見せてくれたのだ。

……そこから突然のフリー・フォール。高度二万五千フィートの水平飛行のあいだ、酸素マスクを外して行われる低酸素症《ハイポクシア》の体験。又、一瞬の轟音《ごうおん》と共に室内が白い霧に包まれる急減圧の体験。……私はこうして訓練に合格した。そして一枚の、航空生理訓練を修習したことを証する小さな桃いろのカードをもらった。私の内部で起っていることと、私の外部と、私の精神の縁《へり》と肉体の縁とが、どんな風にして一つの汀《みぎわ》に融け合うか、それを知る機会がもうすぐ来るだろう。

十二月五日は美しく晴れていた。

H基地で、私は飛行場に居並んだF104超音速ジェット戦闘機群の銀いろにかがやく姿を見る。整備員が、私が乗せてもらう016号に手を入れている。F104が、こんなに物静かに休らうているのを見るのははじめてだ。いつもその飛翔の姿に、私はあこがれの目を放った。あの鋭角、あの神速、F104は、それを目にするや否や、たちまち青空をつんざいて消えるのだった。あれは何という存在の態様だろう。あそこの一点に自分が存在する瞬間を、私は久しく夢みていた。あれは何という輝やかしい放埒《ほうらつ》だろう。あれは頑固に坐っている精神に対する、あれほど光輝に充ちた侮蔑があるだろうか。あれはななぜ引裂くのか。あれはなぜ、一枚の青い巨大なカーテンを素速く一口《ひとふり》の匕首《あいくち》が切り裂くように切り裂くのか。その天空の鋭利な刃になってみたいとは思わぬか。

私は茜色《あかねいろ》の飛行服を着、落下傘を身に着けた。生存装具《サヴァイヴァル・キット》の切り離し方を教えられ、酸素マスクを試された。白い重いヘルメットは、あとしばらくのあいだ、私のものだった。そして靴の踵《かかと》には、はね上って折れる足をつなぎとめるための、銀色の拍車がつけられた。

このとき午後二時すぎの飛行場には、雲間《くもま》から撒水車のように光りがひろがって落ちていた。雲のありさまも光りのさまも、古い戦争画の空の描写に用いられる常套の手法だった。それは雲の裏に隠された聖櫃《せいひつ》から、扇なりに雲をつんざいて落ちてくる荘厳な光芒の構図である。何故空がこんな風に、巨大な、いかめしい、時代おくれの構図を描き、光りが又いかにも内的な重みを湛《たた》え、遠い森や村落を神聖に見せていたのかわからない。それは今すぐにも切り裂かれる空の、告別の弥撒《ミサ》のようだ。パイプ・オルガンの光りだ、あれは。

……私は複座の戦闘機の後部座席に乗り、靴の踵の拍車を固定し、酸素マスクを点検し、蒲鉾《かまぼこ》形の風防ガラスでおおわれた。操縦士との無線の対話は、しばしば英語の指令に妨げられた。私の膝の下には、すでにピンを抜いた脱出装置の黄いろい鐶《かん》が静まっていた。高度計、速度計、おびただしい計器類。操縦士が点検している操縦桿は、もう一つ私の前にもあって、それが点検に応じて、私の膝の間であばれている。

二時二十八分。エンジン始動。金属的な雷霆《らいてい》の間に、操縦士のマスクの中の息の音が、大空の規模で、台風のようにはためいてきこえる。二時半。016号機はゆるやかに滑走路へ入り、そこで止ってエンジンの全開のテストをした。私は幸福に充たされる。日常的なもの、地上的なものに、この瞬間から完全に訣別し、何らそれらに煩わされぬ世界へ出発するというこの喜びは、市民生活を運搬するにすぎない旅客機の出発時とは比較にならぬ。

何と強く私はこれを求め、何と熱烈にこの瞬間を待ったことだろう。私のうしろには既知だけがあり、私の前には未知だけがある、ごく薄い剃刀《かみそり》の刃のようなこの瞬間。そういう瞬間が成就されることを、しかもできるだけ純粋厳密な条件下にそういう瞬間を招来することを、私は何と待ちこがれたことだろう。そのためにこそ私は生きるのだ。それを手助けしてくれる親切な人たちを、どうして私が愛さずにいられるだろう。私は久しく出発という言葉を忘れていた。致命的な呪文を魔術師がわざと忘れようと努めるように、忘れていたのだ。

Ｆ１０４の離陸は徹底的な離陸だった。零戦が十五分をかけて昇った一万メートルの上空へ、それはたった二分で昇るのだ。＋《プラス》Ｇが私の肉体にかかり、私の内臓はやがて鉄の手で押し下げられ、血は砂金のように重くなる筈だ。私の肉体の錬金術がはじまる筈だ。

Ｆ１０４、この銀いろの鋭利な男根は、勃起の角度で大空をつきやぶる。その中に一疋の精虫のように私は仕込まれている。私は射精の瞬間に精虫がどう感じるかを知るだろう。

われわれの生きている時代の一等縁《へり》の、一等端の、一等外れの感覚が、宇宙旅行に必須なＧにつながっていることは、多分疑いがない。われわれの時代の日常感覚の末端が、Ｇに融け込んでいることは、多分まちがいがない。われわれがかつて心理と呼んでいたものの究極が、Ｇに帰着するような時代にわれわれは生きている。Ｇを彼方《かなた》に予想していないような愛憎は無効なのだ。

Ｇは神的なものの物理的な強制力であり、しかも陶酔の正反対に位する陶酔、知的極限の反対側に位置する知的極限なのにちがいない。

F104は離陸した。機首は上った。さらに上った。思う間《ま》に手近な雲を貫ぬいていた。

一万五千フィート、二万フィート。高度計と速度計の針が白い小さな高麗鼠《こまねずみ》のように回っている。準音速のマッハ0・9。

ついにGがやってきた。が、それは優しいGだったから、苦痛ではなくて、快楽だった。胸が、滝が落ちるように、その落ちた滝のあとに何もないかのように、一瞬空《から》になった。私の視界はやや灰色の青空に占められていた。それは青空の一角をいきなり齧《かじ》り、青空の塊《かたま》りを嚥下《えんか》する感覚だ。清澄なままに理性は保たれていた。すべては静かで、壮大で、青空のおもてには白い雲の精液が点々と迸《ほとばし》っていた。眠っていなかったから醒《さ》めることもなかった。しかし醒めている状態から、もう一皮、荒々しく剝《は》ぎ取られたような覚醒があって、精神はまだ何一つ触れたもののないように無垢《むく》だった。風防ガラスのあらわな光りの中で、私は晒《さら》された歓喜を噛んでいた。苦痛に襲われたように、多分歯をむき出して。

私はかつて空に見たあのF104と一体になり、私は正に、かつて私がこの目に見た遠いものの中へ存在を移していた。つい数分前までは私もその一人であった地上の人間にとって、私は一瞬にして「遠ざかりゆく者」になり、かれらの刹那《せつな》の記憶に他ならない一点に、今正に存在していた。

風防ガラスをつらぬいて容赦なくそそぐ太陽光線、この思うさま裸かになった光りの中に、栄光の観念がひそんでいると考えるのは、いかにも自然である。栄光とはこのような無機的な光り、超人間的な光り、危険な宇宙線に充ちたこの裸かの光輝に、与えられた呼名にちがいない。

三万フィート。三万五千フィート。

雲海ははるか下方に、目に立つほどの凹凸もなく、純白な苔庭のようにひろがっていた。F104は、地上に及ぼす衝撃波を避けるために、はるか海上へ出て、南下しながら、音速を超えようとするのである。

午後二時四十三分。三万五千フィートで、それはマッハ0・9の準音速《サブ・ソニック》から、かすかな震動を伴って、音速を超え、マッハ1・15、マッハ1・2、マッハ1・3に至って、四万五千フィートの高度へ昇った。沈みゆく太陽は下にあった。

何も起らない。

あらわな光りの中に、ただ銀いろの機体が浮び、機はみごとな平衡を保っている。それは再び、閉ざされた不動の部屋になった。機は全く動いていないかのようだ。それはただ、高空に浮んでいる静止した奇妙な金属製の小部屋になった。

あの地上の気密室は、かくて宇宙船の正確なモデルになる筈だ。動かないものが、もっとも迅速に動くものの、精密な原型になるのだ。

窒息感《チョーク》も来ない。私の心はのびやかで、いきいきと思考していた。閉ざされた部屋と、ひらかれた部屋との、かくも対極的な室内が、同じ人間の、同じ精神の棲み家になるのだ。行動の果てにあるもの、運動の果てにあるものがこのような静止だとすると、まわりの大空も、はるか下方の雲も、その雲間にかがやく海も、沈む太陽でさえ、私の内的な出来事であり、私の内的な事物であってふしぎはない。私の知的冒険と肉体的冒険とは、ここまで地球を遠ざかれば、やすやすと手を握ることができるのだ。この地点こそ私の求めてやまぬものであった。

天空に浮んでいる銀いろのこの筒は、いわば私の脳髄であり、その不動は私の精神の態様だった。脳髄は頑《かたく》なな骨で守られてはいず、水に浮んだ海綿のように、浸透可能なものになっていた。内的世界と外的世界とは相互に浸透し合い、完全に交換可能になった。雲と海と落日だけの簡素な世界は、私の内的世界の、いまだかつて見たこともない壮大な展望だった。と同時に、私の内部に起るあらゆる出来事は、もはや心理や感情の羈絆を脱して、天空に自由に描かれる大まかな文字になった。

そのとき私は蛇を見たのだ。

地球を取り巻いている白い雲の、つながりつながって自らの尾を嚥んでいる、巨大というもおろかな蛇の姿を。

ほんのつかのまでも、われわれの脳裡に浮んだことは存在する。現に存在しなくても、かつてどこかに存在したか、あるいはいつか存在するであろう。それこそ気密室と宇宙船との相似なのだ。私の深夜の書斎と、四万五千フィート上空のＦ１０４の機体内との相似なのだ。肉体は精神の予見に充たされて光り、精神は肉体の予見に溢《あふ》れて輝やく筈だ。そしてその一部始終を見張る者こそ、意識なのだ。今、私の意識はジュラルミンのように澄明だった。

あらゆる対極性を一つのものにしてしまう巨大な蛇の環は、もしそれが私の脳裡に泛《うか》んだとすれば、すでに存在していてふしぎはなかった。蛇は永遠に自分の尾を嚥んでいた。それは死よりも大きな環、かつて気密室で私がほのかに匂いをかいだ死よりももっと芳香に充ちた蛇、それこそはかがやく天空の彼方にあって、われわれを瞰下《みお》ろしている統一原理の蛇だった。

操縦士の声が私の耳朶《じだ》を搏《う》った。

「これから高度を下げて、富士へ向って、富士の鉢の上を旋回したのち、横転やLAZY8《エイト》を多少やります。それから中禅寺湖方面を廻って帰還します」

富士は機首のやや右に、雲をしどけなく身に纏《まと》って、黒い影絵の肩を聳《そび》やかせていた。左方には、夕日にかがやく海に、白い噴煙をヨーグルトのように凝固させた大島があった。

すでに高度は、二万八千フィートを割っていた。

眼下の雲海のところどころの綻《ほころ》びから、赤い百合が咲き出ている。夕映えに染められた真紅の海面の反映が、雲のほんのかすかな綻びを狙って、匂い出ているのである。その紅が厚い雲の内側を染めて映発するから、それがあたかも赤い百合があちこちに、点々と咲いているように見えるのだ。

〈イカロス〉

私はそもそも天に属するのか？
そうでなければ何故天は
かくも絶えざる青の注視を私へ投げ
私をいざない心もそらに
もっと高くもっと高く
人間的なものよりもはるか高みへ
たえず私をおびき寄せる？
均衡は厳密に考究され
飛翔は合理的に計算され
何一つ狂おしいものはない筈なのに
何故かくも昇天の欲望は
それ自体が狂気に似ているのか？
私を満ち足らわせるものは何一つなく
地上のいかなる新も忽《たちま》ち倦《あ》かれ
より高くより高くより不安定に

より太陽の光輝に近くおびき寄せられ
何故その理性の光源は私を灼《や》き
何故その理性の光源は私を滅ぼす？
眼下はるか村落や川の迂回《うかい》は
近くにあるよりもずっと耐えやすく
かくも遠くからならば
人間的なものを愛することもできようと
何故それは弁疏《べんそ》し是認し誘惑したのか？
その愛が目的であった筈もないのに？
もしそうならば私が
そもそも天に属する筈もない道理なのに？
鳥の自由はかつてねがわず
自然の安逸はかつて思わず
ただ上昇と接近への
不可解な胸苦しさにのみ駆られて来て
空の青のなかに身をひたすのが
有機的な喜びにかくも反し
優越のたのしみからもかくも遠いのに

もっと高くもっと高く
翼の蠟の眩暈《めまい》と灼熱におもねったのか？
されば
そもそも私は地に属するのか？
そうでなければ何故地は
かくも急速に私の下降を促し
思考も感情もその暇を与えられず
何故かくもあの柔らかなものうい地は
鉄板の一打で私に応えたのか？
私の柔らかさを思い知らせるためにのみ
柔らかな大地は鉄と化したのか？
墜落は飛翔よりもはるかに自然で
あの不可解な情熱よりもはるかに自然だと
自然が私に思い知らせるために？
空の青は一つの仮想であり
すべてははじめから翼の蠟の
つかのまの灼熱の陶酔のために
私の属する地が仕組み

かつは天がひそかにその企図を助け
私に懲罰を下したのか？
私が私というものを信ぜず
あるいは私が私というものを信じすぎ
自分が何に属するかを性急に知りたがり
あるいはすべてを知ったと傲《おご》り
未知へ
あるいは既知へ
いずれも一点の青い表象へ
私が飛び翔《た》とうとした罪の懲罰に？

『文藝』一九六八年二月

五月革命

パリの五月革命はわれわれにさまざまな教訓を与えた。六月の総選挙、さらにその後に来るものについては予断を許さぬが今までの時点で見ると、その起り方及び収束の経過には、きわめてニュー・モード的な面と、きわめて古典的な面とがある。一時は、先進工業国における世界最初の革命が成るか、と思わせるモメントもあったが、学生運動のこのような起爆剤的効果は、マルクスも計算に入れていなかった新薬の効果だった。

　古典的な面を先に言うと、パーム・ダットが、ファシズムの政権獲得の経過について立てた公式が、ある点ではみごとにあてはまったことである。すなわち議会で共産党が過半数を占め、共産党が政権を握らんとする寸前に、社会民主主義者の裏切りによって、大逆転が起り、結局右翼に牛耳られてしまうという公式である。共産党はフランスにおいて、これほどの勢力をなすには遠かったが、少くとも力によるヒタ押しで人民戦線内閣が出来るかと思われた瞬間に、中道派のデニアメルの、思いもかけない「裏切り」(共産党に言わせれば)演説によって、共産党は顔面蒼白、それからあとは次々とド・ゴールに先手を打たれてしまった。あのガソリン不足さえ、ド・ゴールが押えておいて、もう大丈夫という時になって、放出した為と伝えられるのは、社会不安を逆用するみごとなタクティックである。

　一方、ニュー・モードの面といえば、単なる教育改革から激発した学生運動が、経済闘争へ、政治闘争へとエスカレートして、全フランスを巻き込んだという新らしい型の革命方式である。これは、その本質において、心理的革命、精神的革命というような意味合を持ち、中共の発明した文化大革命的ニュアンスをも持っていた。心理革命、精神革命、文化革命という、無血革命的イメージは、中共はさておき、先進工業国の民衆にいちばん受けいれられやすいイメージであるが、同時に、それが決定打になりえないという限界をも、まざまざと示したのが五月革命であった。学生たちは、はじめは軽んじられ、ついで注目され、フルに利用され、邪魔になると弊履《へいり》のごとく捨てられたのである。しかし、まあこのまま黙ってはいまいな。

『論争ジャーナル』一九六八年七月

橋川文三氏への公開状

「中央公論」九月号の「美の論理と政治の論理」(三島由紀夫「文化防衛論」に触れて)を拝読しました。いつもながら、貴兄の頭のよさには呆れます。それから、社会科学の領域で現下おそらくみごとな「文体」の保持者として唯一の人である貴兄の文章に、かわらぬ敬意を捧げます。このエッセイで、貴兄は私に「愚直」の勲章を下さり、賑《にぎ》やかすぎる尊攘の志士としての、何だか胡散《うさん》くさい人物の戯画を巧みに焙《あぶ》り出し、つまらぬ洒落《しゃれ》だが、私を完全な「守《もり》の石松」に仕立ててしまわれました。それについては、私は感謝こそすれ、いささかも怨《うら》みに思う筋はありません。

ただ、いつも思うことですが、貴兄の文体の冴《さ》えや頭脳の犀利《さいり》には、どこか、悪魔的なものがある。悪魔的というより、どこか、悪魔に身を売った趣があって、はなはだ失礼な比喩かもしれないが、もっとも誠実な二重スパイの論理というものは、こういうものではないかと思われることがある。なぜなら、貴兄は、いつも敵の心臓をギュッと甘美に握ることを忘れず、そうして敵に甘美感を与えている瞬間だけ、貴兄の完全な自由と安全性を確保しておられるように思われるからです。もっともそれは、学問の客観性というものの当然の要請かもしれませんから、単なる無頼の言とお聴き捨て下さい。

このエッセイで、私がもっともギャフンと参ったのは、第五章の二ページに亘《わた》る部分でした。貴兄はみごとに私のゴマカシと論理的欠陥を衝かれ、それを手づかみで読者の前にさし出されました。

「三島よ。第一に、お前の反共あるいは恐共の根拠が、文化概念としての天皇の保持する『文化の全体性』の防衛にあるなら、その論理はおかしいではないか。文化の全体性はすでに明治憲法体制の下で侵されていたではないか。いや、共産体制といわず、およそ近代国家の論理と、美の総攬者としての天皇は、根本的に相容れないものを含んでいるではないか。第二に、天皇と軍隊の直結を求めることは、単に共産革命防止のための政策論としてなら有効だが、直結の瞬間に、文化概念としての天皇は、政治概念としての天皇にすりかわり、これが忽《たちま》ち文化の全体性の反措定になることは、すでに実験ずみではないか」

なるほど、こういう論法の前には、私の弱点は明らかであります。しかし刑事は、犯人がごまかしを言ったり、論理の撞着を犯したりするとき、正にそのとき、犯人が本音を吐いていることを、職業的によく知っています。同時に又、その瞬間に、訊問者も亦《また》、何ほどかの本音を供与せねばならぬことも。

結論を先に言ってしまえば、貴兄のこの二点の設問に、私はたしかにギャフンと参ったけれども、私自身が参ったという「責任」を感じなかったことも事実なのです。なぜなら、正にこの二点こそ、私ではなくて、天皇その御方が、不断に問われてきた論理的矛盾ではなかったでしょうか。この二点を問いつめることこそ、現下の、又、将来の天皇制のあり方についての、根本的な問題提起ではないでしょうか。

それというのも、現在、「文化国家」の首長としての天皇は、平和憲法下、世界にも稀な無階級国家の象徴の地位を保持され「統治なき一君万民」を実現されているように思われるからです。この日本が一体、本質的に、「近代国家の論理」などというものに忠実な国家形態を持っていると貴兄はお考えでしょうか。近代国家の論理に忠実だったのは、むしろ、あの破産した明治憲法体制ではなかったでしょうか。そういうと、あたかも私が、あのベレー帽をかぶった糖尿病の護憲論者の一人だと思われそうですが、私が現下日本の呪い手《のろいて》であることは、貴兄が夙《つと》に御明察のとおりです。

しかし私が、天皇なる伝統のエッセンスを援用しつつ、文化の空間的連続性をその全体性の一要件としてかかげて、その内容を「言論の自由」だと規定したたくらみに御留意ねがいたい。なぜなら、私はここで故意にアナクロニズムを犯しているからです。過去二千年に一度も実現されなかったほどの、民主主義日本の「言論の自由」という、このもっとも尖端《せんたん》的な現象から、これに耐えて存立している天皇というものを逆証明し、それればかりでなく、現下の言論の自由が惹起している無秩序を、むしろ天皇の本質として逆規定しようとしているのです。こういう現象は実は一度も起きなかったことですから、私の証明方法は非歴史的あるいは超歴史的といえるでしょう。国学者のユートピア的天皇像といえども、このような「言論の自由」を夢みることさえなかったと思われるからです。

ところが、私は、文化概念としての天皇、日本文化の一般意志なるものは、これを先験的に内包していたと考える者であり、しかもその兆候を、美的テロリズムの系譜の中に発見しようというのです。すなわち、言論の自由の至りつく文化的無秩序と、美的テロリズムの内包するアナーキズムとの接点を、天皇において見出そうというのです。そして、文化と政治との接点が、こんな妙なところでおそらく瞬間的に結びつこうとするところに、天皇というものの、比類のない性質を発見しようというわけです。

では、現在はそれが結びついているかというと、不幸にして、あるいは幸いにして、まだ結びつく兆候は見えません。誰もこのような「言論の自由」の招来した無秩序の底に天皇の御顔を見ようとする者はないからです。政治家や官僚は、一見天皇主義者を装えば装うほど、言論統制の上に立った国家権力機構の再建をしか夢みることはないでしょう。こういう非歴史的な手続で、私は言論の自由を通じて、文化概念としての天皇を再構成し、かつ歴史的に規定しようと試み、それが天皇制の創造機能であるとさえ考えますが、しかし、天皇及び天皇制の、おそらくもっとも危険な性質は、そのスタビリティーにではなく、フレキシビリティーに在ることは、貴兄もあるいは同感して下さるかもしれません。

貴兄が指摘された私の論理的欠陥の第一は、このフレキシビリティーにどこかで歯止めをかけたい、という私の欲求から生れたわけであります。この欲求の中にこそ、文化の意志が働らいていると私は信ずる者です。その歯止め、その辷《すべ》り止《ど》め、そのケジメの最終地点が、「容共政権の成立時点」だ、と私は規定するわけです。つまり、幕末の国学以来、天皇を追いかけて追いかけて行って、又スルリと逃げられて、なお追いかけて行って、「もうこれ以上は」という地点をそこに設定するわけであります。そして第二点は、もとよりこのための技術的処置であり、予防策でありますが、私は必ずしも栄誉大権の復活によって「政治的天皇」が復活するとは信じません。問題は実に簡単なことで、現在の天皇も保持しておられる文官への栄誉授与権を武官へも横辷りさせるだけのことであり、又、自衛隊法の細則に規定されているとおり、天皇は儀仗《ぎじよう》を受けられるのが当然でありながら、一部宮内官僚の配慮によって、それすら忌避されているのを正道に戻すだけのことではありませんか。

いわゆるシヴィリアン・コントロールとは政府が軍事に対して財布の紐を締めるというだけの本旨にすぎないが、私は日本本来の姿は、文化（天皇）を以て軍事に栄誉を与えつつこれをコントロールすることであると考えます。以上お答えにはならぬかもしれませんが、冗《くど》く卑見を述べました。更に御批判をいただければ倖せに存じます。

『中央公論』一九六八年一〇月

新宿騒動＝私はこう見た

㈠　十月二十一日夜の新宿における学生の行動をどのように感じたか。
㈡　十六年ぶりに騒乱罪が適用されたが、適用は妥当か。
㈢　㋑警備側の当夜の規制態度について。㋺また今後の警備体制はどうあるべきか。
㈣　当夜のモッブ（群集）化をどう解釈するか。
㈤　革命を招来する上に当夜の事件はその役割を果したか。

フィクションの無警察状態

㈠　警察に護られたフィクションの無警察状態の味わいに、二十三年前の終戦直後のアナーキーを見た思いだ。又、空襲下の群衆ときのうの群衆との共通点を考えた。それを私に味わわせてくれたのは、学生のおかげである。
㈡　本来、全て政治現象に対する法律の適用は、政治的なものである。
㈢　㋑現場にいると、非常にミステリアスな警備であった。㋺このような作戦は一度でおしまいであろう。この次同じ手を使えば、敵にワナと気づかれるであろう。

㈣ 弾が飛んできた時にも同じモップの現象が起るであろうか。警察は民衆に怪我をさせないために、警備を手びかえたというが、あのような形のモップは、ひょっとすると生命の危機を犯すまでに昂揚する可能性もあるから、もし怪我をした人がでても、いずれにせよ警備の責任ではあるまい。

㈤ 私は民衆行動のごく低いオートマティズムを見た。それはおそろしかった。革命は人間の最も低い心情に訴えるものであることが、はっきりする。

私は、この事件は、革命側にとってもプラス、警備側にとってもプラスであったと思う。

『論争ジャーナル』一九六八年一二月

自衛隊二分論

国防は誰のためか

いまから私が述べることはすべて情勢論である。防衛問題の本質、ないし理想論については いくら論じてもはじまらない。のみならず自衛の見地は軍事学上あらゆる転嫁が許されるのであり、日支事変も自衛の戦争として始められ、ベトナム戦争もアメリカは自衛のための代理戦争として規定するであろう。すなわち攻撃に優《まさ》る防御なしという観点からは、国防の第一線は遠方にあればあるだけよく、国境をもって最後の阻止線と考える考え方は、パッシブな敗北主義と見なされている。

しかしながら、国境を越えた防衛線を設定すれば、それは国家の勢力範囲を無限に拡大することになり、この無限の拡大は、防衛費の無限の増大をもたらして、少なくとも現下の世界情勢では、膨大な核装備なしには、このような自衛論は成り立たない。

日本の自主防衛論はこうした自衛論をいっさい遮断し、平和憲法下の、また安保条約下の特殊な制約下に於ける自衛の問題を考えているわけである。したがってそれは情勢論であり、あるいは軍事学上の常識に反するかも知れないが、このような無数の制約下に於いて、防衛問題を考えていかなければ我々の防衛問題は現実的に解決することができないと考える。しかも、自主防衛とはいいながら、本当に自主的な軍備だけで外国からの侵略を防ぎうるかどうかは疑問であるから、集団安全保障下に於ける安保条約体制がいまは国是のようになっている。しかしこうした制約下に我々は真の国民のための防衛の問題、自衛の問題を展開できるかどうかは甚だ疑わしいのである。すなわち安保条約を一つの枷《かせ》とする集団安全保障の体制はいまや有名無実のものとなりつつある国際連合を背景とした国連警察軍の形をとる場合があるが、国連警察軍による朝鮮事変の処理はとりもなおさずそのまま米軍による処理であり、もしこうした情況下に置かれれば我々は一体日本のために戦っているのかどうか、疑わしくなるであろう。日本人が真に安全保障の問題を観念の中で国際的に拡張し自由諸国全体の連帯のために日本精神をもって戦うことができるかどうかにも大いに疑問の余地がある。したがって国防の本義が日本のためであるか自由主義諸国の連帯感のためであるかという混迷が生ずるのは現態勢下止むを得ない。我々の自衛隊はそのような矛盾した状況の下に置かれているのである。

理解されてない自衛隊の本質

自衛隊は何のためにあるのであるか、私はこの問題を外側から素人としてながめているうちに、様々な好奇心と疑問にかられた。そして一昨年の春自ら四十五日間各部隊の隊付をしてきたが、私はしばしば治安出動の時を思って不安にかられている隊員たちに会った。彼らは日本人同士が撃ち合うような事態を恐れ、且つ悲しんでいた。そこで私は彼らを、いつも私のあけすけすぎるやり方で追求したのであるが、「では君たちは何のために宣誓を受けて自衛隊に入ってきたのか、日本は明治以前は内戦ばかりを繰り返してきた。もちろん、朝鮮征伐や元寇《げんこう》のような場合もあるけれども、多くは日本人同士が殺し合ってきたのである。それが明治以後外征が戦争の常態になり、外国人は殺してもいいが日本人は殺し合ってはいけないという道徳が生まれてきた。しかしこれこそ侵略主義につながる道徳であって、なぜ日本人同士殺し合うのが罪悪であり、外人を殺すことが正義であるのか、この問題は敗戦まで覆い隠されて持ち越されたのである。しかし敗戦によって日本は侵略主義を捨てたのであるから、このモラルも崩壊したと考えなくてはならない。その時は日本人同士は殺し合ってもよく、外人を殺してはいけないという逆のモラルが成立するかも知れない。なぜ諸君は武器訓練をしているのか、諸君の持っている銃は何を撃つためのものであるか、まさかネコやニワトリを射つためではあるまい。平和憲法において少なくとも自衛の戦争以外の戦争が禁止された以上、対外侵略がない限り、諸君の鉄砲は日本人を撃つために使われる他はない。その覚悟なしに自ら自衛隊員となり、銃の訓練をするのは、自己矛盾ではないか」と私は追求したのであった。

私は、自衛隊の本質を現自由主義体制を守るためのイデオロギッシュな軍隊であると規定している。一部では自衛隊の中立性をその根拠と考え、自衛隊を政治中立の軍隊と考えることを以て、世間の目を柔らげようとする論法があるけれども、その論法には一つの矛盾が含まれている。明治憲法下でも軍隊の中立性は考慮されており、民政党と政友会との絶えざる政権交替によって軍隊が動揺することを防ぐために一応旧憲法下の統帥権独立の規定が逆用されて統帥権干犯問題を引き起こし、それがついには何かにつけて政治の分野に軍部が横車を押す軍事独裁的な状態へ移行したことはよく知られている。あくまで天皇を錦の御旗として統帥権の独立問題を自らの権力拡張に利用した軍人の例を見ると、それこそ政治的中立をテコとした軍閥の形成に他ならない。すなわち政治的中立の軍隊とは、軍閥の異名なのである。もし軍部が完全に政治のキャスチング・ボートを握るとき初めてその軍隊を政治的中立の軍隊といえるであろう。しかし我々が考えるのはそのような中立の軍隊ではない。我々の支持する政治体制によってコントロールされなければならない軍隊である。それが今日平和憲法下における自衛隊の姿であると私は考えるから、野党の反撃を恐れ、国会における攻撃を恐れて自衛隊のイデオロギッシュな本質をあくまでカバーすることはかえって将来に禍根を残すことになるであろう。この偽善ないし隠蔽が自衛隊の隅々まで浸み入り、大切な将校教育の場である防衛大学においても、自衛隊というもののイデオロギッシュな本質が覆い隠されていることは寒心に耐えない。

自主防衛とは三次防を認めることか

私はこのような現状を見るにつけ、自分の議論が単なる情勢論に過ぎないことを認め、なお且つ軍事的に甚だしく非常識であることを認めながらも、最近自衛隊二分論を唱えるようになったのである。

私の自衛隊二分論とは他でもない佐藤内閣が主唱した「自主防衛」という言葉の形容矛盾から触発されたものである。佐藤首相は、ジョンソン大統領と一昨年秋会見、後帰国して直ちに自主防衛の論議を唱え出し、この自主防衛なる言葉は大いに論議を呼んで、昨年春の国会でも甚だ醜態に終わった防衛論争が戦わされた。自主防衛とは何か。私は佐藤内閣が当面する一番の政治的問題であり、またもっとも政治的な矛盾に満ちた問題こそ、この自主防衛という一語に込められていると思う。

自主防衛とは字義通りにいえば、国民が自分の手をもって自らの国を守る気概というべきであって、佐藤首相もこのことは明言している。ではいかにしてそれが可能になるか。我々は国民皆兵制度をもたず、自衛隊は志願制度である。そして我々の防衛意欲は、秀吉以来の刀狩りによって市民の自衛ということは否定され、我々は武器を持つことは禁止されて、自らの手で直接国を防衛する任務に携わることはできない。したがって佐藤首相は具体的に自主防衛とは何をいうのかと聞かれて、国会で「自主防衛とは三次防を認めることである」といってしまった。

この答弁には池田内閣以来久しく続いた天下泰平ムードとマイホーム主義におもねるような何ものかが潜んでいる。我々は自らの小さな生活を守り、マイカーとマイホームと自分の家族だけを守るために、またそのマイホームの生活からいっさい自分が踏み出さず、国のために挺身するという情熱も意欲ももたないままにただ政府のいうことに賛同して税金を支払い、三次防を支持すればそれだけで「自らの手で国を守る気概」を果たしたことになるのであろうか。

しかも自主防衛ということは、たとえ百尺竿頭一歩を進めて国民自らが銃を取り、国の防衛に参加することになったとしても、現下の核戦争時代には、それだけで日本の国が安全に諸外国から守られるわけではない。しかも日本の軍備の制約下では、核兵器は保有を許されていないから、安保条約が当然必要になり、自民党のいわゆる「核の傘の下」に入ることを余儀なくされているわけである。全く現実的な見地でいえば、アメリカの強大な軍備に守られてこそ、ようやく日本の自主防衛ですらも可能になるというような情況にあることを否定することはできない。

しかし、果たしてこれをもって日本人は満足するであろうか。ごく素朴な見方をしても、日本人は久しく、自衛隊が果たして我々自身の軍隊であるかということに疑惑を表わしてきた。もし日本が代理戦争のようなものに巻き込まれて、自衛隊が出動し、あるいは国連警察軍の名目の下に、アメリカが出動するようなことがあった場合、その自衛隊の最高指揮権は名目上、日本の総理大臣になっているけれども、米軍との共同動作がどの段階でなされ、且つ、その日本軍と米軍との戦略的な観点の相異がどこで調整されて、どこで最終的にコントロールされるかという問題になれば、人はそれをアメリカ大統領ではないかという疑惑を禁じることはできないのである。

自衛隊と国民の遊離感を排す

自衛隊は不幸にしてその成り立ちからこのような疑惑を人に招かせるような発展過程

を示してきた。初めそれは警察予備隊としてマッカーサーの命令下、にわかに作られた軍隊であったが、これが徐々に成長するにつれて自己の守備範囲を広くしてきたけれども、その発生の記憶は人々の中に新たである。旧安保条約と新安保条約との違いは周知のように、間接侵略に対する自衛隊の責任分担の問題である。自衛隊法第三条にも明記されている通り、いまや我々が自衛隊は間接侵略の対処及び、通常兵器による局地的な侵略については、安保条約の力を借りずに全く自分の力でこれに対処するように規定されている。旧安保条約では、たとえ間接侵略に対しても、米軍の協力ないし、米軍の責任分担範囲が、大幅に認められていたのであった。なぜこのような変化があったのかというと、これは日本の自主防衛力が多く認められてきたことばかりとはいえない。すなわち、間接侵略というものは、高度に政治的な戦争形態であり、高度にイデオロギッシュな性質のものであり、またその範囲はきわめて広く思想戦、心理戦、言論戦から実際のゲリラ戦や、いわゆる遊撃戦活動から社会主義革命に至るまで、あらゆる段階を含んで進行することは自明であるから、このような国内問題に類する間接侵略に対して、外国軍隊が直ちに第一段階で介入することは内政干渉と受けとられる恐れが充分あるので、したがってアメリカとしても間接侵略に対する対処を早く自衛隊自らの手にゆだねようとしたわけであろう。そしてこの対間接侵略事態とははっきりいっていま問題になっている治安出動である。

日本の周囲の情勢を見渡すのに、直接侵略事態はむしろ可能性が薄く、間接侵略事態がある程度進行した場合にはじめて直接侵略事態が起こるであろうということが常識として考えられる。一例がソビエトはいわゆる熟柿作戦といわれているように、昔からいったん相手を安心させてから、例えば一国が両面作戦を恐れてソビエトと手を握った時に、ソビエトは一旦これと手を握って相手を安心させた後に、相手がソビエトに背を向けて敵と戦っている留守を狙って背後から、その条約を破ってこれを打ちのめし、占拠し、あるいは自分の手に収めるという時機を狙う戦略に甚だ老練であり、甚だ狡猾《こうかつ》である。ソビエトが現下のような政治情勢で、日本に直接進攻してくることは、すぐには考えられないけれども、ソビエトなり北鮮なり中共なりのそれぞれ色彩も形態も異なった共産主義諸国が、もし日本に政治的影響を及ぼして、間接侵略事態を醸成するのに成功した場合、そしてそれが日本全国の治安状態を攪乱せしめ、国内の経済も崩壊し、革命の成功が目の前に迫った場合、このような場合にはソビエトが、あるいは新潟方面に陽動作戦を伴いつつ北海道に直接進攻してくる危険がないとは決していえない。決していえないけれども、このような直接侵略事態を考える前に、最も我々が問題にすべきものは、これを最終目的として狙ってくる、間接侵略事態の進行である。

このような間接侵略事態に対処するには、国民の魂の防衛こそ必要である。なぜならば、内戦状態は、国民の一人一人が誰が敵であるか、味方であるかわからないような非常に複雑な混迷した状況を作り出すものであり、そのような中においては、単なる火力自体が効果を発揮するのではなく、国民がそれぞれ思想戦であることからはじめ、且つその魂の水際において敵と対応するというような姿勢が肝要とされるからである。そして現に東大紛争に見られるような、複雑紛争を極めた闘争が順次色分けされて、それぞれのセクトに分かれてくるように、そのセクトの色分けがはっきりするまでは、我々は自らの魂に問うて、自分のなすべきことは何か、自分はいつ何を守るべきかということを深刻に反省させられるのである。東大紛争の長い経過の中において、初めはノンポリであった教官が対決の姿勢を固める煩悶があり、思考過程があったに違いないと思われる。これをさらに拡大した大きな状況において間接侵略が進行するとすれば、初めは敵味方がわからないような状況から、各人が自らの心に問い、信念に問うてそれぞれの陣営に属して、はっきりとした色分けになって戦うという状況がくるであろう。このような間接侵略事態において我々は日本人として戦い、日本精神を盾として戦うのであって、その時自衛隊がもし外国の指揮下における軍隊であったらこれほどやっかいなことはない。

したがって自衛隊が間接侵略事態に我々の味方であるということは心強いことではあるけれども、同時に自衛隊のそれぞれの使命を我々の目の前に平時からはっきり分けておき、それによって我々と自衛隊との間の大きな国民的な紐帯《ちゅうたい》を確保しておかなければ、いったん緩急ある時には甚だ危険であるといわなければならない。なぜならば間接侵略事態に対処する国民の努力と、治安出動に出た自衛隊との間にすこしでも齟齬《そご》ができれば、自衛隊は支配階級あるいは権力機構あるいは外国勢力の傀儡《かいらい》であるという宣伝がたちまちなされて、国民感情の間にヒビが入れられ、その国民と自衛隊との間の間隙、齟齬、亀裂にこそまさに革命勢力の狙いが生かされてくるであろうからである。したがって私は平時から自衛隊と国民との間の緊密な紐帯が必要であると考える者であり、そのためには単なる自衛隊のファンであったり支持者であるだけでは足りず、国民が何らかの形で自衛隊の内部に接触し、且つ自衛隊の訓練を国民的訓練の一部として受けるべきであるという考えさえ持っている。私はしかしここでいま徴兵制度の復活を唱えるのではなく、もっとさまざまな形の自衛隊と国民との間の軍事訓練を結び目とした接触が考えられてもよいと思うわけである。

話はすこしそれるが、私は一ヶ月の体験入隊を卒業した学生たちと「楯《たて》の会」という組織を作っているが、私が防衛庁に特にこの会のために頼んだカリキュラムは、一ヶ月という、いままでにない長期の体験入隊である。なにがこの計算の根拠かというと、春休みや夏休みの一ヶ月しか学生が暇がないからではあるが、同時に北鮮においては、高校生は週に二時間の軍事教練を受けており、この軍事的教練は概算して月に八時間、一年間春休み夏休みを除いて八十時間、そして三ヶ年で二百四十時間と計算すれば、我々が一ヶ月で一日八時間の訓練を受けて、概算三十日で二百四十時間をマスターすることができるのである。日本周辺諸国の学生がこのような厳しい軍事教練によって、一定の軍事能力を付与されているにもかかわらず、我々の青年層がいたずらに安閑としてこうした能力なしにいることは非常に危険なことだと思われるので、せめて周辺諸国の青年の軍事能力に対応するものを自主的に身に付けたいと考えているわけである。

国土防衛軍と国連警察予備軍とに分けよ

さて最後に私の結論というべき自衛隊二分論であるが、これは前にもたびたび断わったように単なる情勢論である。しかしながらいくら頭をひねっても、こういう情勢論的解決の他に現在の自主防衛という形容矛盾を解決し、国民に心の底から納得させる防衛体制というものができるとは思われぬ。

すなわち現下日本は細説したように安保条約を通しての集団安全保障体制も捨てることはできない。また同時に、日本の経済的復興によって高揚してきたナショナリズムに立脚してきたところの国民精神の復興と、国民が自らの手で国を守ろうとする自主独立の精神をも無視することはできない。いかにしてこの二つを結合し、いかにしてこの二つに所あらしめるかということが私の発想である。すなわち陸上自衛隊の主任務が間接侵略対処であるならこれこそ国民の軍として適切なものである。ことにこの複雑な政治的状況下における間接侵略事態対処においては、国民が真に軍隊を我々のための軍隊であると考え、且つ局部的には日本人が日本人を殺すような悲惨な状態が生じてもなお且つ自衛隊を信頼して、それこそ国民の最終的な幸福のための軍事行動であると納得するためには、これを最終的に我々自身の軍隊と考えなければならない。そこで陸上自衛隊の八割ないし九割を安保条約から切り離して、これに海上自衛隊の二割ないし三割また航空自衛隊の一割をくっつけて、これをもって「国土防衛軍」を編成するのである。国土防衛軍の最終指揮権はいうまでもなく総理大臣であるが、この国土防衛軍がさらにスイスのような民兵組織やあるいは短期現役制度、その他の各種各様の志願兵制度と国民兵制度を結合して、自衛隊と国民兵との間の境界をさまざまなニュアンスを持たせて結びつけていく。そしてこれはあくまでも日本の国土を守り、間接侵略に対処するための軍隊であって、いかなる外国とも条約を結ばないのであるから、これはもし直接侵略の事態がきた場合にはそれに対する国連警察軍の支援に対しては自ら自主的にこれを応援するという形以外には考えられない。

第二に「国連警察予備軍」の編成である。国連警察軍に参加するには現下の日本の憲法下では無理であって、これは憲法を改正しなければ日本は国連警察軍に参加して海外派兵を大いにやって、例えばベトナム戦争その他で協力するという体制をつくることはできない。しかし私はそのための予備軍になるところの国連警察予備軍は国内法で編成できるという考えである。これはもちろん何ら核装備とも関与せず通常兵器のみであって、海外派兵もできない。この現段階下における予備軍として編成するのである。これは将来政治情勢の変化、あるいは憲法の改正のあった場合には当然国連警察軍に参加できる性質のものであるが、これがだいたい海上自衛隊の七割から八割それに陸上自衛隊の二割から一割、さらに航空自衛隊の九割近くをこれにあてて編成する。すなわち国連警察予備軍は日本国土の外周を守り、ことに海上自衛隊はこれを増員して西太平洋全体を、日本の産業の重要な生命線である油の輸送路を確保し、外国からの侵略に備えて充分な防衛力を持つが、それはあくまで国連警察予備軍としての集団安全保障下の防衛体制に基づいてなすべきものであって、決して日本自身の海外侵略の意図をもってするのではない。これは一つはアジアの集団安全保障体制の理念に培われ、ひいては世界自由主義諸国の集団保障の理念をその中核となすのである。もちろんユニホームその他も国土防衛軍とは変えて、我々は日本の軍隊に協力するときに国土防衛軍に入るか、国連警察予備軍に入るかは自らの自由意志によって決定すべき問題である。国連警察予備軍は日本の天皇の管轄下に置くことはできないが、国土防衛軍は当然日本の象徴である天皇に対して最高の敬意を表するものである。一方、国連警察予備軍は天皇に対する敬意をあらゆる外国元首に対するのとほぼ同格のものとして扱わなければならない。しかしながら、日本人が自らの中で国家というものに対する愛着ないし尊敬をどこで分けるのかという問題は、すでに、日本の国内で分かれているものであるから、これは軍隊を一つの理念として分けることによって、日本の国民感情が分裂するということは私には考えられない。そしてまた国連警察予備軍はあたかも外国経営の飛行機会社パン・アメリカンやエール・フランスやBOACにつとめる日本人と同じ立ち場、あるいは国連の事務局に勤める日本人と同じ立ち場でハイカラなユニホームでそれに勤務するという形である。現に航空自衛隊という高度に技術の発達した分野では、そのまま自然に集団安全保障的な理念が浸透しているのである。

だいたいこれが私の自衛隊二分論の構想だが、このような自衛隊二分論は現下直ちにやるということは不可能だとしても、このような解決策のみが自主防衛論の矛盾を救済するものであると思う。この体制下では、国連警察予備軍のみが「安保条約下の軍隊」であって、安保条約の規則に従わなければならない。しかしこれのみが安保条約下の軍隊であって他に安保条約と相渉《あいわた》らぬ軍隊があることによって、安保条約に対する複雑な矛盾した国民感情がすっきりするのではないかと考えられる。

『20世紀』一九六九年四月

北一輝論──「日本改造法案大綱」を中心として

北一輝の「国体論及び純正社会主義」は、二十三歳のときに書かれたもので、書かれてたちまち発禁になったが、その紛糾した論旨にもかかわらず、めざましい天才の書物である。彼の激しさ、そしてまた、青春の思考過程の中にある混乱と透徹、論理の展開の急激さと、これを支える直観の繊細さその他は、私の知る限りではオットー・ワイニンゲルの天才に比べられる。

私は北一輝の思想に影響を受けたこともなければ、北一輝によって何ものかに目覚めたこともない。ただ、私が興味をもつ昭和史の諸現象の背後にはいつも奇聳《きしよう》な峰のように北一輝の支那服を着た瘦軀が佇《たたず》んでいた。それは不吉な映像でもあるが、また一種悲劇的な日本の革命家の理想像でもあった。錦旗革命ということが言われたときに、すでに日本の国家主義運動は、一つの計画性をもったのである。西南戦争以来、日本の国家主義運動は茫漠たる大アジア主義と感情の激越、純粋と非論理的天皇崇拝と、やみくもな行動意欲によって特徴づけられていた。そして、ヨーロッパ・ファシズムとは違って、反資本主義の性格を露骨に現わし、すべて日本の西欧化・近代化が提示した物質主義に対する反措定としての意味を担っていた。それは、あたかもついに現実社会の運動とかかわることのなかったキリスト教の清教徒主義の代替物であるかのごとくであった。唯物論に対抗するに精神主義をもってし、西欧的近代化に対抗するに農本主義をもってし、すべての西欧文明に対抗するのにはなはだ無前提のアジア主義をもってし、理性に対抗するに感情を、権力に対抗するに赤誠を、革命に対抗するに暗殺をもってしたのである。日本の志士の系列は、明治維新以来、その有効性を自らおとしめていた。何らかの有効な政治的結果を招来し、何らかの有効な統治の未来を予言させるようなものが、唯物弁証法の描く未来社会の映像を否定するに足りなかったのである。今のことばでいうと、反体制的な言行が、体制の中に融け入ってしまうことを何よりも恐れたのは、左翼よりもむしろ右翼であった。

　ある一つの行動の目的と有効性とは、行動の純粋性に反比例するという考え方がとられた。その論理的な結果は、われわれの行動が無目的であり、無効であればあるほど純正に近づくことになり、それは政治運動の域を脱して、日本的心情の結晶としての純粋行為の模索になるのである。暗殺も一人一殺の形においては、その純粋行為の発現と考えられ、その罪は自決によって清められた。しかし、集団的な改革運動というものが、左翼の運動がさかんになるに従って、人々の心の中に思い描かれてくるにつれて、戦術と方法論、目的と有効性、その権力奪取の方式は、いつかは考えられねばならなかった。それは次のような方法をもって可能になるであろう。すなわち自分の純粋行為と右側の価値の根源である天皇の純粋性とを直結して、その間のものをすべて不純と考え、天皇親政の実を上げることによって、そこにいたる過程的、中間的なものをすべて無視し、いわば天皇制下の直接民主主義形態に似たものを過激に追い求めることであった。一つの行為を道徳の最終価値と直結させること、その直結方式こそは左翼革命との相違点と考えられたから、左翼革命の過程的、戦術的方法からなるたけ違うものが求められねばならなかった。いわばそれは一人一殺主義の集団化としての理論構成であったともいえよう。この結果生ずる逆現象は、向こうの端に天皇を置き、こちらの端に純粋行為を置けば、その中間にはどんな違う思想体系の影響をとり入れても、それが正当化されるということになるだろう。そして、極力奪取の方式が少なくとも民主的な方法によることがまったく不可能な戦前の日本では、左右いずれも暴力的な方法によらざるをえない以上、その権力の奪取の態様自体がお互いに見分けのつかないほど似てきてしまうのである。当時は左翼から右翼運動に入ったものもあり、右翼から左翼運動に入ったものもたくさんあった。街頭連絡、いわゆるレポやビラ貼り戦術その他、左翼戦術は、左翼から右翼にもたらされて大いに利用された。明治末年に書かれた北一輝の「純正社会主義」が、このような時代の背景に生々と浮かびだしてきたのである。

しかしながら、直接行動の正当性は北一輝の「日本改造法案大綱」を待つまでもなく、日本の戦前の政治体制の中でさまざまな形で用意されていたのである。その一つは、統帥権の独立であり、その一つは、戒厳令であった。北一輝もその「改造法案大綱」の中で、戒厳令を利用して三年間の憲法停止を行ない、その期間に一種の軍政下の国家改革を考えているが、これの理論的のみならず道徳的根拠は、統帥権の独立の中に秘められていた。統帥権論争は、いわば北一輝の方法論を青年将校の心情と道徳の論理をもって埋ずめようとするものであったとも言えるのである。そもそも統帥権独立の規定は、明治以後の政府が民政党と政友会の頻繁な政権交替に軍の主導権が左右されることを防ぐために、軍の中立性を保持する規定として定められたものであるが、実際の効用は、後の歴史が証明したように軍の専横と不協力、遂には軍による政権の実質的把握の根拠にまでなったのである。ところが皮肉なことに、その統帥権の独立というテーマは青年将校にとっては反権力主義の象徴として、一つの心情と道徳の源として受けとられ、天皇への愛と天皇からの恩義を、一般市民とは違ったエリート意識に置く根拠にされたのである。いわば、それはもはや失われた「君臣水魚の交り」の戦場における心情的な比喩とも思われた。二・二六事件と北一輝との、あの最後の悲劇的結びつきは、北一輝が、革命を起こすべき技術的な要件と考えた、その戒厳令及び統帥権の独立が、すべて青年将校達によって心情的、道徳的基礎として受けとられたことと関係があり、またそれは、北一輝が天皇制に対する冷えた目をもっていたのと、青年将校が熱いロマンティックな夢を抱いていたのと照応するものである。

私は以前にも述べたが、北一輝が「日本改造法案大綱」で述べたことは、新憲法でその七割方が皮肉にも実現されたという説をもっている。その「国民の天皇」という巻一は、華族制の廃止と普通選挙と、国民自由の回復を声高に歌い、国民の自由を拘束する治安警察法や新聞紙条例や出版法の廃止を主張し、また皇室財産の国家下付を規定している。これらはすべて新憲法によって実現されたものであり、また私有財産の限度も、日本国民一家の所有しうべき財産の限度を一百万円とする、と機械的に規定したが、実質的には戦後の社会主義税法により相続税の負担その他が、おのずから彼の目的を実現してしまった。また大資本の国家統一については、北一輝自身が注をつけて、大資本の国家的統一による国家経営は、米国のトラスト、ドイツのカルテルをさらに合理的にして、国家はその主体たるものであるという、国家社会主義の方法を設けたが、新憲法以後の日本の資本主義は、すでに修正資本主義の段階に入って、資本主義自体が内的な改革を成就していたのである。ことに巻五の「労働者の権利」は、今読んでも驚くばかりの進歩的な規定であって、労働時間の八時間制、また労働者の利益配当が純益の二分の一を配当されるべしという、社会主義的な規定とか、労働者の経営及び収支決算参加、その他の条項及び幼年労働の禁止や婦人労働についても、社会主義国の最も先端的な労働法規定を定めている。しかし、北一輝の「改造法案」からただ一つ新憲法が完全に遮断したものこそ、巻八の「国家の権利」である。この巻八の「国家の権利」を読むたびに、私は戦後の日本が国家と呼びうるかどうか、新憲法が描いているイメージとしての国は、果たして国家と呼びうるかどうかということに対して、いまさら疑問なきをえない。北一輝は、国家としての当然の要請として徴兵制を維持し、また、兵営または軍艦内においては、階級的表章以外の物質的生活の階級を廃止するということをもって、軍隊の悪弊を打破し、また真の国民兵役の確立のために当然の、現代のヨーロッパ諸国と少しも違わない義務を課している。そしてまた、開戦の積極的な権利を国家主権の本旨としているところは、十九世紀的な国家観のそのままの祖述であって、これは何も北一輝一人の独創ではない。

私は、北一輝を予言者、あるいは思想家として評価し、北一輝の中にあったデモニッシュな国家改造の熱意が、ある冷厳な性格に支えられていたことを、いつも面白く思うのである。彼はその点ではいつも人間離れがしていた。中国革命の犠牲者の遺児を養子として愛した心情には、やさしい志士の心情があふれており、また彼の遺書も、その血の違う自分の子に対して切々と志を伝えようとしているのはわかるのであるが、北一輝の心の中には革命家としてのファナチシズムと冷たさが鬩《せめ》ぎあっていたように思われる。

二・二六事件によって青年将校に裏切られたことも、北一輝は初めから覚悟していたことかもしれない。日蓮宗の予言による決行日時の決定や、さまざまな神秘主義のひらめきは、フランス革命当時のジャコバン党員が、フリー・メーソンのご託宣を仰ぐためにスコットランドの本部に参詣したのと大して変りはない。革命には神秘主義がつきものであり、人間の心情の中で、あるパッションを呼び起こす最も激しい内的衝動は、同時に現実打破と現実拒否の冷厳な、ある場合には冷酷きわまる精神と同居しているのである。北一輝の天皇に対する態度にはみじんも温さも人情味もなかったと思われる。その一点で青年将校との心情の疎隔ができたことは感じられるが、「純正社会主義」の中で現代の天皇制を、東洋の土人部落で行なわれる土偶の崇拝と同一視している点は、北一輝が天皇その方にどのような心情をもっているかを、そこはかとなく推測させるのである。彼は絶対の価値というものに対して冷酷であった。また自分の行なう純粋な革命行動というものに対しても、自ら冷たい目をもっていたと思われる。それならば彼は、まったくの戦術的な人間だけであったのだろうか。北一輝の家に呼ばれる青年将校達は、いつも大変なご馳走を饗応され、その場で、きみこそは、日本の将来を背負う代表的青年だ、とおだてられ、軍隊内部でこき使われている小隊長の身分が、一時的にも明日の日本を背負う偉才であるという快い幻想を与えられた。北一輝は革命家として、あるいはまた煽動家として抜群であった。彼は青年の心の中に権力意志と純粋な情熱とが混沌《こんとん》未分のまま眠っていることを洞察していた。彼は、じつは純粋性というものの愚かな側面と、純粋行為の追及がいつかは権力追求に終る行方を、だれよりもよく知っていた。そして、戦術的にはその権力意志と純粋性との齟齬《そご》が宮城包囲の放棄というような、いかにも愚かな無為無策に終ったときがあっても、北一輝は自分に戦術的な助言を求められることもなく、ただ軍部の権力主義者達の罠《わな》にはまって、直接の関係がないにもかかわらず、彼らと行動を共にして自らも死刑になったのである。そのとき北一輝は、一言も弁解を言わず、自分らが青年を思想的に感化した以上、一緒に死ぬのは当然ですといっていたようである。そして、いよいよ死刑の直前に、多くの被告が「天皇陛下万歳」を唱えていたのに、北だけは、それを「やめておきましょう」と言ったことがはなはだ印象が深い。また、北は「座って処刑されるのですか、西欧のように立って縛られるよりは、よろしいですな」と言って死刑の座に就いたと伝えられている。

私は、北一輝をどうしても小説中の人物と考えることはできない。私が小説の人物と考えるには、ドストエフスキーとは違って、一人の人物の性格がある矛盾を生みながらも統一されていなければならないのであるが、私は北一輝になお生々とした混沌を認めるからである。そして北一輝の冷血が、もし革命の成功の場合にどのようなおそるべき結果をもたらしたかということを思いみると、そこに異常な戦慄と興奮を感ぜずにはいられない。なぜならば、革命の情熱がその現れにおいて人間的冷酷と残虐の極致の形をとることは、ごく小さい規模で現代の学生運動にも繰返されているからであり、日大騒動の場合のリンチの凄惨さは、このような革命の夢と人間の冷血との不思議な調和と融合を描いている。北一輝は、私に、よりよき未来及びよりよき社会というものの追求が何らかの悪魔性なしには行なわれないという不断の生々しい教訓を与えるのである。北一輝の憲法、その「日本改造法案大綱」は、いわば当時のはなはだ窮屈な天皇制国家の中における人間主義の叫びであったように思われるが、この人間主義の叫びは、常に血にまみれていた。ところが戦後われわれに与えられた人間主義は、このような血痕を拭い去り、いかにもものやわらかな動物愛護協会的な人間主義でしかなかった。私は人間主義が再び血の叫びをあげることを期待し、また恐れた。そして、それを恐れるときにはいつも北一輝が頭にあったのである。遠くチェ・ゲバラの姿を思い見るまでもなく、革命家は、北一輝のように青年将校に裏切られ、信頼する部下に裏切られなければならない。裏切られるということは、何かを改革しようとすることの、ほとんど楯《たて》の両面である。なぜならその革命の理想像を現実が絶えず裏切っていく過程に於て、人間の裏切りは、そのような現実の裏切りの一つの態様にすぎないからである。革命は厳しいビジョンと現実との争いであるが、その争いの過程に身を投じた人間は、ほんとうの意味の人間の信頼と繋《つな》がりというものの夢からは、覚めていなければならないからである。一方では、信頼と同志的結合に生きた人間は、理論的指導と戦術的指導とを退けて、自ら最も愚かな結果に陥ることをものともせず、銃を持って立上り、死刑場への道を真っ直ぐに歩むべきなのであった。もし、北一輝に悲劇があるとすれば、覚めていたことであり、覚めていたことそのことが、場合によっては行動の原動力になるということであり、これこそ歴史と人間精神の皮肉である。そしてもし、どこかに覚めている者がいなければ、人間の最も陶酔に充ちた行動、人間の最も盲目的行動も行なわれないということは、文学と人間の問題について深い示唆を与える。その覚めている人間のいる場所がどこかにあるのだ。もし、時代が嵐に包まれ、血が嵐を呼び、もし、世間全部が理性を没却したと見えるならば、それはどこかに理性が存在していることの、これ以上はない確かな証明でしかないのである。

『三田文学』一九六九年七月

「国を守る」とは何か

私は何とか政治に参加したくないものだと考えつづけてきた。戦時中軍の言論弾圧がはなはだしくなったころ、私は少年で何ら直接の被害は受けなかったが、あとから事情を知って、職業的文士はさぞ辛《つら》かったろうと同情した。一方には谷崎潤一郎氏のように、発禁処分を受けても傲然たる芸術家の矜持を持して、美的世界を一歩も踏出さなかった人もおり、一方には岸田国士氏のように、自ら敵地に踏込んで、自分の一身で洪水を受けとめようと考えた人もいた。しかし私に言わせれば、結果的にはどちらも成功しなかった。谷崎氏の文学世界はあまりに時代と歴史の運命から超然としているのが、かえって不自然であり、岸田氏の失敗はもとよりである。それぞれ結局別の形で自分の文学を歪《ゆが》められたのである。報道班員にされた作家もたくさんあった。しかし人が戦争をしているところへ行って、小説用のメモをつけているというのは、いかに決死的であっても、私には何だかおかしな行為に思われる。報道写真家の客観性というものに、今でも私は説明しがたい疑惑を抱いている。それぞれの作家の事情はあったろうが、要するに、同じ立場に置かれたら、私は谷崎氏にもなりたくなく、いわんや岸田氏にもなりたくなく、報道班員には死んでもなりたくないと考えたのである。当時をかろうじて生き抜いた先輩の作家は、こんな私の考えを甘いと言って笑うにちがいない。

ともあれ私は自分独自の方法をとろうと決心した。何もこの太平無事の世の中に、そんな決心をする必要はなかろうと人は言うだろうが、私は私なりの直観で決心の必要を感じたのである。ひょっとすると、こんな私の決心は一九六〇年の安保闘争を見物した時からかもしれない。あの議事堂前のプラカードの氾濫に、私は「民主主義」という言葉一つをとっても、言葉とその概念内容の乖離《かいり》、言葉の多義性のほしいままな濫用、ある観念のために言葉が自在に瀆《けが》され犠牲に供される状況を見たのである。文士として当然のことながら、私は日本語を守らねばならぬと感じた。私は不遜にも、自分の文学作品のなかに閉じ込めた日本語しか信用しないことにした。牧畜業者が自分の牧場の中の牛しか信用しないように。

それで終れば文士は太平無事である。ところが言葉というものは自家中毒を起す。私は次第に言葉を以て言葉を守るという方法上の矛盾に気づきはじめ、戦前の文士が最初に陥った陥穽《かんせい》はこれではないかと感じたのである。そのころ私はすでに剣道に親しみだしていた。そして剣とは何かということを、折りふし考えるようになった。もし私が日本語のもっとも壊れやすい微妙な美を守ろうとしているのなら、それを守るものは自ら執る剣であるべきであり、またそのお返しに、剣のもっとも見捨てられた本質を開顕すべく、言葉を使ったらよかろうと思ったのである。これが私の文武両道論のはじまりであるが、こんな素朴な考えをも思想と呼ぶことができるなら、私もまた、思想とは単なる思考活動ではなく、全身的な人間の決断の行為であると考える者の一人となったと言えよう。

肉体と精神、肉体と芸術行為の問題が、それより以前から、深く私の心をとらえていた。もし芸術行為を、ある無形の源泉から何ものかを汲み取って、形あるものにする行為だと考えれば、肉体はこの行為に携わる重要な媒体であるから、媒体が弱くて不健康であれば、パイプが詰って、できた形を歪めることになる。人が芸術家の個性と呼んでいるものは、大てい詰ったパイプのことなのだ。私はこれがきらいだった。剣道をはじめ各種の運動競技で体を鍛えるうちに、私のパイプの詰りが除かれ、肉体が健全な機能を発揮して、源泉から汲み取ったものを、漉《こ》さず、歪めず、忠実に供給しはじめたように思われた。そのとき私は自分の源泉から、超個人的なもの、すなわち「日本」が自然に流露してくるのを感じた。

一九六九年の今、私が政治に参加しないという方法論はほぼ整った。私は精神の戦いにだけ私の剣を使いたい。しかしその戦いに際しては、谷崎氏の道も、岸田氏の道も、報道班員作家の道も、歩まないですむ準備ができたのである。私はこれを私なりの小さな発明だと自負している。

日本とは何か？　思えば日本ほど若々しい自意識にみち、日本ほど自分は何者かとたえず問い詰めている国家はない。今やふたたびその問いが激しくなり、詰問の調子を帯びて来ている。

しかし私は、一九六〇年代は平和主義の偽善があばかれて行った時代であり、一九七〇年代はあらゆるナショナリズムの偽善があばかれて行く時代だと考える。日本は何か、という最終的な答えは、左右の疑似ナショナリズムが完全に剝離《はくり》したあとでなければ出ないだろう。

安保賛成も反共も、それ自体では、日本精神と何のかかわりもないことは、沖縄即時奪還も米軍基地反対も、それ自体では、日本精神とかかわりのない点で同じである。そしてまたそのすべてが、どこかで日本的心情と馴れ合い、ナショナリズムを錦の御旗にしている点でも同格である。「反共」の一語をとっても、私はニューヨークで、トロツキスト転向者の、祖国喪失者の反共屋をたくさん見たのである。私は自民党の生きる道は、真のリベラリズムと国際連合中心の国際協調主義への復帰であり、先進工業国における共産党の生きる道は、すっきりしたインターナショナリズムへの復帰しかないと考える。真にナショナルなものは、そのいずれにも本質的に欠けているのである。

　真にナショナルなものとは何か。それは現状維持の秩序派にも、現状破壊の変革派にも、どちらにも与《くみ》しないものだと思われる。現状維持というのは、つねに醜悪な思想であり、また、現状破壊というのは、つねに飢え渇いた貧しい思想である。自己の権力ないし体制を維持しようとするのも、破壊してこれに取って代ろうとするのも、同じ権力意志のちがったあらわれにすぎぬ。権力意志を止揚した地点で、秩序と変革の双方にかかわり、文化にとってもっとも大切な秩序と、政治にとってもっとも緊要な変革とを、つねに内包し保証したナショナルな歴史的表象として、われわれは「天皇」を持っている。実は「天皇」しか持っていないのである。中共の「文化」大革命に決定的に欠けている要因はこれであり、かれらは高度な文化の母胎として必要な秩序を、強引な権力主義的な政治的秩序で代行するという、方法上の誤りを犯した。文化に積極的にかかわろうとしない自由主義諸国は、この誤りを犯す心配はない代りに、文化の衰弱と死に直面し、共産主義諸国は、正に文化と政治を接着し、文化に積極的にかかわろうとする姿勢において、すでに文化を殺している。われわれの一九七〇年代は、その幕が上がる前から、消炭のような福祉国家と、放火犯のような社会主義国家と、二つの岐路に迷っている。それに困ったことに、いくらでも迷う暇があるほど、われわれは富んでしまったのだ。真にナショナルな選択は、そのいずれにも幻滅したあとでなくては来ないだろう。

　明治維新が、尊王、攘夷、佐幕、開国の、それぞれ別方向のイデオロギーを紛糾させて、紛糾しきった収拾のつかない混乱の中から、かろうじて呱々《ここ》の声をあげたように、一九七〇年代は、未曾有のイデオロギー混乱時代をもたらし、そのなかでまた、数々の仮面がはがれ落ちてゆくであろう。

すでにその兆はいたるところに見えている。最近私は一人の学生にこんな質問をした。

「君がもし、米軍基地闘争で日本人学生が米兵に殺される現場に居合わせたらどうするか?」

青年はしばらく考えたのち答えたが、それは透徹した答えであった。

「ただちに米兵を殺し、自分はその場で自刃します」

これはきわめて比喩的な問答であるから、そのつもりできいてもらいたい。

この簡潔な答えは、複雑な論理の組合せから成立っている。すなわち、第一に、彼が米兵を殺すのは、日本人としてのナショナルな衝動からである。第二に、しかし、彼は、いかにナショナルな衝動による殺人といえども、殺人の責任は直ちに自ら引受けて、自刃すべきだ、と考える。これは法と秩序を重んずる人間的倫理による決断である。第三に、この自刃は、拒否による自己証明の意味を持っている。なぜなら、基地反対闘争に参加している群衆は、まず彼の殺人に喝采し、かれらのイデオロギーの勝利を叫び、彼の殺人行為をかれらのイデオロギーに包みこもうとするであろう。しかし彼はただちに自刃することによって、自分は全学連学生の思想に共鳴して米兵を殺したのではなく、日本人としてそうしたのだ、ということを、かれら群衆の保護を拒否しつつ、自己証明するのである。第四に、この自刃は、包括的な命名判断（ベネンヌンクスウルタイル）を成立させる。すなわちその場のデモの群衆すべてを、ただの日本人として包括し、かれらを日本人と名付ける他はないものへ転換させるであろうからである。

いかに比喩とはいいながら、私は過激な比喩を使いすぎたであろうか。しかし私が、精神の戦いにのみ剣を使うとはそういう意味である。

初出「仮面はがれる時代――「国を守る」とは何か」『朝日新聞』〈夕刊〉一九六九年一一月三日

STAGE-LEFT IS RIGHT FROM AUDIENCE

十年前の東京では、左翼と右翼の分れ目ははっきりしていた。平和憲法を守れ、というスローガンを人生の何ものよりも大切にし、政府のやることはすべて戦争へ一歩一歩国民を狩り立てることだと主張し、子供に戦車や軍用機の玩具を買ってやることを拒否し、横文字の本をよく読みこなし、岩波書店と何らかの関係があり、すこし甲高いなめらかな声で話し、にこやかで紳士的で、いささか植物的で、暴力には一ぺんで砕かれてしまうような肉体、ひどく肥っているか、ひどく痩せているかした肉体を持ち、眼鏡をかけ、ベレエ帽をかぶり、その両わきから白髪が耳の上に垂れ、軽井沢に小さい別荘を持ち、決して冷静を失わないように見える紳士は、みな左翼だった。これに反して、憲法改正の必要を唱え、四角い顔で岩乗な肉体を持ち、下卑たかすれた太い声で話し、頭がわるくて論理的な話ができず、すぐ激昂し、流行おくれの不恰好《ぶかっこう》な背広を着、横文字が読めず、涙もろいかと思うと暴力的であり、あんまり笑わず、先輩と会うときわめて丁寧なお辞儀をし、サムライの映画を好み、空手か剣道か柔道をやっており、あんまり金がなく、天皇や国旗を罵倒《ばとう》する人間を許しておけないと考える男は、右翼であった。

一九六九年の東京では、左翼と右翼のこんなわかりやすい区別はなくなったように思われる。

三派全学連に代表される新左翼の興隆が、右に述べた「左翼的人間」のイメージを粉砕したのが、その一つの大きな理由である。右の如き左翼人は、多くは国立大学の教授たちで、一流新聞や一流出版社の論説欄を支配し、政府から月給をもらいながら、一方ではその反政府的論説によって、左派のジャーナリズムから稿料を支払われ、しかも大学の中では、封建的君主そのままで、権力主義を押し通していた。これが新左翼の攻撃するところとなり、そのもっとも喜劇的な一例としては、次のようなのがある。或る有名な左派の政治学者は、戦後二十年、ファシズムと軍国主義以上に悪いものはないと主張する政治学で人気を得ていたが、新左翼の学生に研究室を荒らされ、頭をポカリとなぐられたとき、「ファシストもこれほど暴虐でなかった。軍閥でさえ研究室まで荒さなかった」と叫んだ。二十年間彼が描きつづけた悪魔以上の悪魔が、他ならぬ彼の学説上の弟子の間から現われたというわけだ。

日本民族の独立を主張し、アメリカ軍基地に反対し、安保条約に反対し、沖縄を即事返還せよ、と叫ぶ者は、外国の常識では、ナショナリストで右翼であろう。ところが日本では、彼は左翼で共産主義者なのである。十八番《おはこ》のナショナリズムをすっかり左翼に奪われてしまった伝統的右翼の或る一派は、アメリカの原子力空母エンタープライズ号の寄港反対の左翼デモに対抗するため、左手にアメリカの国旗を、右手に日本の国旗を持って勇んで出かけた。これではまるでオペラの舞台のマダム・バタフライの子供である。

経済復興で自信のついた日本では、ナショナリズムをちらつかせないと人気が湧かないので、実は国際協調主義とリベラリズムを本質とする政府与党の自民党も、ナショナリズムの仮面をかぶっている。

私は暴力の支配する大学に招かれて、ラジカル・レフティストの学生たちと論争したが、かれらは誇張した言語表現では伝統的支那風であり、人民裁判方式の愛好者たる点では現代共産中国風であり、日本の伝統否定ではインターナショナリストであり、テロリズム肯定では日本のサムライ風右翼風であり、論理愛好癖では西欧風であり、しかもすべて共産主義者を以て自認していた。

日本のヤクザ映画と称する特殊な映画は、伝統的アウトローの世界を描き、古い日本的メンタリティーを押し売りし、感傷主義とヒロイズム、暴力肯定と非論理性において、もっとも右翼的日本的心情主義に愬《うった》えるものとして、左翼文化人が頭から軽蔑してきたものであるが、その日本型ジョン・ウェインは学生たちのアイドルになり、左派の学生は暴力デモに出かける前夜、必ずこの種の映画を見に行って、熱情を心に充填するのである。

次第次第に日本では、誰が右翼、誰が左翼と簡単にレッテルを貼ることがむずかしくなってきた。イデオロギーの相互循環作用が起り、極端な右と極端な左が近づくかと思うと、現在穏健な議会主義的革命を主張している偽善的な日本共産党が、大学問題などで、政府自民党と利害を等しくするようになったりしている。新らしい大学立法は、共産党系の教授が、何ら良心の苛責《かしやく》なく、すべてを政府権力のせいにして、警察機動隊を学内に導入して、うるさい新左翼を追っ払う口実に使われている。

こういうややこしいイデオロギーの循環作用は、日本で百数十年前に起った現象とよく似ている。明治維新前の日本には、四つのイデオロギーが、四つ巴《どもえ》になっていた。すなわち、佐幕、開国、尊王、攘夷である。外国の植民地主義に抗して、近代的統一国家を独力で創ろうと苦悶していたこの混乱期の日本では、すべての人間が、佐幕開国か、尊王攘夷かに分れて論争し、時には殺し合っていた。そのうちに循環作用がはじまった。四つのイデオロギーは、順列組合せをはじめた。尊王開国、佐幕攘夷、尊王佐幕、（さすがに開国攘夷だけはなかったが）、などという各派があらわれ、しかもこの各派を、短期間に廻りあるく人間まであらわれた。そして明治維新の大変革によって成立した新政府は、はっきり「尊王開国」のイデオロギーをかかげて、統一国家を形成したのである。

この百余年前に起った循環作用と、現代日本のイデオロギー循環作用は、いろいろな点でよく似ている。もし歴史が似た経過を辿《たど》るとすれば、現代日本も、今や大変革の前夜と云えよう。しかし日本の歴史が証明するところによると、日本という国は決して内発的な革命を敢行しない国であって、必ず日本に起るのは、外発的な革命、すなわち外国の軍事的政治的経済的思想的な衝撃力によって、やむをえず起された革命なのである。

三島由紀夫文学館所蔵の和文生原稿をテキストとしたもの。“Okinawa and Madame Butterfly's offspring” の題名で抄訳が《The New York Times》（一九六九年一一月二九日）に掲載
『決定版　三島由紀夫全集』第三五巻・新潮社・二〇〇三年一〇月

「楯の会」のこと

私が組織した「楯《たて》の会」は、会員が百名に満たない、そして武器も持たない、世界で一等小さな軍隊である。毎年補充しながら、百名でとどめておくつもりであるから、私はまず百人隊長以上に出世することはあるまい。

無給である。しかし夏冬各一着の制服制帽と、戦闘服と軍靴が支給される。この軍服はド・ゴールの軍服をデザインした唯一の日本人デザイナー五十嵐九十九《つくも》氏のデザイン

に成る道ゆく人が目を見張るほど派手なものだ。

「楯の会」は白絹地に赤で徽章《きしょう》を染め抜いた簡素な旗を持っている。徽章は私がデザインした。日本の古い兜《かぶと》を二種類組み合わせたものだ。同じしるしは、制帽にも、又、釦《ボタン》にもついている。

「楯の会」の会員になるには、大学生であることが望ましい。理由は、若くて、暇があるからで、それだけのことだ。社会人は勤めを勝手に一ヶ月休むことはできまい。それというのも、会員になるには、陸上自衛隊で一ヶ月の軍事訓練を受け、その一ヶ月を落伍せずに勤め上げることが要求されるからである。

会員になると、月一回の例会に出、又十名一単位の班の活動に従事したりした末、一年後にはふたたび自衛隊に短期間入って、Refresher Course を受ける。今、会員は十一月三日に国立劇場の屋上で行われるパレードの練習に忙しい。

「楯の会」はつねに Stand by の軍隊である。いつ Let's go になるかわからない。永久に Let's go は来ないかもしれない。しかし明日にも来るかもしれない。

それまで「楯の会」は、表立って何もしない。街頭の Demonstration もやらない。プラカードも持たない。モロトフ・カクテルも投げない。石も投げない。何かへの反対運動もやらない。講演会もひらかない。最後のギリギリの戦い以外の何ものにも参加しない。

それは、武器なき、鍛え上げられた筋肉を持った、世界最小の、怠け者の、精神的な軍隊である。人々はわれわれを「玩具《おもちゃ》の兵隊さん」と呼んで嗤《わら》っている。

＊

百人隊長の私は、会員たちと自衛隊に行っている間こそ、朝六時の起床喇叭《らっぱ》と共に起き、あるいは朝三時の非常呼集で起されて、会員たちと共に五キロの駈足をするけれど、ふだんは甚だしい寝坊で、午後一時に起きてそれから朝食を摂《と》る。

それというのも、市民生活における私は、いつ果てるともしれぬ長い長い小説を書いているからである。深夜、私は言葉を一つ一つ選び、薬剤師のように、微妙な秤《はかり》にかけた末、調合している。朝になってやっと寝床に入ることができるのだ。

私は、私の「楯の会」の運動と、私の文学の質との間に、たえず均衡が保たれねばならぬことを知っている。もし均衡が破れたら、「楯の会」が芸術家の道楽に堕するか、それとも私が政治家になってしまうか、どちらかだ。言葉の微妙な機能を知れば知るほど、私は芸術家というものが、現実に対して、猫のように絶対に無責任であることを知るにいたった。芸術家としての私にとっては、世界が融けたアイスクリームのように融けてしまおうと、別に私の責任ではない。融けない前のアイスクリームの美味は私がつけたのだ。……しかし私は、「楯の会」については全責任を負うている。それは自分で引受けたものだ。会員が皆死んで私が生き残ることはないだろう。

私は又、この小さな運動をはじめてみて、運動のモラルは金に帰着することを知った。「楯の会」について、私は誰からも一銭も補助を受けたことはない。資金はすべて私の印税から出ている。百名以上に会員をふやせない経済上の理由はそこにある。

今年の五月、たまたま私は Radical Leftist の学生たちの集会へ呼ばれて、そこでスリリングな論争をやった。それが本になり、ベストセラーになった。論争の相手の学生たちと私とは、印税を折半にする約束をした。そこで彼らは、多分ヘルメットとモロトフ・カクテルを買い、私は「楯の会」の夏服を誂《あつら》えた。みんなはこれを、わるくない取引だと言っている。

＊

私は日本の戦後の偽善にあきあきしていた。私は決して平和主義を偽善だとは云わないが、日本の平和憲法が左右双方からの政治的口実に使われた結果、日本ほど、平和主義が偽善の代名詞になった国はないと信じている。この国でもっとも危険のない、人に尊敬される生き方は、やや左翼で、平和主義者で、暴力否定論者であることであった。それ自体としては、別に非難すべきことではない。しかし、こうして知識人の Conformity が極まるにつれ、私は知識人とは、あらゆる conformity に疑問を抱いて、むしろ危険な生き方をするべき者ではないかと考えた。一方、知識人たち、サロン・ソシアリストたちの社会的影響力は、ばかばかしい形にひろがった。母親たちは子供に兵器の玩具を与えるなと叫び、小学校では、列を作って番号をかけるのは軍国主義的だというので、子供たちはぶらぶらと国会議員のように集合するのだった。

それならお前は知識人として、言論による運動をすればよいではないか、と或る人は言うであろう。しかし私は文士として、日本ではあらゆる言葉が軽くなり、プラスチックの大理石のように半透明の贋物《にせもの》になり、一つの概念が別の概念を隠すために用いられ、どこへでも逃げ隠れのできるアリバイとして使われるようになったのを、いやというほど見てきた。あらゆる言葉には偽善がしみ入っていた、ピックルスに酢がしみ込むように。文士として私の信ずる言葉は、文学作品の中の、完全無欠な仮構《フィクション》の中の言葉だけであり、前にも述べたように、私は文学というものが、戦いや責任と一切無縁な世界だと信ずる者だ。これは日本文学のうち、優雅の伝統を特に私が愛するからであろう。行動のための言葉がすべて汚《けが》れてしまったとすれば、もう一つの日本の伝統、尚武とサムライの伝統を復活するには、言葉なしで、無言で、あらゆる誤解を甘受して行動しなければならぬ。Self-justification は卑しい、というサムライ的な考えが、私の中にはもともとひそんでいた。

*

私は或る内面的な力に押されて、剣道をはじめた。もう十三年もつづけている。竹の刀を使うこの武士の模擬行動から、言葉を介さずに、私は古い武士の魂のよみがえりを感じた。

経済的繁栄と共に、日本人の大半は商人になり、武士は衰え死んでいた。自分の信念を守るために命を賭けるという考えは、Old-fashioned になっていた。思想は身の安全を保証してくれるお守りのようなものになっていた。思想を守るには命を賭けねばならぬ、ということに知識人たちがやっと気付いたのは、(気付いたところですでに遅かったが)、自分たちの大人しい追随者だと思っていた学生たちが俄《にわ》かに怖ろしい暴力をふるって立向って来てからであった。

＊

今の学生の叛乱は、ソクラテスらのソフィストが若者をアゴラに閉じ込めたため、アゴラ自体が叛乱を起した、という感じがする。しかし私は、若者はギュムナシオーンとアゴラを半ばずつ往復しなければならぬと信ずる者であり、学生ばかりでなく、あらゆる知識人がそうすべきだ、と考える者だ。言論を以て言論を守るとは、方法上の矛盾であり、思想を守るのは自らの肉体と武技を以てすべきだ、と考える者だ。

こうして私は自然に、軍事学上の「間接侵略」という観念に到達したのである。間接侵略とは、表面的には外国勢力に操られた国内のイデオロギー戦のことだが、本質的には、(少くとも日本にとっては)日本という国の Identity を犯そうとする者と、守ろうとする者の戦いだと解せられる。しかもそれは複雑微妙な様相を持ち、時にはナショナリズムの仮面をかぶった人民戦争を惹《ひ》き起し、正規軍に対する不正規軍の戦いになる。

ところで日本では、十九世紀の近代化以来、不正規軍という考えが完全に消失し、正規軍思想が軍の主流を占め、この伝統は戦後の自衛隊にまで及んでいる。日本人は十九世紀以来、民兵の構想を持ったことがなく、あの第二次世界大戦に於てすら、国民義勇兵法案が議会を通過したのは降伏わずか二ヶ月前であった。日本人は不正規戦という二十世紀の新らしい戦争形態に対して、ほとんど正規戦の戦術しか持たなかった。

しかし私の民兵の構想は、話をする人毎に嗤われた。日本ではそんなものはできっこないというのである。そこで私は自分一人で作ってみせると広言した。それが「楯の会」の起りである。

＊

一九六七年春、四十二歳の私は、特に私のために一ヶ月の自衛隊体験入隊を許してもらって、士官候補生として陸上自衛隊に入隊した。仲間はみな二十二、三歳の若者だった。かれらと共に、私はできるだけ同じ条件で、駈け、歩き、レインジャー訓練まで受けた。これは私にとってかなり辛《つら》い体験だったが、どうにかやり抜いた。四十二歳の男にできることが、二十歳の若者にできない筈はない。私は自分の体験から割り出して、全く軍事訓練を受けたことのない若者が、一ヶ月でどうやら小隊指揮ができるようになるための、合理的なレッスン・プランを専門家を招いて半年にわたって研究し、完成した。

一九六八年春、最初の実験として、二十数名の学生を率いて、富士の裾野《すその》の兵営へゆき、一ヶ月の訓練をはじめたときには、軍の人たちは甚だ懐疑的だった。戦後の教育で、規律的なこと、肉体的に辛いことを一切避けてきた青年たちが、一ヶ月もこんなギュウギュウ詰めの訓練に耐えられるわけはないと思っていたのである。ところが彼らはちゃんとこれをやりとげ、四十五キロの行軍のあげく、二キロ駈けつづけ、陣地攻撃を展開する戦闘訓練に、なかなか立派な小隊長ぶりを見せた。そして一ヶ月がすぎて、いよいよ教官の将校や下士官たちと別れるとき、涙を泛《うか》べて握手をし、別れを惜しんだ。

以後、春休み、夏休みの各一ヶ月の半ばを、新らしい学生会員と共に兵営生活を送り、彼らと共に駈け、かれらのもっとも辛い訓練に参加するのが、私の新らしい生活習慣になった。そしてその会を、一九六八年秋、「楯の会」と名附けたのである。

ヨーロッパ諸国では想像のつかないことであるが、わずか一ヶ月でも軍事訓練を受けた民間青年というものは、自衛隊退職者を除き、日本では「楯の会」のほかには一人もいないのである。従ってわずか百人でも、その軍事的価値は、相対的に高い。いざという場合は、その一人一人がどうにかこうにか五十人ずつを率いることができ、後方業務、警備、あるいは遊撃、情報活動に従事することができるからである。

しかし目下の私は日本に消えかけている武士の魂の焔を、かき立てるためにこれをやっているのだ。

＊

最後に、いかにも「楯の会」らしいと思われたこの夏の挿話を語ろう。

この夏も三十人近い学生を連れて、私は富士の裾野の兵営に行っていた。その日ははげしい戦闘訓練があり、みんな炎天の下でよく動いた。兵営にかえって、夕食と入浴ののち、私の部屋に四、五人の学生が集まった。野には紫いろの稲妻が映えて、遠雷がきこえ、今年はじめての蟋蟀《こおろぎ》の声が窓下にしていた。小隊指揮のむずかしさについて、みんなが語り合ったのち、一人の京都から来た学生が、美しい袋に入れた横笛をとり出した。それは雅楽に使う古代楽器で、今これを習っている人はきわめて少ない。その学生は一年ほど前からこれを習いはじめ、京都郊外の古い寺であいびきをするときは、自分が先に行って笛を吹いていて、あとから来た女に、笛の音《ね》で自分のありかを知らせるのだそうだ。学生は笛を吹き出した。美しい哀切な古曲で、露のしとどに降りた秋の野を思わせる音楽であった。雅楽は、十一世紀に書かれた「源氏物語」の背景に奏でられた音楽であり、主人公光源氏はこの音楽に合わせて「青海波《せいがいは》」を舞ったのだった。私はこの笛の音を、心を奪われてききながら、今目《ま》のあたりに、戦後の日本が一度も実現しなかったもの、すなわち優雅と武士の伝統の幸福な一致が、(わずかな時間ではあったが)、完全に成就されたのを感じた。それこそ私が永年心に求めて来たものだった。

「「楯の会」結成一周年記念パンフレット」一九六九年一一月

同志の心情と非情——同志感と団結心の最後的表象の考察

内側と外側の断絶

同志感ということばには、ある気恥ずかしさがある。ことに、われわれ個人芸術家は、その「われわれ」ということばすら、使うことを避けてきた。なぜなら、「われわれ」という感覚には、どこかに欺瞞があり、陶酔があり、ある共同体への無原則、無前提のよりかかりがあるように思われたからである。もし、「われわれ」を払拭して、「われ」

だけが行動の根拠に純粋になりうるならば、個人芸術家と政治行為とのあいだには、なんの隔りもない地点が見出されるかもしれない。私が長年考えてきたこともそれであった。まったく指嗾《しそう》されない一個人の暗殺事件は、そのような人間の精神の暗部と、実際行為とのつながりにおいて、いつも作家の好奇心をそそるものであった。

作家はそのような内側と外側との矛盾に生きている。作家は、自分の作品の外側が、大きくいえば人類共通の文化的遺産、小さくいえば読者の圏内における観照の対象物として、共同体のなかへ組み込まれることを期待している。と同時に内側は、作品そのものの公共的性格からたえず潔癖に遮断されていなければならない。そして作品形成の契機は、真の意味の内側にしかないのである。

同志愛といい、団結心というときに、われわれが感じるまず第一の躊躇《ちゅうちょ》は、この内側から外側への潔癖ならざる飛躍の態様であろう。われわれは集団において、内側と外側との柵がたちまち取り払われるように感ずることがある。しかもそれが一時的陶酔ではなく、持続的に長い時間にわたって維持されながら、一定の戦術目的に向かって集約され、そこに一つのいわゆる「統一行動」に結晶するという効果は、ある疑惑と不満をもって見守られるのである。

しかし内側の人間といえども、同志感、あるいは団結心ということばのもつセンチメンタリズムと無縁ではない。内側の人間が超個人的契機を摑《つか》むには、集団の感覚で考えねばならぬからであり、超個人的契機は、神のように個人に直結した形をとる場合のほかに、神と個人とをつなぐ媒体としての共同体のイメージが必要とされる場合があるからである。人間はこのような共同体を媒介にしてしか超個人的なもの、絶対的なものに近づくことができないという逆説的精神構造をもっているのであろう。一方個人的契機と思われるもののなかにも、深く原因をさぐれば、遠い古い共同体の投影があって、この投影が内側の人間を、外側の人間へ弾《はじ》き出す力になることもあるのであろう。

しかし心情的なものから出発しながら、共同体の要求する非情を、いかにしてその心情が容認するか。甘い美しい同志愛から出発しながら、いかに最終目的のために、目前の同志の抹殺に耐える心の強さをえられるか、それはまた人間の弱さと強さとの問題でもある。もし、連帯ということばに、現実的な深い意味があるとすれば、それはこの心情と非情との弁証法的統一にほかならない。なぜなら心情自体はニュートラル（中立的）であるのに、非情は政治目的に緊密に結びつけられるところに生まれ、一定の戦術的行動は、ニュートラルな心情をこえて「非情の連帯」に到達せざるをえないからである。

政治行動における金の価値

一つの政治的行動は、その戦術面において、つねに心情と非情とに引き裂かれることは、三文冒険小説も証明しているとおりである。現実的な問題としては、そこに金が絡んでくる。政治行動で金が必要なことはいうまでもないが、六〇年闘争以後、全学連各セクトが政治資金の問題において、かなり鷹揚《おうよう》な態度を示しだしたことが注目される。明治維新の志士的な心情では、金はどこからもらってもよく、大義のための行動は自分がきめるといういいわけが成り立った。しかし、近代資本主義社会の権力構造のなかで、唯一のモラルを保証するものは金でしかない。そしてこの金の冷厳な性格にめざめるには、学生たちは若すぎたのである。

機密の問題一つにしても、警察から情報の対価としてもらう金は、十の情報のうちに、一つの本物の情報を流さざるをえなくなり、しかも心情はニュートラルであるから、敵方にも容易に感情移入をする。もし同志感自体を合理主義で解決しようとすれば、一つの団体の内側の同志的結合は合理主義で解決し、敵側の情報網に対しては、心情主義で解決するという極端な誤りさえ犯すことがある。それはまた、私が最初にいったように、彼らの内側と外側との矛盾の問題、内側と外側との厳密な区別の不分明《ふぶんみよう》な精神状態からくるように思われる。

文士にとっては、ことばこそ内側と外側とをつなぐ最後のものなのである。私は政治行動においても、ことばのような、あるいはことばに匹敵するような厳密なものが、内側と外側との断絶を乗りこえるただ一つの橋になるべきであると思う。というのは、われわれは自分のまったく内面的、本源的衝動から表現しながら、ことばによって公共的性格を考慮し、ことばによってはじめてその内面の客観化を成就するからである。

では、金はことばに代わるものとして現われるであろうか。もし内側の政治行動を、外側の政治行動に転化する場合に、どうしても金がいるとするならば、その金は、ことばとまったく同じ純粋な個人衝動と、公共的性格とをつなぐ橋でなければならない。しかし、資本主義社会で純粋公共的な金というものは得にくいことは、周知のとおりであって、金はそれぞれイデオロギーをもち、政治目的、経済目的をもち、一定の目的に向かって有効なように行使されるのが建て前になっている。法人の活動は定款で押えられ、財団法人といえども定款の枠外にでて行動することはできず、現代の緻密な税制は、金の使途について、厳密な規制をしいている。もし現代において、法を逸脱する行動に、要求される金を求めようとするならば、それは法の内側の目的のために使われるべき金を、流用することでなければならない。そのときすでにモラルの混乱が生ずるのである。

同志的結合と死の行使

私は六〇年闘争と、七〇年闘争を比べるときに、公安情報の豊富さにおいて、比較を絶していると思う。それは情報社会の発達にもよることであるが、同時に革命側の情報社会に対する不適応を示すものでもあり、情報に対する粗雑な扱いと、心情的同志感との矛盾を露呈するものでもあると思う。いま私は軽率に心情的同志感といったが、その心情的同志感は、浅はかな合理主義に裏打ちされているがゆえに危険なのである。合理主義は心情のかわりに、金をニュートラルなものと規定し、むしろ心情のイデオロギー性を、ニュートラルな金が保証するというふうに考えたがる。ところが心情の陥《かん》穽《せい》はまさにそこにひそむので、合理主義に裏打ちされた心情主義は、心情そのものを、いつか本来のニュートラリティーへ向かって解放してしまうのである。そして心情も非情も、暗い人間性の深淵から、直接発しているのでなければ、一人の人間の政治行為の最も根源的なモチーフとはなりえないということが、深く洞察されていないのではないかと思われる。

同志的結合とは、自分の同志が目の前で死んでも、その死骸に縋《すが》って泣くことではなく、彼は自分の知らない他人であると、法廷でさえ証言できることでなければならない。黙秘権は戦術的に利用されるが、黙秘権という法律上のある逃げ道には、人間の行為の複雑な矛盾が秘められているはずである。黙秘権にこそ、人間の生命をかけたものがあるはずだが、私は黙秘権が死につながっているときに、はじめて黙秘権の意味が深くわかってくるのではないかと思う。なぜなら、それは拷問による死を意味するのであり、たとえ多少の暴力的行動があっても、現代の法秩序は拷問を否認することによって、黙秘権の実質を薄めているのである。言いかえれば、黙秘権を権利とみとめるところに、すでに拷問の否定があり、このことは、黙秘自体の死につながる崇高な性格が、すでに相対化されていることを意味するからである。

われわれはまたしても死の問題に到達した。死が戦術行動のなかで目的のための小さな手段として行使されるのは、革命の過程としては当然なことである。最高の瞬間に、最高度に劇的に、効果的に死が行使されることが保証されていれば、匹夫といえどもその死を容認するにやぶさかではない。しかし、その死が目前死ななくてもよいような小さな意味のために、犬死にするのであれば、勇者といえどもその死を避けたいと願うであろう。ところが一個人のある時点における判断には、死のそのようなクォリティーを見分ける能力がないということは、「葉隠」の著者もすでに洞察していたところであった。

私はその端的な例を、一九六九年一月十八日の安田講堂でみたのである。私はなにも死をもって同志感の象徴と考え、死をもって革命行動の精華と考えるものではない。しかし、あの時点でもし死が戦術的に行使されていたならば、それがあとでどういう大きな意味をもったかは、もはや自明の事柄である。すなわち、封鎖された大学を機動隊が攻撃するときに、そのたびに自殺者が続出するようであれば、世論はもはやその攻撃を容認しないであろう。機動隊も戦術をかえざるをえず、国家権力は死をもってする抵抗に対して、なす術《すべ》もなく終わるだろう。それが二回、三回と繰り返されれば、世論の方向は逆転するであろう。大学立法は当然不成立に終わり、大学における拠点の崩壊は、物理的に不可能に終わったであろう。それによって一〇・二一から一一・一七にいたる戦術的展開は、まったく相貌を異にしたものになったであろう。これらは当然予想されたことであり、また、予想されたとおりに起こったのであった。

圧倒的な権力の武器に対抗するものが死であるならば、その武器は力を失うにもかかわらず、その絶好の機会を安田講堂事件が逃がしたことによって、全国大学生の無気力の軌範だった東大は、再び全革命軍の無気力の教師になったのである。東大という大学がよく象徴しているように、もし七〇年闘争が挫折に終わるとすれば、そのなかばは東大の教師の首鼠両端《しゅそりょうたん》の卑劣な進歩主義から起こったことであり、また残るなかばは、東大的な闘争方式の「模範的行動」によるものであった。

内発的な感覚と行動

機密は生命をかけて守らなければならないものである。戦事行動としては当然のことであるが、暗号書をのみ込んだ兵士が、中国兵に生きながら腹をさかれても自白しなかった話は、日本の戦記にもよく記されている。日本人は軍事的組織行動のなかで、十分そのような素質をもっているが、組織の薄弱なところでは、容易に機密は漏洩《ろうえい》され、その機密漏洩は、モラルの崩壊と相伴っている。これは一方では全学連情報の漏洩から、一方では防衛庁の軍機の漏洩にいたるまで、同じ次元の問題である。私は小さな機密に人間の良心がかけられ、あるいは生命がかけられるということは、そのまま全行動のミニアチュアが、そこに発現していると思うのである。軍隊では、「機密保全は不動の姿勢と同じである。あらゆる軍事行動の最も基本をなす姿勢である」といわれている。一つの秘密の会合において機密が漏洩するということは、単なる機密の漏洩の問題ではなくて、その会合自体の意味の崩壊なのである。

機密を守ることが、もし同志感と団結心との最後的な表象であるとするならば、そこにわれわれは文学者と同様の決意を見出す。なぜならば、多くの場合機密はことばであり、ことばは情報だからである。われわれがフィクションを書くときのことばは情報ではないけれども、ことばがたびたびいったように、公共的性格をもつ瞬間に、ファクトを告げる情報になるとすれば、そのファクトの重さと同じものを小説は求めてきたのである。私は最近左派に属する若い青年、まだ少年の年齢の人たちと話したことがある。そこであの内側と外側との問題を論じたのであった。

彼らは朝鮮人が大村収容所において、いかに虐待され、収容所の白人の待遇に比して、ほとんど奴隷的待遇といってもよい待遇をされていることを非難していた。それはそれで社会的正義感から発した当然の怒りである。しかし私は彼らにこういった。

「きみらがそれに怒りを感じるのはよい。またその怒りを人々に告げ、その事実を知らせるのはよい。しかし、それはあくまでキャンペーンである。キャンペーンときみらの内側の行動とは、非常な次元の差があって、きみらの内側の行動とは『差別に生きること』でなければならない。しかし、われわれは朝鮮人になりえないなら、われわれは朝鮮人自体の差別を、内側から生きることができない。ではどうすればよいのか。ある闘争で機動隊と衝突するときもあろう。そしてその行動が真に自分の内側から激発したものであるならば、その衝突によって、内側からの差別の感覚がとらえられるにちがいない。それは生まれつきの差別でなくても、一種の感覚としての差別を内側からとらえる生き方である。ところがその内側の感覚と差別の感覚とが、真に一点に結ばれるのは長い時間ではない。なぜなら真の差別とは、虐待が終わったあとも永遠につづくものだからである。そして一定の行動の時点における差別の内側の感覚は、行動が終わったときに終焉するものだからであり、十代の少年の感じる差別は、二十五歳になったら消失するものだからである。その行動において、瞬間的感覚的につかまえられる内側の感覚は、外側のキャンペーンとは相矛盾するものであるが、それを同一次元において把握することができなければ、差別自体を真の革命の問題として把握することはできない。キャンペーンと行動とは、ついに二者別々のものとなって終わるであろう」

右は私の単なるその場の揶揄《やゆ》の文句であるが、私はこの点には人間としてかなり本質的な問題がひそむと考えている。真に内発的な怒り、内発的な行動だけが有効なものであるという考えは、私から失せたことがない。

一〇・二一のデモを新宿で見学したときに、私はその内発性の欠如をいやというほど感じた。そして一〇・二一を見たとき、私の直感的に感じた感じは、かくも戒厳令すれすれの警備体制を成功させ、その警備体制の内側で、たいていのことを「民衆の支持」のもとにやり遂げられると確信した政府は、たとえその政府の頭株がどう変わろうと、あるいはどんな政党がその政府を担当しようと、すべてが現状維持体制のなかで遂行できるという確信を与えられ、憲法改正にはあと十年間は手をつけないですむという確信を得たであろうと感じた。どんな政党が立とうが、政治は最も安全有効な道を歩くことを選ぶという法則をもっているからである。（談）

『潮』一九七〇年一月

「変革の思想」とは——道理の実現

石川達三氏の「拒絶反応としての学生運動」と、井上清氏の「全人民的激動の予震」を読み、前者は文学者の鋭い直観が問題の本質を射当てているのに感服し、石川氏の感受性が若々しい柔軟さを保っているのにおどろき、後者は、いわば公式的な反代々木系全学連の弁護論であるが、井上氏の情熱と誠実に敬服した。私がここへ出て行って、私見を述べる場所はないように思われる。すべては語り尽されている。

しかし石川氏の論文について言うなら、分析そのものは鋭く、「太宰治の持っていたような、一種の自己崩壊への願望」を認め、些事《さじ》の不満の集積が引き起した「競合脱線」は、「政治権力の片手間仕事で解決できるものではない」という認識は正しいが、全体として、わからぬものをわかろうとする立場の中立性が問題である。なぜなら全共闘運動は、このような認識者の中立性の基盤を押しゆるがすためにはじめられたようなものだからであり、彼らは自他の決意を要求しているのであって、理解を要求しているのではないからだ。いわんや、「文化の重圧にめげない強靭さの養成」を、彼らへの解決策や救済方法として持ち出すのは見当はずれであり、学生の拒絶反応は当然、救済の拒絶をも含んでいる。私はトーマス・マンの「魔の山」の「神の国と胡乱《うろん》な救済」というしたたかな論争の場面を想い起すのである。また、石川氏が文学者でありながら、「高度の文化国家」その他、「文化」の概念規定がはなはだあいまい且つ非主体的であることに、疑問を呈せざるをえない。

一方、井上氏の論文も、多くの問題を含んでいる。学生の勇気を弁護するあまり、その勇気の証明を黙秘権の行使に置くのは、論理的矛盾である。なぜなら、死を賭けるべき黙秘を、「黙秘権」として基本的人権と接着せしめた法体系こそ、思想の相対化によって柔構造社会を成立せしめた張本人であり、その権利を利用することは、すでにそのような法体系を容認することでこそあれ、何ら勇気の証明にはならぬからである。また、個別的改良的要求を網羅した七項目要求が、受けいれられぬままに、次第に全体制の変革要求にまで高まって行ったのは、拒絶されることによってそう強いられて行ったというよりも、むしろ変革の論理自体がオートマティックに自己拡張したのだ、というほうが事実に沿っている。

われわれに興味があるのは、そのような論理の無限の自己拡張と並行して、「われわれの内なる東大の抹殺」という自己否定が進行して行った過程であり、そこにこそ東大全共闘のもっとも特色あるドラマがひそんでいる。しかし「革命が勝利した後に書かれる歴史」で、つねに先駆者が正当に評価されるという主張は楽天的すぎ、ロシアのスラヴ派のテロリストがその後いかに評価されたかでもわかる。全体制の重圧という意識にしても、その重圧はごく敏感な一部インテリにしか触知されず、その重圧の意識に全民衆を目ざめさせることができれば、高い意識大衆が形成されるにちがいないけれども、全共闘運動自体にそのような努力を拒絶させるものがあり、そればかりか、重圧の意識を自明の前提として出発したところに、状況判断の甘さと独善性があったことは否定できない。

学生を革命主体とする先駆性理論は、このような「重圧の意識」の普及の可能性如何《いかん》にかかっていた筈なのである。しかし大衆は、むしろ学生の心情には共鳴したけれども、自分の身にふりかかっている筈の「重圧の意識」には共鳴しなかったのである。今や日米共同コミュニケ以後、退潮する社会党に代って、自民党が最大の護憲勢力になるであろうという幾多の予兆が見られる。

昨年十月十一月、あれだけの戒厳令すれすれの警備体制を敷き、三、四年前なら予防検束と叩かれた筈の完璧な予防措置を張りめぐらし、しかも警察の巧みなキャンペーンによって地域住民の協力を得、ゲリラ隊は商店街のおやじからバケツで水をぶっかけられ、新聞はこぞって暴力に反対し、……現憲法下でこれだけの鎮圧効果を納め得ることに確信を抱いた政府が、何で火中の栗を拾うような改憲の大事業にとりかかることがあろう、と私は考えた。

さらに日米共同コミュニケによって、現憲法の維持は、国際的国内的に新たなメリットを得たのである。すなわち国内的には、今後も穏和な左翼勢力に平和憲法の飴玉《あめだま》をしゃぶらせつづけて面子《メンツ》を立ててやる一方、過激派には現憲法にもこれだけの危機収拾能力のあることを思い知らせ、国際的には、無制限にアメリカの全アジア軍事戦略体制にコミットさせられる危険に対して、平和憲法を格好の歯止めに使い、一方では安保体制堅持を謳《うた》いながら、一方では平和憲法護持を受け身のナショナリズムの根拠にするというメリットが生じたのである。これはいわば吉田茂方式の継承であり、早急な改憲は、現憲法がアメリカによって強いられた憲法であるより以上に、さらにアメリカの軍事的要請に沿うた憲法を招来するにすぎないという恫喝《どうかつ》ほど、利き目のあるものはあるまい。改憲サボタージュは、完全に自民党の体質になった。

空文化されればされるほど政治的利用価値が生じてきた、というところに、新憲法のふしぎな魔力があり、戦後の偽善はすべてここに発したといっても過言ではない。完全に遵奉《じゅんぽう》することの不可能な成文法の存在は、道義的頽廃《たいはい》を惹《ひ》き起す。それは戦後のヤミ食糧取締法と同じことである。

　現代日本における変革の論理が、本質的に道義的革命になくてはならぬと感じている点では、私と全共闘との間には、一脈相通ずるところがあるかもしれない。全共闘は改憲を目標にかかげていないが、今のところ、改憲の可能性は、右からのクーデターと、左からの暴力革命と、いずれかに拠《よ》るほかはなく、いずれもきわめて可能性の稀薄なことは周知のとおりである。

私が憲法を問題にするのは、そこに国家の問題が鮮明にあらわれているからであり、しかも現憲法は、国家への忠節に肩すかしを食わせて、未実現の人類共通の理想へのみ忠誠を誓わせるようにできており、国家と忠誠とを別次元に属する形で併記している。国家とは何ぞや、忠誠とは何ぞや、という問いからはじめなければ、変革の論理は実質を欠くことになろう。

私見によれば、祭政一致的な国家が二つに分離して、統治的国家（行政権の主体）と祭祀的国家（国民精神の主体）に分れ、後者が前者の背後に影のごとく揺曳《ようえい》しているのが現代の日本である。近代政治学が問題にする国家とは、前者にほかならない。ところで自由世界の未来の国家像は、ますます統治国家がその統治機能を、自治体、民間団体、企業等へ移譲し、国家自身は管理国家としてマネージメントのみに専念し、言論やセックスの自由は最大限に容認し、いわばもっとも稀薄な国家がもっとも良い国家と呼ばれることになろう。そこでは時間的連続性は問題にされず、通信連絡、情報、交易の世界化国際化による空間的ひろがりが重んじられる。スポーツや学術をはじめ、多くの領域で世界国家的イメージが準備される。事実このような管理国家は世界連邦たるべきものの胎児なのである。これを支配する原理は、ヒューマニズム、理性、人類愛などであり、非理性的ないし反理性的なものはきびしく排除されるロゴスとしての国家である。

一方、祭祀的国家はふだんは目に見えない。ここでは象徴行為としての祭祀が、国家の永遠の時間的連続性を保障し、歴史・伝統・文化などが継承され、反理性的なもの、情感的情緒的なものの源泉が保持され、文化はここにのみ根を見いだし、真のエロティシズムはここにのみ存在する。このエートスとパトスの国家の首長が天皇である。ここでは濃厚な国家がもっとも良い国家なのである。

さて統治国家を遠心力とすれば祭祀国家は求心力であり、前者を空間的国家とすれば、後者は時間的国家であり、私の理想とする国家はこのような二元性の調和、緊張をはらんだ生ける均衡にほかならない。

私はこの二種の国家をつきつけて、国民にどちらの国家に忠誠を誓うか、決断を迫るべきであると思う。いうまでもなく真にナショナルな自立の思想の根拠は、祭祀的国家のみにあり、統治的国家は国際協調主義と世界連邦の方向の線上にあるものである。そしてその忠誠の選択に基づいて、自衛隊を二分したらよいのである。このことは現憲法下でも法理的に可能である。

現自衛隊に対する国民の最終的な疑惑は、表面上、最高指揮権は内閣総理大臣にあるけれども、最終的な指揮権はアメリカ大統領にあるのではないかという疑惑であろう。航空自衛隊の編成装備、英語による指令等を見た者は、一抹の不安を禁じえないであろう。

そこでまず、航空自衛隊現勢力の九割、海上自衛隊の七割、陸上自衛隊の一割をもって「国連警察予備軍」を編成する。なぜ予備軍かといえば、現憲法下では海外派兵がむずかしいからである。日本国連警察予備軍は統治国家としての日本に属し、安保条約によって集団安全保障体制にリンクし、制服も独自の制服を持ち、主任務は対直接侵略にあり、根本理念は国際主義的であり、将兵の身分は国連事務局における日本人職員に準ずる。

第二に、残余の兵力、すなわち陸上自衛隊現勢力の九割、海上自衛隊の三割、航空自衛隊の一割は「国土防衛軍」を構成する。国土防衛軍の根本理念は、祭祀国家の長としての天皇への忠誠にあり、絶対自立の軍隊であって、いかなる外国とも軍事条約を結ばない。国連警察予備軍は状況に応じて、国連から核兵器の管理を委任されることもあるが、国土防衛軍の装備は在来兵器に限られる。主任務は対間接侵略にあり、治安出動も国土防衛軍の仕事である。なお国土防衛軍は相当数の民兵を包含し、わが「楯《たて》の会」はこのためのパイオニヤである。

国連警察予備軍は、高度の技術的軍隊で、新兵器の開発、技術の習得はここで行われ、その成員は、軍人であると同時に技師である。これに反して、国土防衛軍は、魂の軍隊という色彩が強く、そのモラルは徹頭徹尾武士的なものである。

そしてこの二つの軍隊を、共に指揮系統として内閣総理大臣が統括するが、その最終的忠誠の対象が異なるところから、種々の礼式の相違があらわれるであろう。

私がこの構想をあるイギリス人の友人に話したところ「あまりに論理的すぎて、実現の見込みは、うすい」と答えられた。論理的かどうかは知らないが、私としては考えに考えた末であり、かつ、一場の夢物語であることも承知である。しかし日本の防衛のあるべき姿を考えれば考えるほど、私にはほかの解決は思い当らない。もちろんこれは憲法の制約を考慮に入れた上のことで、憲法を変えるとなれば、また話は別である。

日本にとってもっとも緊急に変革を要するものは防衛の問題であり、しかもそこにいかにして自立の思想を盛り込むかという問題である。日本に変革の必須な問題は多々あろうが、これを除外して変革を考えることは空論であり、共産党ですら、核兵器に一言も触れぬ狡猾《こうかつ》さをもって、武装中立を謳《うた》っている。日本の防衛と自立の永遠のジレンマのもとである核兵器が、国内戦に使えないという特質を持っているところに目をつけて、この特質を逆手にとって、絶対自立の軍隊を建軍することがまず急務であり、自衛隊をただあいまいに安保条約に接着させておくことは危険なのだ。中共はすでにＩＲＢＭの戦略配置を終ったと伝えられ、日本はその射程距離内にはいるのである。

私の変革方式は、変革の雛型《ひながた》をまず自分の力で自分の周辺に作ることだ。雛型であるから、まだ実用に役立たなくても仕方がない。しかし自立の思想を肉体化し現実化して、これを通じて、何が正しいかを顕現することだ。言論がすべて相対化され、どんな過激な言論も、砂地にしみ入る水のように、どこかへむなしく消えてゆくという焦躁感から、全共闘の「言葉への不信」がはじまったことは認めるが、その全共闘自身が、いつか自分の言葉に自分でだまされるようになった。言葉に対する不信が、そもそも自分の言葉を持たぬ者、ただの一度も言葉に信念の根拠を置かなかった者から、発せられたことがまちがいだったのだ。

相対化され現象化されるのは、言論のみではなく、行動ですらそうだ、というところに気づくのがおそかったのはこのためである。現代社会では、一定の効果と一定のメリットが評価され、それが抽出されてしまうと、たちまちうしろへ投げ捨てられてしまう。政治は場当りの効果主義の集積である。

政治の見地からは、アメリカ大使館のバルコニーに赤旗を下げるのは、たしかに何事かだ。なぜならそれは必ず報道され、報道されたことは一定の効果と価値を生み出すからだ。しかしこの「何事か」の積み重ねは、いくら積み重ねても同じ次元の積み重ねにすぎず、そこから別次元の変革への飛躍は生れない。こうしていつか政治と同次元の世界へ融解されてしまうくらいなら、彼らの非難する議会改良主義者のほうがずっとうまくやるのである。

私は文士としてまず言葉を信ずる。しかし何らかの政治的有効性において信ずるのではない。私にとっての変革とは、言葉と同じ高度の次元の、決して現象化され相対化されぬ現実を創り出すことでなければならない。そのための行動とは、死を決した最終的な行動しかなく、それまでの行動類似のものはすべて訓練であり、世阿弥《ぜあみ》の言う「稽古は強かれ」の「稽古」にほかならない。

変革とは一つのプランに向って着々と進むことではなく、一つの叫びを叫びつづけることだ、という考えが、私の場合には牢固としている。前述の自衛隊二分論は、相対的解決策としての変革にすぎぬが、その中にも私の叫びの貫流していることを、聞く人は聞くであろう。

かつてアメリカ占領軍は剣道を禁止し、竹刀競技の形で半ば復活したのちも、懸声をきびしく禁じた。この着眼は卓抜なものである。あれはただの懸声ではなく、日本人の魂の叫びだったからである。彼らはこれをおそれ、その叫びの伝播と、その叫びの触発するものをおそれた。しかしこの叫びを忌避して、日本人にとっての真の変革の原理はありえない。近代日本知識人が剣道のあの裂帛《れっぱく》の叫びを嫌悪するのは、あれによって彼らの後生大事《ごしょうだいじ》にしている近代ヒューマニズムと理性の体系にひびのはいるのをおそれるからだ。あの叫びにこそ、彼らの臆病な安住の家をこわしにかかる斧《おの》の音をきくからだ。

変革とは、このような叫びを、死にいたるまで叫びつづけることである。その結果が死であっても構わぬ。死は現象には属さないからだ。うまずたゆまず、魂の叫びをあげ、それを現象への融解から救い上げ、精神の最終証明として後世にのこすことだ。言葉は形であり、行動も形でなければならぬ。文化とは形であり、形こそすべてなのだ、と信ずる点で、私は古代ギリシア人と同じである。

初出「道理の実現――「変革の思想」とは」
『読売新聞』夕刊一九七〇年一月一九、二一、二二日

「蓮田善明とその死」序文

文人の倖は、凡百の批評家の讃辞を浴びることよりも、一人の友情に充ちた伝記作者を死後に持つことである。しかもその伝記作者が詩人であれば、倖はここに極まる。小《お》高根《だかね》二郎氏のこの好著を得て、蓮田善明氏は、戦後二十年の不当な黙殺を償って余りある、文人としての羨むべき幸運を担った。私はほとんどこれを嫉視する。小高根氏が蓮田氏の愛と死について語る筆致は、清澄高雅で、毫《ごう》も死者の霊を傷つけず、生き残った者の不遜を免かれ、資料はあくまで正確でありながら実証主義の卑賤に陥らず、無礼な分析を避けて綜合的な人間像を晴朗に浮ばせ、それ自体が一個の文学作品として魂を搏《う》つ無類の品格と迫力を併せ備えている。このような作品を小高根氏をして書かせたものこそ、蓮田氏の徳であり、又、その運命の力である。しかも蓮田氏の生前、小高根氏との交遊が浅かったことを考えれば、この作品に好い意味でも悪い意味でもみじんも私心のないことが首肯され、蓮田氏の文業とその謎の死が、この著作を内的な自然な衝動を以て促したことがすぐ見てとれるのである。

蓮田氏の文業とその壮烈な最期との間には、目のくらむような断絶があり、コントラストがある。終戦直後、蓮田中尉がその聯隊《れんたい》長を通敵行為の故を以て射殺し、ただちに自決したという劇的な最期を遂げたとき、これを伝え聞いた蓮田氏の敵は、戦時中の右翼イデオローグのファナティシズムの当然の帰結だと思ったにちがいない。しかし少年時代氏に親炙《しんしゃ》した私にとって、この死と私の知る蓮田氏のイメージとの間には、軽々に結び合わされぬ断絶があった。

　ところで一個の肉体、一個の精神から出たものが、冥々の裡《うち》にも一本の糸として結ばれるという点については、蓮田氏の敵もまちがってはいなかった。ただ敵は、そのような激しい怒り、そのような果敢な行為が、或る非妥協のやさしさの純粋な帰結であり、すべての源泉はこの「やさしさ」にあったことを、知ろうともせず、知りたいとも思わなかっただけである。

　少年時代に蓮田氏を知った私の目からすれば、私は幸運にも蓮田氏のやさしさのみを享《う》け、氏から激しい怒りを向けられたことはなく、ただその怒りが目の前で発現して、私にもよくわからぬ別の方向へ迸《ほとばし》っている壮観を見るばかりであった。月に一度の「文藝文化」の同人会に、一少年寄稿家として出席を許され、そこで専ら蓮田氏に接した私の印象は、薩摩訛《なま》りの、やさしい目をした、しかし激越な慷慨家としての氏であった。が、私は、詩人的国文学者としての氏を、古代から近代までの古典を潺湲《せんかん》と流れる抒情を、何ら偏見なく儒臭なく、直下にとらえて現代へ齎《もたら》しうる人と考えていたから、氏の怒りの対象については関知するところでなかった。

　氏はそのような人として現われ、そのような人として私の眼前から去ったのである。

「予はかかる時代の人は若くして死なねばならないのではないかと思う。……然《そ》うして死ぬことが今日の自分の文化だと知っている」(「大津皇子《おおつのみこ》論」)
この蓮田氏の書いた数行は、今も私の心にこびりついて離れない。死ぬことが文化だ、という考えの、或る時代の青年の心を襲った稲妻のような美しさから、今日なお私がのがれることができないのは、多分、自分がそのようにして「文化」を創る人間になり得なかったという千年の憾《うら》みに拠《よ》る。

氏が二度目の応召で、事実上、小高根氏のいわゆる「賜死」の旅へ旅立ったとき、のこる私に何か大事なものを託して行った筈だが、不明な私は永いこと何を託されたかがわからなかった。少くとも氏の最期を聞いたとき、それをすぐさま直感すべきであった筈が、戦後私は小説家というものになろうと志していて、青年のシニシズム(好んで青年が着るもっとも醜い衣裳!)で身を鎧《よろ》い、未来に対しても過去に対しても、見ざる聞かざる言わざるの三猿を決め込んでいた。

それがわかってきたのは、四十歳に近く、氏の享年に徐々に近づくにつれてである。私はまず氏が何に対してあんなに怒っていたかがわかってきた。あれは日本の知識人に対する怒りだった。最大の「内部の敵」に対する怒りだった。

戦時中も現在も日本近代知識人の性格がほとんど不変なのは愕《おどろ》くべきことであり、その怯懦《きょうだ》、その冷笑、その客観主義、その根なし草的な共通心情、その不誠実、その事大主義、その抵抗の身ぶり、その独善、その非行動性、その多弁、その食言、……それらが戦時における偽善に修飾されたとき、どのような腐臭を放ち、どのように文化の本質を毒したか、蓮田氏はつぶさに見て、自分の少年のような非妥協のやさしさがとらえた文化のために、憤りにかられていたのである。この騎士的な憤怒は当時の私には理解できなかったが、戦後自ら知識人の実態に触れるにつれ、徐々に蓮田氏の怒りは私のものになった。そして氏の享年に近づくにつれ、氏の死が、その死の形が何を意味したかが、突然啓示のように私の久しい迷蒙《めいもう》を照らし出したのである。

あたかも私のこうした精神過程と時を同じうして、小高根氏が、一茎の野草のような謙虚な小冊子「果樹園」に、「蓮田善明とその死」を連載しはじめたとき、次号をおそしと待ちながら私が耽読《たんどく》したのは当然であろう。一行一行が私の心に触れ、ああ、そうだったのか、なるほど、そうだったのか、と二十数年後の今になって、いちいち腑に落ちることも一再ではなかった。そして私は、これを書いた小高根氏にただ感謝した。

雷が遠いとき、窓を射る稲妻の光と、雷鳴との間には、思わぬ永い時間がある。私の場合には二十年があった。そして在世の蓮田氏は、私には何やら目をつぶす紫の閃光として現われて消え、二十数年後に、本著のみちびきによって、はじめて手ごたえのある、腹に響くなつかしい雷鳴が、野の豊饒を約束しつつ、轟《とどろ》いて来たのであった。

初出「序」小高根二郎著『蓮田善明とその死』筑摩書房・一九七〇年三月

性的変質から政治的変質へ
――ヴィスコンティ「地獄に堕ちた勇者ども」をめぐって

久々に傑作といえる映画を見た。生涯忘れがたい映画作品の一つになろう。この荘重にして暗鬱、耽美《たんび》的にして醜怪、形容を絶するような高度の映画作品を見たあとでは、大ていの映画は歯ごたえのないものになってしまうにちがいない。ヴィスコンティは「夏の嵐」とほぼ同じ手法で、オペラ的演出の瑰麗《かいれい》を極めたものを示すが、あれがイタリー・オペラなら、これはドイツ・オペラであり、ワグナー的巨大とワグナー的官能性が、圧倒的に表現されている。ワグネリアンは狂喜するに相違ない。日本でこれに匹敵するものを探すなら、わずかに市川崑の「雪之丞変化」があるだけであろう。

冒頭の人物紹介は、落着いた悠々たるペースで進められ、この部分に「古き良きドイツ」が集約的に描写されている。それは厚味のある伝統的な文化（生活様式）の、視覚的音楽的な表現であり、立派な家長ヨアヒムを中心に、ブッデンブロークスの、頽廃《たいはい》以前の一族の生活のようなものが、簡潔に、きわめてよい趣味を以て、堂々と展開される。

雪中の二人の不吉な客、アシェンバッハとフリードリッヒの紹介によって、また、マーチンの女装の唄によって、さらに、国会炎上のニュースによって、最初の不協和音が介入して来る。晩餐の描写は、なお、予感を内に孕《はら》みながら、イプセン劇のような正統派の室内劇の力強い劇的対立を、ほとんど教範的に示す。

ふつうの劇的常識では、こうした性格、状況、野心、嫉妬、競争、権力、愛、その他の十分すぎるほど十分な設定は、劇的対立をレールに乗せ、心理劇や性格悲劇の十分な展開を予想させるのである。なぜなら一定の高度の教養と富と文化的環境の設定は、教養ある悲劇をしか連想させないからである。もしある文化が滅びるなら、永い時間をかけて、その内的必然によって瓦解する筈である。……

おっとどっこい、そうは行かない。深夜突然、生《なま》の暴力が、この一族をまるでヤクザ一家の悲劇のような、色も香もない、実も蓋《ふた》もない、直接的暴力悲劇の結末へ一気に運んでしまうのである。ここがこの映画の最初の狙いであり、文化も教養も地位も、富ですら何の助けにもならず、生《なま》の、生粋の暴力の前に一瞬にして崩壊してしまうのだ。

かくてこの劇を推進させる本当の力がはじめて露呈される。それこそはナチスである。文化と文明の画布を、何のためらいもなく、一ト突きで破って突き出された「鉄拳」である。まるであるべきでないものがあり、起るべきでないことが起るという、この苛烈なコントラストに、ナチスの真の特徴があった。もし美しい座敷のまん中で糞をひることが公然と行なわれるにいたれば、全教養体系はあっけなく崩壊するのだ。

この崩壊による挽歌は、ただ一度奏でられる。それは雨上りの路上を楽隊入りで粛々と行く老ヨアヒムの葬列である。この場面は実に忘れがたい。

鉄鋼王国の再編成が行われ、親衛隊の突撃隊に対する憎悪の伏線が引かれたのち、マーチンの私生活の描写に入るが、ここがおそらくこの映画の唯一のダレ場であろう。第一、冒頭でマーチンのトランスヴェスティティズムが紹介されているので、この隠れ家の描写は、却《かえ》ってはぐらかされて難解になる。少女暴行と娼婦との情交との、はっきりした関連もよくつかめない。

しかし、ここまで来て、演出家の意図は明確になる。ヴィスコンティはおそらく、政治的変質と、性的変質のパラレリズムを狙ったのである。マーチンの性的変質とそのやるせない胸のときめきは、やがては彼が陥ることになる政治的変質の兆候であり暗喩である。ドイツ的世界ではすべてが体系化され、一つ一つの病的観念は、病的な政治行為と照応する。かつて私は、ドイツには、あらゆる種類のパーバージョンの数に対応する数の哲学体系が存在する、と書いたことがある。しかも性と政治とのこのような対応は、もう一つの、もっと怖ろしい逆説を秘めている。すなわち、この映画だけを見ても、圧倒的な病的政治学の力の下で、むしろ人間性は性的変質者によって代表されているのであり、幼女姦のマーチンも、男色の突撃隊も、その性的変質に於てはじめて真に人間的であるのに反して、どこから見ても変質のカケラもない金髪の人間獣アシェンバッハ(このヘルムート・グリームという俳優はすばらしい)の冷徹な「健全さ」が、もっとも悪魔的な機能を果して、ナチスの悪と美と「健康」を代表しているのである。真に怖ろしいものはこちらにあるのだ。

さて一九三四年六月三十日の有名な「血の粛清」がいよいよ画面にあらわれる。私事ながら、この「血の粛清」の政治的必然性は、拙作『わが友ヒットラー』に詳しいが、もちろんヴィースゼーの一夜については、私の戯曲はセリフで暗示するにとどめてある。それを一つのショウに仕立てて、この映画の本筋とは関係ないところに、このような血のバレエ・シーンを置いたヴィスコンティの企らみの深遠さは、推し量るすべもないが、るいるいと重なる白い裸体が血の網目を着ている描写には、一種のしつこい耽美主義が溢《あふ》れている。快楽と乱酔のしののめ時、湖畔で遠い自動車の爆音をきく、女装の半裸の青年の一カットは、いうにいわれぬ暗い抒情を、アルコールを含んだ脱脂綿のように含んでいる。よかれあしかれ、(その青春がどんな形の青春であろうと)、このとき青春の虐殺の予兆がひびいて来るのである。

マーチンの母子相姦のシーンもさることながら、大団円のフリードリッヒとソフィーの結婚式と死のワグナー的場面のカットの積み重ねには、ふたたび冒頭の悠々たるタッチがあらわれ、同じ邸が隈《くま》なくハーケンクロイツの旗で飾られて、娼婦やならず者の参列者の中へ、不気味な死化粧の白面のソフィーが、フリードリッヒと手を携えて階段を下りてくる。親衛隊員となったマーチンが母に対する復讐を完成し、完全な精神的凌《りよう》辱《じよく》と死を与えるこの場面のものものしさ、絶妙の運びののろさ、それ自体みじめに戯画化されながら、戯画化の絶頂で異様な壮麗さに転化してゆく演出は、へんな言い方だが、非常に「よい趣味」なのである。すべてが人間性の冒瀆《ぼうとく》に飾られたこの終局で、ヴィスコンティは、序景の、直接的暴力によって瞬時に破壊された悲劇の埋め合せを企らむのだ。それがもう少しで諷刺に堕することなく、あくまで正攻法で堂々と押して、しかも感傷や荘重さや英雄主義を注意ぶかく排除し、いわば「みじめさの気高さ」とでもいうべきものをにじみ出させ、表情一つ動かさぬマーチンの最後のナチス的敬礼をすら、一つの節度を以って造型する、……こういう「良い趣味」は、この映画のスタイルの基本である。参列の娼婦やならずものの描写の抑え方を見よ。そこには野卑すらが一つの静謐《せいひつ》に参与している。

ヴィスコンティがこの映画で狙ったものが、今さらナチス批判やナチスの非人間性の告発であるということは疑わしい。二十世紀はナチスを持ち、さらに幸いなことには、ナチスの滅亡を持ったことで、ものしずかな教養体験と楽天的な進歩主義の夢からさめて、人間の獣性と悪と直接的暴力に直面する機会を得たのである。これなしには、人間はもう少しのところで人間性を信じすぎるところだった。古代の悲劇があれほど直截《ちょくせつ》に警告していたところのものに、ナチスがなければ、人々はよもや二十世紀になって対面するとは思っていなかったのである。その無慈悲、その冷血、その犯罪の合法化、その悪の体系化、その死のエステティック、……そこからわれわれは、侮蔑というものの劇化の機縁を得たのだった。夙《と》っくの昔に滅びてもう復讐してくる怖れのない政治体制を批判することなど、どんな臆病者でもできることで、ヴィスコンティだって、自分の臆病を証明するためにわざわざこんな長大な映画を作ったわけではあるまい。しかしこの映画はいかにナチスに多くを負っていることであろう。ナチスがあったおかげで、われわれはあらゆる悪をナチスに押しつけ、われわれの描くありとあらゆる破倫・非行・悪徳・罪・暴力の幻をナチスに投影することができるのである。この巨大なスケイプ・ゴートを、現代の映画演出家がほうっておくわけはない。悪を描く免罪符としてのナチスの効用に隠れて、自分の悪の嗜慾《しよく》をほしいままに追究することができるのだ。果然、「地獄に堕ちた勇者ども」は、そのワグナー趣味において、そのドイツ風グロテスクにおいて、その女装好きにおいて、その神経の狂熱において、その重厚さにおいて、その肉体的加害にまさる心理的加害の交響楽的圧力において、その肉体讃美において、その劇的な容赦なさにおいて、その過剰において、そのひとりひとりが悲劇と死を自分の上へ招き寄せる執拗さにおいて、そのものものしさにおいて、その肉感性において、その儀式好き式典好きにおいて、その乱酔において、その重苦しい目ざめに見る曇った朝空のような、心をおののかせる暗鬱なリリシズムにおいて、……正にミイラ取りがミイラになるほど、ナチスの時代の「嫌悪に充ちた美」を再現しているのである。

『映画芸術』一九七〇年四月

問題提起

(一) 新憲法に於ける「日本」の欠落

憲法には改正手続の簡易な軟性憲法と、その手続のすこぶる厳格な硬性憲法とがあるが、現在の日本国憲法は明らかに後者に属する。英国の如きは成文憲法を有しない。又、西ドイツは、第二次大戦後連合軍占領下の占領基本法を憲法と見做《みな》さず、占領終了後自ら修正制定している。占領下に制定された憲法がそのまま維持されている日本は、旧敗戦国中でも特殊例であり、これには、国際政治と国内政治の双方の要因が複雑にからみ合っていることは周知の通りである。

憲法は国家の基本法であるから、法学者は逆に、国家を定義して、法体系の投影であると言う。現実の新憲法下の日本を見る限り、正にその通りである。しかしながら、「逆モ亦《また》真ナリ」は成立しない。憲法の法理念法体系が国家の投影であるか、というのに、新憲法はそのような確たる国家像を背後に持たず、国際連合憲章にすべてを委任する形で成立しているからである。ここに現行憲法の最大の問題がひそんでいる。国家の基本法が真に内発的なものであるならば、この「逆モ亦真ナリ」は成立つ筈であり、法体系の投影としての国家は、同時に国家の投影としての法体系を生み出し、合せ鏡のように作用する筈である。明治憲法もなるほど継受法ではあった。その明治憲法下に制定せられた公法私法も継受法ではあった。明治維新における日本と西欧の対立融合という最大のテーマの解決として作られたその憲法は、しかし、民族的伝統と西欧の法伝統との、当時に於ける能《あた》うかぎりの調和を成就させた芸術作品であった。自然法学と歴史法学との日本的綜合であった。しかるに敗戦直後匆卒《そうそつ》に作られた現憲法は、直訳まがいの、日本語としてもっとも醜悪な文体を持ち、木に竹を継いだような文字どおりの継受法として、何らの内発性なしに与えられ、教育によって新世代に浸透するように、いわばあとから内発性の擬制を作られたのである。

国際政治の力関係によって、きわめて政治的に押しつけられたこの憲法は、はじめからその国際政治の力学の上に乗らざるをえぬ曲芸的性格を与えられており、それが又逆に、今日まで憲法を生き永らえさせてきた要因になっている。ありていに言って、現憲法と日米安保条約は合せて一セットになるように仕組まれており、又同じ理由で、左派の護憲勢力の抵抗が、憲法改正の機運を挫折させ、これを逆手にとった現政府の、護憲宣言となって現われたのであった。左派は等しくアメリカから与えられた二つのものの内、一方の安保条約には反対し、一方の平和憲法には賛成してきた。この態度の論理的矛盾を衝いた永井陽之助氏が、本来なら安保反対平和憲法反対が自立価値中心の論理として、安保賛成平和憲法賛成が福祉価値中心の論理として、それぞれ一貫しているべきであるのに、それが現実の主張では、「安保反対・憲法護持」と云った具合に紛糾している、と論じているのは至当である。しかしこの矛盾は一九七〇年にいたって漸《よう》く気付かれ、自民党は、安保賛成平和憲法護持の福祉価値の線を強く打出し、一方、左派の一部では、安保反対と「人民軍」思想の萌芽が結びつきつつあって、非武装中立の護憲勢力は挟撃に会って衰微しつつある。

一九七〇年というこの時点において、われわれが改憲について根本的思索をめぐらさねばならぬ理由は他でもない。

一は、自立の論理が左派によって追求されている一方、半恒久政権としての自民党は、ますます福祉価値中心の論理に自己を閉じ込めつつ、物理力としての国家権力を強めつつあるという状況下にあるからである。

一は、この半永久政権下における憲法が、次第に政体と国体との癒着混淆《こんこう》を強め、現体制としての政体イコール国体という方向へ世論を操作し、かつ大衆社会の発達が、この方向を是認しつつあるからである。

このことは、現憲法自体が、政体と国体についての確たる弁別を定立していないことから起る必然的結果と言わねばならない。

国体は日本民族日本文化のアイデンティティーを意味し、政権交替に左右されない恒久性をその本質とする。政体は、この国体維持という国家目的民族目的に最適の手段として、国民によって選ばれるが、政体自体は国家目的追求の手段であって、それ自体、自己目的的なものではない。民主主義とは、継受された外国の政治制度であり、あくまで政体以上のものを意味しない。これがわれわれの思考の基本的な立場である。旧憲法は国体と法体系の間の相互の投影を完璧にしたが、現憲法は、これを明らかにしていないことは前述の通りである。

けだし、国体の語を広義に解釈すれば、現憲法は二種の国体、二つの忠誠対象を、分裂させて持っており、且つ国民の忠誠対象をこの二種の国体へ分裂させるように仕組まれているからである。国体は本来、歴史・伝統・文化の時間的連続性に準拠し、国民の永い生活経験と文化経験の集積の上に成立するものであるが、革命政権における国体とは、いうまでもなく、このようなものではない。革命政権における国体は、未来理想社会に対する一致した願望努力、国家超越の契機を内に秘めた世界革命の理想主義をその本質とするであろう。ところが、奇妙なことに現行憲法は、この相反する二種の国体概念を、(おそらく国論分裂による日本弱体化という政治的企図を含みつつ)、並記しているのである。これが憲法第一章と第二章との、戦後の思想的対立の根本要因をなす異常なコントラストである。このような論理的矛盾を平然と耐え忍ぶことができるのは、正に世界に日本人の天才を措《お》いて外にはあるまい。

第九条についてはあとで詳述するが、国際連合憲章の理想主義と、左派の戦術的非戦論とが癒着したこの九条において、正に同一の条項が、一方では国際連合主義の仮面をかぶった米国のアジア軍事戦略体制への組み入れを正当化し、一方では非武装平和主義の仮面の下に浸透した左翼革命勢力の抵抗の基盤をなしたのであった。

しかしそれはあくまで戦略的戦術的見方であって、教育と異を樹《た》てまいとする日本的右顧左眄《うこさべん》と原爆被爆国民としての心情と、その他さまざまなエモーショナルな基盤に支えられて、第九条が新らしい日本の「国体」として成熟した半面、第一章の「天皇」の各条は、旧世代のエモーショナルな支持にのみ支えられて、「国体」としての権威を次第次第に失いつつあるのが現状である。第二章の国体と第一章の国体とは、しかし、現象的には対立せぬように、「平和をもたらした天皇」のイメージにおいて融合せしめられているが、第二章の国体による第一章の国体の腐食は進行し、この腐食を賢明にも洞察している自民党政府は、二種の国体をあいまいに融合せしめたまま、これを政体に癒着させ、政体の強化維持を以て、新らしい国体に代えようとしているのである。

しかしながら、国体と政体の別を明らかにし、本と末の別を立て、国にとって犯すべからざる恒久不変の本質と、盛衰を常とする政体との癒着を剝離《はくり》することこそ、国の最大の要請でなければならない。

そのためには、憲法上、第一章と第二章とが到底民族的自立の見地から融和すべからざるものであり、この民族性の理念と似而非《えせ》国際主義の理念との対立矛盾が、エモーショナルな国民の目前に、はっきり露呈されることが何よりも緊要である。

このことは、グロテスクな誇張を敢《あえ》てすれば、侵略戦争の宣戦布告をする天皇と、絶対非武装平和の国際協調主義との、対立矛盾を明示せよ、というのではない。むしろその反対である。もし現憲法の部分的改正によって、第九条だけが改正されるならば、日本は楽々と米軍事体制の好餌《こうじ》となり、自立はさらに失われ、日本の歴史・伝統・文化は、さらに危殆に瀕《ひん》するであろう。われわれは、第一章、第二章の対立矛盾に目を向け、この対立矛盾を解消することによって、日本の国防上の権利（第二章）を、民族目的（第一章）に限局させようと努め、その上で真の自立の平和主義を、はじめて追求しうるのである。従って、第一章の国体明示の改正なしに、第二章のみの改正に手をつけることは、国家百年の大計を誤るものであり、第一章改正と第二章改正は、あくまで相互のバランスの上にあることを忘れてはならない。

さて、何故に第一章の「国体」は、国民の忠誠対象として衰微したか？　それはあくまで教育と政策の結果である。

天皇制は戦後小泉信三的リベラリズムの下に風を除《よ》け、この風除けはいつしか天皇制の体質になって、国民の忠誠の対象視されることを避けよう避けようという一念で生き永らえてきた。古きノスタルジックな忠誠は、天皇に対する個人的な信愛と敬愛のみにつながれた。国民の、無方向の忠誠の意欲が、その対象たることをけんめいに避けようとしている対象よりも、別種の対象へ誘導されることは自然である。微笑、友愛、やわらかな好意、……そういうものなら、戦後天皇制が国民からもっとも歓迎するものであり、この歓迎に応える装置もさまざまに作られたが、「忠誠」だけは有難迷惑な贈物であり、これを拒絶する装置も隠密周到にさまざまに作られた。しかし忠誠を拒絶することは、自ら国体たることを否定する態度に他ならないから、やむなく大衆は、無際限にその忠誠をうけ入れてくれる第九条のほうを現時の国体と考えるにいたったのも無理はない。尤《もつと》もこれらの皇室政策が、天皇御自身の御意向に添うたものである、と私は言おうとしているのではない。事勿《ことなか》れ主義の官僚群が作ったものであることは明らかである。もしかりに、一歩妥協して、不十分ながら第一章が日本の「国」とは何ぞやということを規定しているとしても、第二章は明らかに、国家超克の人類的理想について述べている。第一章が「国のため」という理念を一応掲げていると仮定しても、第二章が掲げているのは「人類のため」という理念である。国民の側から云えば、忠誠対象の不分《ふぶん》明《みよう》であり、国家の側から云えば、国家意志の不明確である。これらの茫漠たる規定から演繹《えんえき》される国家最高の理念とは、人命尊重のヒューマニズムに尽き、平時はそれでよいが、ひとたび危機に際会すると、一九七〇年春のハイジャック事件のように、韓国、北鮮がそれぞれ明白に国家意志を表明したのに、ひとり日本は、人命尊重のヒューマニズム以上のものを表明することができず、しかもこのヒューマニズムには存分に偽善が塗り込められるという醜態をさらしたのであった。

＊
＊＊

——さて、逐条的に現憲法の批判に入ると、

第一条（天皇の地位・国民主権）天皇は、日本国の象徴であり日本国民統合の象徴で

あつて、この地位は、主権の存する日本国民の総意に基く。

第二条（皇位の継承）皇位は、世襲のものであつて、国会の議決した皇室典範の定めるところにより、これを継承する。

とあるが、第一条と第二条の間には明らかな論理的矛盾がある。すなわち第一条には、「この地位は、主権の存する日本国民の総意に基く」とあるが、第二条には、「皇位は、世襲のものであつて」とあり、もし「地位」と「皇位」を同じものとすれば、「主権の存する日本国民の総意に基く」筈のものが、「世襲される」というのは可笑《おか》しい。世襲は生物学的条件以外の条件なき継承であり、「国民の総意に基く」も「基かぬ」もないのである。又、もしかりに一歩ゆずって、「主権の存する日本国民の総意」なるものを、一代限りでなく、各人累代世襲の総意とみとめるときは、「世襲」の語との矛盾は大部分除かれるけれども、個人の自由意志を超越したそのような意志に主権が存するならば、それはそもそも近代的個人主義の上に成立つ民主主義と矛盾するであろう。又、もし、「地位」と「皇位」を同じものとせず、「地位」は国民の総意に基づくが、「皇位」は世襲だとするならば、「象徴としての地位」と「皇位」とを別の概念とせねばならぬ。それならば、世襲の「皇位」についた新らしい天皇は、即位のたびに、主権者たる「国民の総意」の査察を受けて、その都度、「象徴としての地位」を認められるか否か、再検討されねばならぬ。しかもその再検討は、そもそも天皇制自体の再検討と等しいから、ここで新天皇が「象徴としての地位」を否定されれば、必然的に第二条の「世襲」は無意味になる。いわば天皇家は、お花の師匠や能役者の家と同格になる危険に、たえずさらされていることになる。

私は非常識を承知しつつ、この矛盾の招来する論理的結果を描いてみせたのであるが、このような矛盾は明らかに、第一条に於て、天皇という、超個人的、伝統的、歴史的存在の、時間的連続性（永遠）の保証者たる機能を、「国民主権」という、個人的、非伝統的、非歴史的、空間的概念を以て裁いたという無理から生じたものである。これは、「一君万民」というごとき古い伝承観念を破壊して、むりやりに、西欧的民主主義理念と天皇制を接着させ、移入の、はるか後世の制度によって、根生《ねおい》の、昔からの制度を正当化しようとした、方法的誤謬《ごびゅう》から生れたものである。それは、キリスト教に基づいた西欧の自然法理念を以て、日本の伝来の自然法を裁いたものであり、もっと端的に言えば、西欧の神を以て日本の神を裁き、まつろわせた条項であった。

われわれは、日本的自然法を以て日本の憲法を創造する権利を有する。天皇制を単なる慣習法と見るか、そこに日本的自然法を見るかについては、議論の分れるところであろう。英国のように慣習法の強い国が、自然法理念の圧力に抗して、憲法を不文のままに置き、慣習法の運用によって、同等の法的効果と法的救済を実現してゆくが如き手続は、日本では望みがたいが、すべてをフランス革命の理念とピューリタニズムの使命感で割り切って、巨大な抽象的な国家体制を作り上げたアメリカの法秩序が、日本の風土にもっとも不適合であることは言うを俟《ま》たない。現代はふしぎな時代で、信教の自由が先進諸国の共通の表看板になりながら、十八世紀以来の西欧人文主義の諸理念は、各国の基本法にのしかかり、これを制圧して、これに対する自由を許していないのである。われわれがもしあらゆる宗教を信ずることに自由であるなら、どうして近代的法理念のコンフォーミティーからだけは自由でありえない、ということがあろうか？ 又逆に、もしわれわれが近代的法理念のコンフォーミティーからは自由でありえないとするならば、習俗、伝習、慣習、文化、歴史、宗教などの民族的固有性から、それほど自由でありうるのだろうか？ それは又、明治憲法の発祥に戻って、東洋と西洋との対立融合の最大の難問に、ふたたび真剣にぶつかることであるが、敗戦の衝撃は、一国の基本法を定めるのに、この最大の難問をやすやすと乗り超えさせ、しらぬ間に、日本を、そのもっとも本質的なアイデンティティーを喪わせる方向へ、追いやって来たのではなかったか？ 天皇の問題は、かくて憲法改正のもっとも重要な論点であって、何人もこれを看過して、改憲を語ることはできない。

これについて幾多の問題点が考えられる。

天皇のいわゆる「人間宣言」は至当であったか？ 新憲法によれば、「儀式を行ふこと」（第七条第十項）とニュートラルな表現で「国事行為」に辛うじてのこされているが、なお天皇のもっとも重要な仕事であり、存在理由であるのに、国事行為としての「儀式」は、神道の祭祀を意味せぬものと解され、祭祀は天皇家の個人的行事になり、国と切り離されている。しかし天皇が「神聖」と完全に手を切った世俗的君主であるならば、いかにして「象徴」となりえよう。「象徴」が現時点における日本国民および日本国のみにかかわり、日本の時間的連続性と関わりがないならば、大統領で十分であって、大統領とは世襲の一点においてことなり、世俗的君主とは祭祀の一点においてことなる天皇は、正にその時間的連続性の象徴、祖先崇拝の象徴たることにおいて、「象徴」たる特色を担っているのである。

天皇が「神聖」と最終的につながっていることは、同時に、その政治的無答責性において、現実所与の変転する政治的責任を免かれていればこそ、保障されるのである。これを逆に言えば、天皇の政治的無答責は、それ自体がすでに「神聖」を内包していると考えなければ論理的でない。なぜなら、人間であることのもっとも明確な責任体系こそ、政治的責任の体系だからである。そのような天皇が、一般人同様の名誉毀損《きそん》の法的保護しか受けられないのは、一種の論理的詐術であって、「栄典授与」（第七条第七項）の源泉に対する国自体の自己冒瀆《ぼうとく》である。

「神聖不可侵」の規定の復活は、おのずから第二十条「信教の自由」の規定から、神道の除外例を要求するであろう。キリスト教文化をしか知らぬ西欧人は、この唯一神教の宗教的非寛容の先入主を以てしか、他の宗教を見ることができず、英国国教のイングランド教会の例を以て日本の国家神道を類推し、のみならずあらゆる侵略主義の宗教的根拠を国家神道に妄想し、神道の非宗教的な特殊性、その習俗純化の機能等を無視し、はなはだ非宗教的な神道を中心とした日本のシンクレティスム（諸神混淆《こんこう》）を理解しなかった。敗戦国の宗教問題にまで、無智な大斧《おおおの》を揮《ふる》って、その文化的伝統の根本を絶とうとした占領軍の政治的意図は、今や明らかであるのに、日本人はこの重要な魂の問題を放置して来たのである。天皇は、自らの神聖を恢復すべき義務を、国民に対して負う、というのが私の考えである。

一方、旧憲法の天皇大権は大幅に制約されて然《しか》るべく、天皇の政治上の無答責は憲法上に明記されねばならないが、第二章への遠慮によって、天皇の栄典授与の国事行為ですら、文官に対してのみ公然となされている不均衡不自然は、九条の変更によって、直ちに改められるであろう。但し、事軍事に関しては、旧憲法の「統帥権独立」規定の惨憺たる結果を見るにつけ、決して天皇にその最終指揮権を帰属せしむべきではない。

(二)　戦争の放棄

この条文についてはさまざまな法解釈があとから行われ、目下自民党政府が採用している解釈はいわゆる清瀬解釈と呼ばれるもので、第九条第二項の「前項の目的を達するため」を、「前項の目的を達するために限り」と強いて限定的に解し、国際紛争を解決する手段としての戦争を永久に放棄するために限り、戦力を保持しないが、それ以外の自衛の目的のためには保持しうるとして、自衛隊の法的根拠とするすこぶる苦しい法解釈である。これが通常の日本文の語釈として奇怪きわまるものであることはいうまでもない。

ありていに言って、第九条は敗戦国日本の戦勝国に対する詫証文であり、この詫証文の成立が、日本側の自発的意志であるか米国側の強制によるかは、もはや大した問題ではない。ただこの条文が、二重三重の念押しをからめた誓約の性質を帯びるものであり、国家としての存立を危うくする立場に自らを置くものであることは明らかである。論理的に解すれば、第九条に於ては、自衛権も明白に放棄されており、いかなる形においての戦力の保有もゆるされず、自衛の戦いにも交戦権を有しないのである。全く物理的に日本は丸腰でなければならぬのである。

終戦後食糧管理法によりヤミ食糧の売買が禁じられていた時、一人の廉直な裁判官が、一点も国法に違背しまいとして、配給食糧のみで暮し、ついに栄養失調で死んだ。国家の定めた法に従えば死なねばならぬとなれば、緊急避難の理論によってヤミ食糧を喰べることが正当化されるであろう。しかしこのことは国の定めた法の尊厳を失わせ、実際に執行力を持たぬ法の無権威を暴露するのみか、法と道徳との裂け目を拡大し、守りえぬ法の存在そのものが、違法を人間性によって正当化させるのであるから、道徳は法を離れて、人間性の是認に帰着し、人命尊重を最高の道徳理念にするほかはない。しかも、一方、新憲法に於て、国家理念を剝奪《はくだつ》された日本は、その法の最後の正当性の根拠をも亦《また》、「自ら定めた法を自ら破らざるをえぬ」という、人間性の要請、人命尊重の緊急避難というところへ設けざるをえない。

この裁判官の死は実に戦後の象徴的事件であって、生きんがためには法を破らざるをえぬことを、国家が大目に見るばかりか、恥も外聞もなく、国家自身が自分の行為としても大目に見ることになった。

第九条に対する日本政府の態度も正にこれである。第九条のそのままの字句通りの遵《じゅん》奉《ぽう》は、「国家として死ぬ」以外にはない。しかし死ぬわけには行かないから、しゃにむに、緊急避難の理論によって正当化を企て、御用学者を動員して、牽強附会の説を立てたのである。

自衛隊は明らかに違憲である。しかもその創設は、新憲法を与えたアメリカ自身の、その後の国際政治状況の変化による要請に基づくものである。朝鮮戦争下のアメリカは、たしかに憲法改正を敢《あえ》てしても、日本の自衛隊の海外派兵を望んだであろう。しかるに吉田内閣は、ここにいたって新憲法を抵抗のカセとして、経済的自立の急務を説いて、防衛問題からアメリカの目を外《そ》らせたのである。これが今日、日本の未曾有の経済的繁栄、一方ヴィエトナム戦争の進展により、アメリカの孤立主義的世論の強まり、これから来る「アジア人をしてアジア人と戦わしめよ」という新らしい軍事政策の展開、これに対する日本の「自主防衛」という迎合的遁《とん》辞《じ》、又一方では、日本の「軍国主義化」に対する諸外国の猜《さい》疑《ぎ》等、諸々の要因が簇《そう》出《しゅつ》していることは周知のとおりである。新憲法と安保が一セットであることは既述したが、一九七〇年の難関を突破した今、自民党は再び吉田内閣以来の「新憲法と安保は一セット」主義に立ち戻って、護憲を標榜している。その護憲のナショナリスティックな正当化は、あくまでも第九条の固執により、片やアメリカのアジア軍事戦略体制に乗りすぎないように身をつつしみ、片や諸外国の猜疑と非難を外らそうという、消極的弥縫策《びほうさく》にすぎず、国内的には、片や「何もかもアメリカの言いなりにはならぬぞ」というナショナリスティックな抵抗を装い、片や「平和愛好」の国民の偸安《とうあん》におもねり、大衆社会状況に迎合することなのである。しかもアメリカの絶えざる要請にしぶしぶ押されて、自衛隊をただ「量的に」拡大し、兵器体系を改良し、もっとも厄介な核兵器問題への逢着を無限に遷延させるために、平和憲法下の安全保障の路線を、無目的無理想に進んでゆくことである。この間、自主防衛の美名の下に、若年労働力不足という共通の難問を解決するために、日本的産軍合同の形態が準備されつつあることは自明であろう。

核と自主防衛、国軍の設立と兵役義務、その他の政策上の各種の難問題は、九条の裏面に錯綜している。しかしここでは、私は徴兵制度復活には反対であることだけを言明しておこう。

第九条の改正乃至《ないし》廃止は、国内では左派勢力の激発を、国外では米国のアジア軍事体制への歯留めなきかかり合いを意味し、且つ諸外国の警戒心恐怖心の再発を予見させるがために、「憲法改正」すなわち「九条改廃」が、全国民をしておぞ気をふるわせるメドゥーサの首になったのである。

私は九条の改廃を決して独立にそれ自体として考えてはならぬ、第一章「天皇」の問題と、第二十条「信教の自由」に関する神道の問題と関連させて考えなくては、折角「憲法改正」を推進しても、却《かえ》ってアメリカの思う壺におちいり、日本が独立国家として、日本の本然の姿を開顕する結果にならぬ、と再々力説した。

たとえ憲法九条を改正して、安保条約を双務条約に書き変えても、それで日本が独立国としての体面を回復したことにはならぬ。韓国その他アジア反共国家と同列に並んだだけの結果に終ることは明らかであり、これらの国家は、アメリカと軍事的双務条約を締結しているのである。

第九条の改廃については、改憲論者にもいくつかの意見がある。「第九条第一項の字句は、そもそも不戦条約以来の理想条項であり、これを残しても自衛のための戦力の保持は十分可能である。しかし第二項は、明らかに、自衛権の放棄を意味するから削除すべきである」という意見に、私はやや賛成であるが、そのためには、第九条第一項の規定は、世界各国の憲法に必要条項として挿入されるべきであり、日本国憲法のみが、国際社会への誓約を、国家自身の基本法に包含しているというのは、不公平不調和を免かれぬ。その結果、わが憲法は、国際社会への対他的ジェスチュアを本質とし、国の歴史・伝統・文化の自主性の表明を二次的副次的なものとするという、敗戦憲法の特質を永久に免かれぬことになろう。むしろ第九条全部を削除するに如《し》くはない。

その代りに、日本国軍の創立を謳《うた》い、建軍の本義を憲法に明記して、次の如く規定するべきである。

「日本国軍隊は、天皇を中心とするわが国体、その歴史、伝統、文化を護持することを本義とし、国際社会の信倚《しんい》と日本国民の信頼の上に建軍される」

防衛は国の基本的な最重要問題であり、これを抜きにして国家を語ることはできぬ。物理的に言っても、一定の領土内に一定の国民を包括する現実の態様を抜きにして、国家ということを語ることができないならば、その一定空間の物理的保障としては軍事力しかなく、よしんば、空間的国家の保障として、外国の軍事力（核兵器その他）を借りるとしても、決して外国の軍事力は、他国の時間的国家の態様を守るものではないことは、赤化したカンボジヤ摂政政治をくつがえして、共和制を目ざす軍事政権を打ち樹《た》てるということも敢てするのを見ても自明である。

自国の正しい建軍の本義を持つ軍隊のみが、空間的時間的に国家を保持し、これを主体的に防衛しうるのである。現自衛隊が、第九条の制約の下に、このような軍隊に成育しえないことには、日本のもっとも危険な状況が孕《はら》まれていることが銘記されねばならない。憲法改正は喫緊《きっきん》の問題であり、決して将来の僥倖《ぎょうこう》を待って解決をはかるべき問題ではない。なぜならそれまでは、自衛隊は、「国を守る」ということの本義に決して到達せず、この混迷を残したまま、徒《いたず》らに物理的軍事力のみを増強して、ついにもっとも大切なその魂を失うことになりかねないからである。

自衛隊は、警察予備隊から発足して、未《いま》だその警察的側面を色濃く残しており、警察との次元の差を、装備の物理的な次元の差にしか見出すことができない。国軍の矜《ほこ》りを持つことなくして、いかにして軍隊が軍隊たりえようか。この悲しむべき混迷を残したものが、すべて第九条、特にその第二項にあることは明らかであるから、われわれはここに論議の凡《すべ》てを集中しなければならない。

(三)　非常事態法について

旧憲法は、次の如き非常大権の規定を持ち、非常事態に処する法的措置を、憲法中に包含していた。すなわち、

第八条　天皇ハ公共ノ安全ヲ保持シ又ハ其ノ災厄ヲ避クル為緊急ノ必要ニ由リ帝国議会閉会ノ場合ニ於テ法律ニ代ルヘキ勅令ヲ発ス

此ノ勅令ハ次ノ会期ニ於テ帝国議会ニ提出スヘシ若《モシ》議会ニ於テ承諾セサルトキハ政府ハ将来ニ向テ其ノ効力ヲ失フコトヲ公布スヘシ

第十四条　天皇ハ戒厳ヲ宣告ス

戒厳ノ要件及効力ハ法律ヲ以テ之《コレ》ヲ定ム

この第八条は、いわゆる「緊急命令」であり、ドイツ法のノートヴェンディゲス・レヒトから来ているが、第二項の「若議会ニ於テ」云々《うんぬん》の規定は、議会の不承諾の場合の取下を定めながら、同時に、その遡及《そきゅう》を禁ずる目的を持っている。従って、たとい事後

に取下があっても、ここに至る一定期間中の緊急命令の法的効力は疑いようがないのである。

第十四条の「戒厳」とは、非常の時期にあたって、行政権司法権の行使を、軍隊の司令官にゆだねる制度をいい、中国に由来する。

この規定にもとづく法律は、正式には制定されず、「明治十五年太政官布告第三十六号戒厳令」が、終戦まで生きていたので、戒厳といえば、人は戒厳令を思い出すのである。

その内容は、

㈠ 集会・出版の停止
民有諸物品の調査
危険物の検査押収
郵便物の開封
交通の停止
民有動産不動産の破壊
家屋の立入検察
危険人物の退去処分

などの包括的な執行の権限が軍司令官に与えられ、

㈡ 司法事務も亦《また》、一定条件下に、軍法会議の権限に属せられるのである。

第八条の緊急勅令にもとづき、一定地域に戒厳令中の必要規定が適用された例として、二・二六事件当時の東京市等があるが、これは法律上「行政戒厳」と呼ばれているが、われわれはこれをも一括して戒厳令と呼んでいる。すなわち戒厳令には、包括的なものから部分的なものまで、状況、地域に応じて、種々のニュアンスがあるのである。

大体右のごとき予備知識を以て、新憲法を眺めてみると、それは非常事態に対処する処置を全く欠いていることが、一目でわかるであろう。あくまで民主的人権主張の羅列を旨とした新憲法は、これら基本的人権の侵害にわたる非常事態法の法的根拠の明示を避け、自衛隊法第七八条の「命令による治安出動」と、第八一条の「要請による治安出動」を規定するのみで、しかもこれに由来する一般的所有権の制限などについては何ら触れることがない。その法的不備は明らかである。

そもそも戒厳令の如き非常事態法は、刑法上の緊急避難に類似していて、或る緊急状態に於て、公法上の一般原則を曲げうるとなすいわば「法の自己否定」の性質を帯びている。これが拡大解釈されれば、蟻の一穴から堤防が崩れるごとく、法体系自体が崩壊する危険を含んでいる。その危険を冒してまで、こういう条項が挿入されたのは、いうまでもなく、緊急時における法のフレキシブルな運用を保障する根拠を、平時から明示しておくという、いわば非常用水の用水桶《ようすいおけ》のような要心に出たものである。

非常事態法は、軍司令官に大部の権限を委譲するものであるだけに、この適用はすこぶる慎重を要するにもかかわらず、この法が発動する場合には、慎重を持する時間的余裕がないのみならず、予期しがたい事態が次々と生ずる惧《おそ》れがある。事態の収拾による治安回復という社会的要求と、法的原理と法体系の維持という法的要求と、この二つの兼合によって、非常事態法適用の成否が決るのであるから、これは両刃《もろは》の剣の如き法であると云ってよい。

それでは、非常用水を日頃から用意しておけば火事が起きないか、というと、そんな保証はどこにもない。ただ火事が起きたときに、多少被害が少なくてすむであろう、という経験的判断があるだけであり、これも単なる蓋然《がいぜん》性にとどまる。用水ならばよいが、非常事態法は、比喩としてはむしろ、山火事を終らせるためにダイナマイトを使う措置に似ているのである。このことは、山火事を起させるためにダイナマイトを使うという、逆の効果すら内包している。

事実、昭和初年における国家主義運動に基づく騒擾《そうじょう》事件は、多く戒厳令発布を目的として行われ、未遂の神兵隊事件も、その檄文中に戒厳令発布を唱っていた。左の革命運動を既存の法律外に出る変革と考え、いわば「憲法外変革」と規定すれば、右の維新運動は、戒厳令発布を目的とした「憲法内変革」と規定することができよう。（これが戦後は逆転したのである）かくて、二・二六事件は、事実上、戒厳令発布に成功し、一時的ながら、蜂起軍は（皮肉にも）戒厳軍に編入されたのであった。この時点において、参加者が成功を確信したのも無理からぬことである。

故意に或る非常の法的措置を相手方にとらせるという戦術は、戦後も、機動隊の学内導入を目的とした三派全学連の行動によく見られた。これはむしろ世論の喚起が目的であったが、非常事態法がそこに存在すれば、あらゆる変革の運動は、これを逆手にとるために、わざとこれを発動させようという方向を辿《たど》ることは、想像に難くない。なぜならそれによって、法的にも社会的にも、一種の流動状態が招来されるからであり、いわば肉を切らせて骨を切る戦術である。

非常事態法が制定されたからとて、非常の事態が安穏に収拾されるという保証はどこにもなく、又、これを防止しうるわけでもない。大地震等の天災地変に応じて、軍司令官に一旦委譲された権限は、天災の終熄と共に、もとへ返されるという保証も、どこにもない。では、そのような法的措置を予《あらかじ》め講じておかなかった場合はどうかといえば、法の混乱と物理的混乱が生じるだけのことであり、法的無秩序を収拾するのは何らかの「力」であるに決っているから、結局その「力」に屈するほかはなくなる。それが怖いからとて、精密な非常事態法を制定しておけば、又それが動乱を誘発することにもなりかねない。すべて痛し痒《かゆ》しである。

なお、司法権の問題について、非常事態における、軍刑法と一般刑法との関係の問題が出てくるが、新憲法の法理念が、行政裁判所・軍法会議等、一切の特殊裁判所の存在をも、又特殊社会内の別個の法規制（たとえば軍法会議）をも、許容しない立場に立っているので、問題は別個の観点から論じ直されねばならない。それは軍隊と軍刑法との関係が、本質的なものなりや、単に歴史的なものなりや、という問題であって、これについては別に考究されねばならない。

「憲法改正草案研究会配布資料」一九七〇年五月／七月／九月

檄

われわれ楯《たて》の会は、自衛隊によって育てられ、いわば自衛隊はわれわれの父でもあり、兄でもある。その恩義に報いるに、このような忘恩的行為に出たのは何故であるか。かえりみれば、私は四年、学生は三年、隊内で準自衛官としての待遇を受け、一片の打算もない教育を受け、又われわれも心から自衛隊を愛し、もはや隊の柵外の日本にはない「真の日本」をここに夢み、ここでこそ終戦後ついに知らなかった男の涙を知った。ここで流したわれわれの汗は純一であり、憂国の精神を相共にする同志として共に富士の原野を馳駆《ちく》した。このことには一点の疑いもない。われわれにとって自衛隊は故郷であり、生ぬるい現代日本で凜烈《りんれつ》の気を呼吸できる唯一の場所であった。教官、助教諸氏から受けた愛情は測り知れない。しかもなお、敢《あえ》てこの挙に出たのは何故であるか。たとえ強弁と云われようとも、自衛隊を愛するが故であると私は断言する。

われわれは戦後の日本が、経済的繁栄にうつつを抜かし、国の大本《おおもと》を忘れ、国民精神を失い、本を正さずして末に走り、そのばしのぎと偽善に陥り、自ら魂の空白状態へ落ち込んでゆくのを見た。政治は矛盾の糊塗、自己の保身、権力欲、偽善にのみ捧げられ、国家百年の大計は外国に委《ゆだ》ね、敗戦の汚辱は払拭されずにただごまかされ、日本人自ら日本の歴史と伝統を潰《けが》してゆくのを、歯嚙みをしながら見ていなければならなかった。われわれは今や自衛隊にのみ、真の日本、真の日本人、真の武士の魂が残されているのを夢みた。しかも法理論的には、自衛隊は違憲であることは明白であり、国の根本問題である防衛が、御都合主義の法的解釈によってごまかされ、軍の名を用いない軍として、日本人の魂の腐敗、道義の頽廃《たいはい》の根本原因をなして来ているのを見た。もっとも名誉を重んずべき軍が、もっとも悪質の欺瞞の下に放置されて来たのである。自衛隊は敗戦後の国家の不名誉な十字架を負いつづけて来た。自衛隊は国軍たりえず、建軍の本義を与えられず、警察の物理的に巨大なものとしての地位しか与えられず、その忠誠の対象も明確にされなかった。われわれは戦後のあまりに永い日本の眠りに憤った。自衛隊が目ざめる時こそ、日本が目ざめる時だと信じた。自衛隊が自ら目ざめることなしに、この眠れる日本が目ざめることはないのを信じた。憲法改正によって、自衛隊が建軍の本義に立ち、真の国軍となる日のために、国民として微力の限りを尽すこと以上に大いなる責務はない、と信じた。

四年前、私はひとり志を抱いて自衛隊に入り、その翌年には楯の会を結成した。楯の会の根本理念は、ひとえに自衛隊が目ざめる時、自衛隊を国軍、名誉ある国軍とするために、命を捨てようという決心にあった。憲法改正がもはや議会制度下ではむずかしければ、治安出動こそその唯一の好機であり、われわれは治安出動の前衛となって命を捨て、国軍の礎石たらんとした。国体を守るのは軍隊であり、政体を守るのは警察である。政体を警察力を以て守りきれない段階に来て、はじめて軍隊の出動によって国体が明らかになり、軍は建軍の本義を回復するであろう。日本の軍隊の建軍の本義とは、「天皇を中心とする日本の歴史・文化・伝統を守る」ことにしか存在しないのである。国のねじ曲った大本を正すという使命のため、われわれは少数乍《なが》ら訓練を受け、挺身しようとしていたのである。

しかるに昨昭和四十四年十月二十一日に何が起ったか。総理訪米前の大詰ともいうべきこのデモは、圧倒的な警察力の下に不発に終った。その状況を新宿で見て、私は、「これで憲法は変らない」と痛恨した。その日に何が起ったか。政府は極左勢力の限界を見極め、戒厳令にも等しい警察の規制に対する一般民衆の反応を見極め、敢て「憲法改正」という火中の栗を拾わずとも、事態を収拾しうる自信を得たのである。治安出動は不用になった。政府は政体維持のためには、何ら憲法と抵触しない警察力だけで乗り切る自信を得、国の根本問題に対して頬っかぶりをつづける自信を得た。これで、左派勢力には憲法護持の飴玉《あめだま》をしゃぶらせつづけ、名を捨てて実をとる方策を固め、自ら、護憲を標榜することの利点を得たのである。名を捨てて、実をとる——政治家にとってはそれでよかろう。しかし自衛隊にとっては、致命傷であることに、政治家は気づかない筈はない。そこでふたたび、前にもまさる偽善と隠蔽、うれしがらせとごまかしがはじまった。

銘記せよ！　実はこの昭和四十四年十月二十一日という日は、自衛隊にとっては悲劇の日だった。創立以来二十年に亘《わた》つて、憲法改正を待ちこがれてきた自衛隊にとって、決定的にその希望が裏切られ、憲法改正は政治的プログラムから除外され、相共に議会主義政党を主張する自民党と共産党が、非議会主義的方法の可能性を晴れ晴れと払拭した日だった。論理的に正に、この日を堺にして、それまで憲法の私生児であった自衛隊は、「護憲の軍隊」として認知されたのである。これ以上のパラドックスがあろうか。

われわれはこの日以後の自衛隊に一刻一刻注視した。われわれが夢みていたように、もし自衛隊に武士の魂が残っているならば、どうしてこの事態を黙視しえよう。自らを否定するものを守るとは、何たる論理的矛盾であろう。男であれば、男の矜《ほこ》りがどうしてこれを容認しえよう。我慢に我慢を重ねても、守るべき最後の一線をこえれば、決然起《た》ち上るのが男であり武士である。われわれはひたすら耳をすました。しかし自衛隊のどこからも、「自らを否定する憲法を守れ」という屈辱的な命令に対する、男子の声はきこえては来なかった。かくなる上は、自らの力を自覚して、国の論理の歪《ゆが》みを正すほかに道はないことがわかっているのに、自衛隊は声を奪われたカナリヤのように黙ったままだった。

われわれは悲しみ、怒り、ついには憤激した。諸官は任務を与えられなければ何もできぬという。しかし諸官に与えられる任務は、悲しいかな、最終的には日本からは来ないのだ。シヴィリアン・コントロールが民主的軍隊の本姿である、という。しかし英米のシヴィリアン・コントロールは、軍政に関する財政上のコントロールである。日本のように人事権まで奪われて去勢され、変節常なき政治家に操られ、党利党略に利用されることではない。

この上、政治家のうれしがらせに乗り、より深い自己欺瞞と自己冒瀆《ぼうとく》の道を歩もうとする自衛隊は魂が腐ったのか。武士の魂はどこへ行ったのだ。魂の死んだ巨大な武器庫になって、どこへ行こうとするのか。繊維交渉に当っては、自民党を売国奴呼ばわりした繊維業者もあったのに、国家百年の大計にかかわる核停条約は、あたかもかつての五・五・三の不平等条約の再現であることが明らかであるにもかかわらず、抗議して腹を切るジェネラル一人、自衛隊からは出なかった。

沖縄返還とは何か？　本土の防衛責任とは何か？　アメリカは真の日本の自主的軍隊が日本の国土を守ることを喜ばないのは自明である。あと二年の内に自主性を回復せねば、左派のいう如く、自衛隊は永遠にアメリカの傭兵として終るであろう。

われわれは四年待った。最後の一年は熱烈に待った。もう待てぬ。自ら冒瀆する者を待つわけには行かぬ。しかしあと三十分、最後の三十分待とう。共に起って義のために共に死ぬのだ。日本を日本の真姿に戻して、そこで死ぬのだ。生命尊重のみで、魂は死んでもよいのか。生命以上の価値なくして何の軍隊だ。今こそわれわれは生命尊重以上の価値の所在を諸君の目に見せてやる。それは自由でも民主主義でもない。日本だ。われわれの愛する歴史と伝統の国、日本だ。これを骨抜きにしてしまった憲法に体をぶつけて死ぬ奴はいないのか。もしいれば、今からでも共に起ち、共に死のう。われわれは至純の魂を持つ諸君が、一個の男子、真の武士として蘇えることを熱望するあまり、この挙に出たのである。

楯の会ちらし　一九七〇年一一月二五日

解題

友常勉

本書には、戦時下の一九四二年に書かれた「大東亜戦に対する所感」から、自衛隊市ヶ谷駐屯地での自決の一九七〇年一一月二五日に撒かれた「檄」までが収録されている。『文藝文化』で見出され、日本浪漫派の影響のもとで作家として踏み出した三島は、戦後日本の政治への美学的介入を志向し、パリ五月革命に端を発し、ベトナム反戦と連動して世界的な叛乱となり、日本でも新左翼系の学生を中心として展開された〈一九六八年革命〉を国家の危機としてとらえ、その危機との対峙を経て、政治－革命論で理論武装した革命家となった。三島の文学作品とこれらの政治論との対応関係については、いくつかの必読文献がある。平野啓一郎の『三島由紀夫論』（新潮社、二〇二三年）は、三島作品の全体に目くばりしながら、創作ノートや関連文献も参照しつつその思想と文学を詳細に跡づけた浩瀚《こうかん》な書物であるが、とりわけ「Ⅲ『英霊の声』論」「Ⅳ『豊饒の海』論」は三島政治論の理解において必須である。また、ギリシャ体験によって〈日本〉へのまなざしを自覚する『潮騒』（一九五四年）から最後の『豊饒の海』までの三島作品を、〈一九七〇年一一・二五〉の解明の一点に絞った柴田勝二『三島由紀夫　作品に隠された自決への道』は、松本健一『三島由紀夫　亡命伝説』(河出書房新社一九八七年)の枠組みを踏まえながら、三島が「神になること」を目指したという論証を導く(祥伝社新書二〇一二年)。柴田は〈一一・二五〉が一九二一年に裕仁が摂政になった日であることに注意喚起している。さらに菅孝行『三島由紀夫と天皇』(平凡社新書二〇一八年)は、天皇制国家としての戦後日本における対米従属的性格の批判の徹底のために、三島の天皇論と戦後日本批判の先駆性を評価している。読者には、こうした先行研究にぜひ直接当たっていただきたいが、本書収録の主要論文をとおして、三島の政治思想の軌跡に伴走することの「解題」で心掛けているのは、文学テキストとの対応関係よりも、自立したテキストとしての革命－政治論の強度を見届けることにある。私が抱く関心は、三島のそれが革命思想・革命運動であることにもとづく。革命の実践は、実際の行為とともに、言葉をとおして産出される強度によって現実世界に介入する。三島の政治論はそうした強度の革命の試みであった。〈一九六八年革命〉を結節点とする革命運動との形而上的かつ形而下的な通底がそこに存在する。

美学――生身の身体

三島の美学において、生身の身体性への執着は重要である。「最高の偽善者として」(一九五二)では、学習院の教育共同体のなかで、ホモ・ソーシャルな関係性を生身の皇太子(後の天皇明仁)との間にとりもっている。美は「若さ」のことでもあったが

（「わが世代の革命」一九四六）、三島における美は生身の身体性を通した情動の交感によって担保されている。そして政治がそうした本質を持つ美によって補完されることで、日本の政治形態は西洋の技術的な政治に終始する政治形態とは、異なるものになるはずであると三島は考えた。ファシズムをニヒリストの手になる、しかし技術的な政治の伝統に則《のっと》ったものとする立場から西洋のファシズムを定義し、日本のそれは疑似ファシズムでしかないと論じながら、三島は次のように述べる。「ニヒリストが絶対主義の政治に陥らぬために、「美」がいつも相対主義的救済の象徴として存在する、という私の持説を附言することをゆるしてもらいたい」（「新ファッシズム論」一九五四）。日本の「疑似ファシズム」は技術的政治とは本質的に異なると三島は考えたのである。それは美的淵源を有する民族主義をその要件としているからである。民族主義は生身の身体性とホモ・ソーシャリティを要件としている。三島の場合もまたそうした民族主義の典型的な言説であるが、それを美学的に深めることで、政治を補完する国家哲学へと道を開いたのであった。一九七〇年に書かれたヴィスコンティの『地獄に堕ちた勇者ども』の映画評は、ミリタリズムとナチスの暴力の美学とエロティィシズムを、「性的変質から政治的変質へ」と解釈することで、美学的政治の輪郭と特徴をよく描写している（「性的変質から政治的変質へ」）。さらに、三島が二・二六事件の磯部浅一の「獄中手記」を、身悶えしながら読むくだりである。磯部たちが陸軍大将・真崎甚三郎ら軍上層部のクーデターへの取り込みに成功したことを、磯部はエロティックな性衝動の比喩で書いているが、三島はここに国家変革＝革命の本質を見る。「美々しく装った権力は女性形で語られている」（「道義的革命」の論理」一九六七）。二・二六事件とは、叛乱軍将校と国家との性的インターコースであり、そうしたエロティシズムのゆえに、「昭和の歴史において、もっともアナーキーな、もっとも天空海闊な数時間」を有していたのである。

道義的革命

二・二六事件は三島の国家哲学の試金石であり結節点であった。ただし、二・二六事件から一九七〇年一一・二五までが唯一の必然的で単線的な軌跡だったのではない。安保闘争が提示した政治と言葉の混乱を三島は嫌悪した。それぞれの政治的立場から異なった意味で用いられた「民主主義」という言葉は、「一つの言葉が正反対の意味を含んでいる」端的な例であった（「一つの政治的意見」一九六〇）。みせかけだけの政治的言語には真実味がなく、道義がない。これに対して、現実と言語が一致していたのは戦時の〈戦争〉の言説であり、そこにはエロティシズムがあったことに、「あとになって、ハタと気がついた」（「私の戦争と戦後体験」一九六五）。「二・二六事件三部作」としての「十日の菊」「憂国」（一九六一）、「英霊の声」（一九六六）の執筆を、集められる限りの資料を渉猟《しょうりょう》しながら行うことは、この叛乱の「悲劇の美しさ」の探求を深める過程であった。それを通して、戦後日本を生き延びてしまった三島の鬱屈と倦怠、退廃は、高揚へと変わっていく。彼は身体の鍛錬という個的内的過程に真実を発見するのである。「私は剣道に凝り、竹刀の鳴動と、あの烈しいファナティックな懸声だけに、ようよう生甲斐を見出していた。そして短篇小説「剣」を書いた」（「二・二六事件と私」一九六六）。そのときどきの選択と遂行が一九七〇年の三島を構築していったのである。

二・二六事件が開示したのは、西欧的立憲君主体制としての天皇制が、中世の国家理性以来の西洋的政治形態と、民族主義的な国体との二元性を有していることであり、端的に国家と道義、ザインとゾルレンの抗争の極限形態をとっていたことである。そして、橋川文三がいうところの「大魔王ルチフェルの如き呪詛《じゅそ》と反逆のパトスにあふれ」る磯部浅一の遺書は、敗北をくりかえしてきた道義的革命の典型的表現であった。三島によれば国体も二・二六の蹶起《けっき》も、基底にあるのは「大御心《おおみこころ》」への「期待」である。それは世俗的で技術的な政治の統治原理と相いれない。叛乱軍将校にとっては、ゾルレンとしての天皇に期待し、奸臣を征誅《せいちゅう》し、昭和維新を遂行し、そのゾルレンによる評価＝「戒厳令下の維新大詔」を「待つ」ことがすべてであった（「「道義的革命」の論理」）。「待つ」ことの道義的革命の徹底は、現世における救済も革命の可能性もないとき、叛乱の主体を新たな次元に引き上げる。獄中で天皇への呪詛の言葉を連ね、自ら神になると書きつけた磯部は、「吾人は別に霊の国家を有す」と、魂の不死を信じていた。一九七〇年までの三島は、磯部との心的霊的な結びつきを意識していた。では三島は磯部に自らを準《なぞら》えたのだろうか。だが、一度目は悲劇だが、二度目は喜劇でしかない。三島は喜劇を回避しえたのだろうか。

この点で、政治的構想力を有する法学士でもあった三島の政治プランは、文学者の片手間の仕事ではない。農地改革を例にとり、道義的革命の叛乱軍＝義軍は最も困難な土地改革を実現するはずだと三島は論じる。

日本テロリズムの思想が自刃の思想と表裏一体をなしていることは特徴的であるが、二・二六事件の二重性も亦《また》、このような縦の二重性、精神史的二重性と共に、横の二重性、社会学的二重性を持っている。それは同時に、尖鋭《せんえい》な近代的性格を包摂している。

私は、少くともこれが成功していたら、勝利者としての外国の軍事力を借りることなく、日本民族自らの手で、農地改革が成就していたにちがいない、と考える。史上、独裁と軍隊の力を借りずに成功した農地改革はなく、それはアジアにおける近代的軍隊の（たとえ無意識であろうと）歴史的使命なのであり、二・二六の「義軍」は、歴史に果すべき役割に於て、尖鋭な近代的自我を持った軍隊だった（本書九四頁）。

三島はここからアジア的日本的な近代化工業化を担う国民主体の核を、この「義軍」に期待している。アジア的後進性の政治経済学的理解について三島は、森鷗外の「普請中」を導入として、「亀は兎に追いつくか？」（一九五六）においてすでに試みていた。

ただし一九五六年のそれが近代化論に警鐘を発する静態的な知識人の議論であったことに対して、この道義的革命論で示されるのは、劇的に転回した反近代・アジア主義の革命家のみぶりである。ただし急いで付け加えれば、農地改革を含むアジア的国家構想と革命理論については、橘孝三郎の愛郷塾が先行していた。それは、大地に根差した原始革命的な哲学にもとづいて、宇宙＝神的な体系的思惟による個人と社会の調和をめざした。しかし農民に絶望した橘は、これに代わって、志士による革命＝五・一五決起に参加した(1)。さらに付言すれば、今日のアジア・アフリカの土地改革は、もとよりポスト植民地主義に由来する議会制民主主義の政治的統治原理の弱さという条件のもとではあるが、グローバル資本の市場原理を通して遂行されているのであり、「独裁と軍隊」だけが主要な要素ではない(2)。また、資本制と国家統治の政治経済学的分析という点では、農本主義の橘孝三郎のほうが三島を上回っている。ただしいうまでもないが、三島には資本を主語として考える習慣はない。

祖国防衛隊

三島にもどれば、近代世界における道義的革命遂行の困難性の解決は、ここでも、生身の身体性とその同心円的な集団の拡大と、民族的国体的な情動への期待にあった。そしてこの同心円の中心にあるのは、「「文化国家」の首長としての天皇」であった。「美的テロリズムの系譜」のなかに位置付けられる「文化概念としての天皇」は、「橋川文三氏への公開状」（一九六八）を通した橋川との論争と、それを踏まえた「文化防衛論」（「中央公論」一九六八年七月、同名タイトルで一九六九年新潮社より刊行）において提起される。

私は、文化概念としての天皇、日本文化の一般意志なるものは、これを先験的に内包していたと考える者であり、しかもその兆候を、美的テロリズムの系譜の中に発見しようというのです。すなわち、言論の自由の至りつく文化的無秩序と、美的テロリズムの内包するアナーキズムとの接点を、天皇において見出そうというのです（橋川文三氏への公開状）（本書一五三頁）。

「再帰性」「全体性」「主体性」の三つの特徴から定義された、『文化防衛論』の「日本文化の特質」を参照するならば、どこまでも再帰的に全体を包括する主体性が「文化概念としての天皇」制を支えており、証明すべき論点がすでに概念そのもののなかに前提されているという、論点先取の誤謬《ごびゅう》がここにある。とはいえそれを衝いた橋川文三に対して、論点は「先験的に内包」されていることを認める――すなわち三島は論点先取こそがこの概念の特質であり、「私ではなくて、天皇その御方が、不断に問われてきた論理的矛盾」と居直ったのであった。つまり、「文化概念としての天皇」の実体や存在を証明する制度的根拠はどこにもない――天皇それ自身の主体性と、国民がそれを支える主体性となることを除いて。そして後者の主体としての国民は無条件に与えられるのではなく、「言論の自由の至りつく文化的無秩序と、美的テロリズムの内包するアナーキズム」の接点となる、遂行的な主体でなければならない。一九六〇年の安保闘争時には、言葉に対する誠実さのかけらもない「民主主義」の濫用に嫌悪した三島は、ここでは一転して、そうした文化的無秩序を肯定し、その責を「文化概念としての天皇」に帰したのであった。三島はこうしてすべての思想的無節操を肯定する美的テロリズムの立場を獲得したのであるが、しかしその言葉は真実性を担保していなければならない。そしてそれは死の行使——後述する——によって保証されるのである。

三島にとってはそうした真実性の再帰的導入においても、生身の身体の同心円的展開は不可欠の条件であった。「自衛隊を体験する」（一九六七）は、「楯《たて》の会」結成の準備として、来《きた》るべき革命軍創設の条件として遂行された。三島は中級幹部課程で、将校の必須科目としての「戦術」の課業に魅惑される。それは「決心」の確立を目標とする方法論とプロセスの学問である。物理的な恐怖を飼い馴らす「降下」訓練まで参加しながら、三島は自衛隊のホモ・ソーシャリティのなかに疑似的な紐帯《ちゅうたい》を見出す。それは一九七〇年一一月二五日の「檄」のアドレスを自衛隊員とした三島が、隊員たちへの強い同志的心情を抱いていたことを示している（自衛隊員たちからみた三島の印象をあつめた杉山隆男『「兵士」になれなかった三島由紀夫』小学館、二〇一〇年、をここで参照することは有益である）。「楯の会」と自衛隊の革命化を念頭におきながらまとめられた「祖国防衛隊はなぜ必要か？」（一九六八）は、各国の民兵制度の比較考察を通して、「いかにして思想堅固な者にのみ武器を携行させうるか」と問う。国防への国民の参加を権利行使として措定し、武器を取ることが許される「思想堅固」な核を形成し、これを「祖国防衛隊」と名付ける。

ところで「思想堅固」な核を求めるこのくだりを読むと、私は朝鮮総督府において、日韓併合過程の第三時協約の際に頻繁に発生した義兵闘争に対抗するために、一九〇七年に内田良平らが導入した、日本人植民者と「韓民」による全国組織としての「自衛団」を思い出す。良民と暴徒とを区別し、植民地社会を守るための自衛団は、そのなかに思想堅固で武装した「義勇隊」をさらに設けるというものであった[3]。一九一八年の米騒動に際してそれは岡山県で実施されたことが確認されているし[4]、一九二三年—二五年には水平社の糾弾闘争に対抗するために群馬県でも組織されていた[5]。住民を良民と暴徒に区分し、後者の排除ないし弾圧に躊躇《ちゅうちょ》しない集団の必要性について、三島は「自衛隊二分論」(一九六九)のなかで自衛隊員に説いている。「対外侵略がない限り、諸君の鉄砲は日本人を撃つために使われる他はない」と(本書一五九頁)。それはイデオロギー的な侵略という「間接的侵略」への対処としての、「国民の魂の防衛」(本書一六四頁)でもある。民族防衛=国土防衛とは、国民・住民のなかの暴徒さらには〈スパイ〉を躊躇なく撃つ軍隊=国軍を組織することである。ただしまた思想堅固な集団を核とするということと関わるが、三島は徴兵制の復活に反対している(「問題提起」一九七〇)。一九七〇年一一月二五日の「檄」において、三島は自衛隊に憲法改正をして国軍となるための蹶起を呼び掛けたが、その趣旨は自衛隊が国体を守る軍隊として自己の革命を遂行し、「アメリカの傭兵」化＝対米従属を断ち切ることにあった。

レトリックとロゴス

「楯の会」の組織者となり、民族主義革命家となった三島の転回は、〈一九六八年革命〉がもたらしたいくつかの革命のひとつとして解することができる。一九六八年の二つの短文に記された感想である、「パリの五月革命はわれわれにさまざまな教訓を与えた」（「五月革命」）、「私は民衆行動のごく低いオートマティズムを見た。それはおそろしかった。革命は人間の最も低い心情に訴える」（「新宿騒動＝私はこう見た」）は、三島の革命体験である。しかもそれは傍観者の関わりではない。期待の次元では、「楯の会」とデモ隊の衝突－自衛隊の介入－それを契機としたクーデターの実現という、政治情勢への具体的な関与を念頭に置いていたからである(6)。

水面下でのこうした動きとは別に、三島は差し迫った革命の気運をテキストに結実させている。とはいえ三島の言説は、外的な事件をそのまま反映することはない。体験は彼のレトリックとなり、そのレトリックはロゴス化され、さらにそのロゴスを通して次のレトリックが作り出される。こうして三島は言葉を身体化し、現実化する。自衛隊でF104ジェット機に同乗したことで得られた成層圏での超音速体験や落下の感覚は、彼の革命をめぐる刹那的な思惟に重ねられ、地球を取り巻く雲に蛇＝神を幻視するレトリックに変わる（「F104」一九六八――なおこの搭乗は『太陽と鉄』刊行のためにおこなわれた）。

何と強く私はこれを求め、何と熱烈にこの瞬間を待ったことだろう。私のうしろには既知だけがあり、私の前には未知だけがある、ごく薄い剃刀《かみそり》の刃のようなこの瞬間。そういう瞬間が成就されることを、しかもできるだけ純粋厳密な条件下にそういう瞬間を招来することを、私は何と待ちこがれたことだろう。そのためにこそ私は生きるのだ。それを手助けしてくれる親切な人たちを、どうして私が愛さずにいられるだろう（本書一三九‐一四〇頁）。

イタリアの未来派や金子光晴の詩「落下傘」を連想させるが、この瞬間への憧憬に最も近いのは、磯部浅一が一九三六年二月二六日午前四時二〇分に出発し、赤坂溜池を経て首相官邸の坂をのぼりながら銃声を聞いたときの感覚である。「いよいよ始まった。秋季演習の聯隊《れんたい》対抗の第一遭遇戦のトッ始めの感じだ。勇躍する、歓喜する（…）同士諸君（…）あの快楽は恐らく人生至上のものであろう。」）[7]。磯部もまた同様にレトリックの連続によって、革命の真理をロゴス化している。三島の生の転回もまた同様にレトリックとロゴスによって、あらたな身体的現実を創り出している。先述したことであるが、もう一度参照しよう。「二・二六事件三部作」の執筆によって、三島の鬱屈と倦怠、退廃は、剣道という身体的経験を介して、「生き甲斐」へと変わった。その時、剣道のレトリックは、ひとつの現実＝ロゴスへと変容し、短編小説「剣」を生み出した。「私は剣道に凝り、竹刀の鳴動と、あの烈しいファナティックな懸声だけに、ようよう生甲斐を見出していた。そして短篇小説「剣」を書いた」（本書六二頁）。

もっとも革命において、この刹那の歓喜は長続きしない。その核心にあった行為の純粋性は、二・二六事件においては、宮城包囲の放棄という戦術的な失敗によって、無為に帰した。それは人間精神の脆さに由来する。そして革命とは人間の行為である以上、常に脆弱なのだ。革命家はこのことを知悉《ちしつ》していなければならない。「北一輝論」（一九六九）から引用しよう。

　遠くチェ・ゲバラの姿を思い見るまでもなく、革命家は、北一輝のように青年将校に裏切られ、信頼する部下に裏切られなければならない。（…）革命は厳しいビジョンと現実との争いであるが、その争いの過程に身を投じた人間は、ほんとうの意味の人間の信頼と繋《つなが》りというものの夢からは、覚めていなければならない（…）。一方では、信頼と同志的結合に生きた人間は、理論的指導と戦術的指導とを退けて、自ら最も愚かな結果に陥ることをものともせず、銃を持って立上り、死刑場への道を真っ直ぐに歩むべきなのであった。もし、北一輝に悲劇があるとすれば、覚めていたことであり、覚めていたことそのことが、場合によっては行動の原動力になるということであり、これこそ歴史と人間精神の皮肉である（本書一七八―一七九頁）。

北のように、敗北や裏切りを覚悟した、「覚めている人間」が必ず存在することによって、革命の瞬間の「盲目的行動」は可能となり、そうした行動を理性が裏付けることもできる（同右「北一輝論」）。こうした情動と理性の統一が、すなわち人間の限界と盲目性の受容が、革命的行動の原動力なのである。ここでは同時にいくつかのメタ言語が遂行されている。人間がおこなう革命が帰結する悲喜劇を示唆しながら、北一輝という革命家に身体性と感性が与えられている。私たちはあたかも生身の北一輝が手の届くところにいるような感覚を覚える。それによって、人間精神についての行き届いた理解に、私たちは満たされる。円谷《つぶらや》幸吉の自死についての短文が、円谷の孤高と孤独を崇高化していることも、同様の効果を有する（「円谷二尉の自刃」一九六八）。

思想的形象を現実化するレトリックとロゴスの積み重ねと、それを通した北や円谷といった身体的現実――生身の人間の形象――を創出することによって、〈死〉に特化しているとしても、三島の革命論は、人間的な風格を備えるようになっている。三島の文学は多様性と柔軟さをもった人間性を最後まで失わず、それは天皇制民族主義で武装した革命運動とは――文学の主題をそれに一致させていたとしても――区別される、という平野啓一郎の指摘を私も肯定する。(8) こうした三島の革命論は革命の言説史において記憶されるべきである。文学の革命を遂行したジョイスやプルーストの方法とは異なって、円熟した散文形式の芸術が、「国を守る」ことを目的とした革命の作法として遂行されているのである。

〈剣〉

「「国を守る」とは何か」（一九六九）もまた、そうした革命の芸術・文学／行為の同時的遂行を、メタ言語を通して提示している。すでに言及したように、戦後日本の政治言語と思想の頽落《たいらく》を嫌悪し、自分の文学の城を築こうとした三島は、「言葉を以て言葉を守る」ことの矛盾に気づき、同時に剣道を通して、身体的な行為的実践の可能性を追求するようになった。

もし私が日本語のもっとも壊れやすい微妙な美を守ろうとしているのなら、それを守るものは自ら執る剣であるべきであり、またそのお返しに、剣のもっとも見捨てられた本質を開顕すべく、言葉を使ったらよかろうと思ったのである。これが私の文武両道論のはじまりであるが、こんな素朴な考えをも思想と呼ぶことができるなら、私もまた、思想とは単なる思考活動ではなく、全身的な人間の決断の行為であると考える者の一人となったと言えよう（本書一八一頁）。

三島が〈剣〉の行使を、メタ言語を通して例示するのは、米軍基地闘争で日本人学生が米兵に殺されたときどうするかという質問に対する青年の答えである。「ただちに米兵を殺し、自分はその場で自刃します」。三島はこの闘争を、第一に、殺害を報復行為とすることで政治イデオロギーに回収されることを避け、第二に自刃することで私闘への転化をもって対抗し、そして第三にその場の群衆すべてを「日本人」として包括する「包括的な命名判断」を成立させると解釈する。死の行使が情動的感性的集合体としての〈日本人〉を成立させるというのである。そして、このエッセイを、「私が、精神の戦いにのみ剣を使うとはそういう意味である」と締めくくる。情動の組織化をめざすこのレトリック・ロゴスは、「同志の心情と非情」（一九七〇）における、一九六九年一月一八日の安田講堂、同年の一〇・二一国際反戦デーと新宿騒乱に対する幻滅につながっている。全共闘と新左翼運動が組織したいずれの闘争も、死の行使という決断を欠き、「内発性」を欠如している。しかしそれらの集団は、死を決断し行使しさえすれば、内発性を有した集団に転化する。さらに対峙する相手が米軍であれば、ただちに〈日本人〉が立ち上がるはずである、という行為遂行性を、三島は対置しているのである。それが「精神の戦いにのみ剣を使う」ことであると。剣＝死の行使というレトリックを通して、言葉の臨界を超えた強度そのものを実現しようとしているのである。

田邊元の「死生」に連なる、死の実存性と臨界性を引き合いにした三島の〈剣〉の倫理は、悲壮な袋小路に行き着かざるを得ない。だが、「「変革の思想」とは」（一九七〇）および「楯の会」の憲法改正草案研究会の配布資料である「問題提起」（一九七〇）が示すように、三島の民族主義が、戦後国際社会秩序と戦後憲法をふまえた秀逸な国家論と補完関係にあることは、急いで付け加えておかなければならない。

加えて指摘すれば、三島が「美的テロリズムの内包するアナーキズム」の美学を自らの芸術哲学の核心とし、さらには『豊饒の海』が「色即是空」の唯識にもとづく輪廻転生に枠組みを借りて書かれたように、芸術家としての三島という観点からいえば、死の絶対性はテロス＝終結点ではない。ただしそうした文学者としての本能を拒絶しても、「言語表現の最後の敵」（『太陽と鉄』）としての組織的行動に決起しなければならない敗戦経験と負債があったのだと、私もこれまでの先行研究にならって述べておく。「楯の会」の身体的共同性にもとづく関係性は、一九七〇年一一月二五日の蹶起をうながした直接的な負債となっていただろうと考える。

おわりに

三島由紀夫の民族主義革命が、一九五四年の「新ファッシズム論」のような論証を通して、日本のファシズムと西洋のそれとの差異を示そうとしても、三島と先行する西洋のファシズム思想との類似は明らかである。いずれも〈死〉が、国家神話を旗印としながら民族主義的主体を立ち上げる革命の倫理と実存を担保しているからである。ただし歴史的に経験されてきた民族解放運動や社会主義を目標とした革命運動においては、少なくともその初発においては、当為としての〈死〉という思惟とは正反対に、むしろ死や犠牲をいかに最小限にするかが問われてきた。通俗的には無差別乱射事件と喧伝されている、一九七二年五月三〇日の日本赤軍とパレスチナ解放人民戦線＝PFLPの共同作戦によるリッダ＝テルアビブ空港乱射事件も、攻撃対象は空港警備兵であり、目的は空港占拠にあったが、パニックになったイスラエルの警備兵が銃を乱射したことが原因で、「無差別乱射」に至ったと考えられている。また、このリッダ闘争で亡くなった日本赤軍の安田安之は、誰かが投げた手榴弾が壁に当たって跳ね返ったため、周辺の人々に被害を与えないため自分の体を手榴弾に被せて亡くなっている（吉村和江「日本赤軍とは何か」、『文藝別冊』「〔総特集〕赤軍 RED ARMY 一九六九→二〇〇一」、河出書房新社、二〇〇一年）。スペイン内戦の経験者で、キューバ革命の軍事顧問であったアルベルト・バーヨの『ゲリラ戦教程』（「世界革命運動情報」一六号、一九六九年二月二五日発行、収録）では、同志の生命に気を配るものこそが「完璧なゲリラ戦士」であること、交戦時には「負傷者は絶対に見棄てないこと」が主張されている。革命の道義性としては、こちらのほうが優っている。

だが、革命の解放の瞬間を組織的かつ継続的に維持しようとすれば、革命の道義性は失われ、それは残虐な権力の暴力の支配によって頽落する。身体的な直接行動がともなう刹那的な解放の瞬間――「美的テロリズムの内包するアナーキズム」――から目を離さなかった三島は、常に革命をその頽落から救済しようとした。永続革命的なそのポジションを情熱的に追求した三島は、戦後日本社会において稀有であり、その特異性は今日においても際立つ。一九七〇年一一月にその生涯を終えた三島は、東アジア反日武装戦線も、連合赤軍事件も、日本赤軍によるパレスチナ革命への関与も知らなかった。しかしたとえその同時代を生き、新左翼運動が直面した困難と政治の季節の終焉を経験したとしても、彼の民族主義革命と、この日常を革命化しようとする情熱的で知的な関与は変わらなかっただろうことを、私も確信する。かつて三島の自決は「反面同志の死」(平岡正明)であったが、(9)「同志」の代わりに、本稿で私が三島を革命家と呼んできたのはそれが理由である。

(日本思想史)

注

(1) 松沢哲成『橘孝三郎　日本ファシズム原始回帰論派』三一書房、一九七二年。
(2) 武内進一「アフリカにおける土地政策の新展開と農村変容」、同編著『現代アフリカの土地と権力』日本貿易振興機構アジア経済研究所、二〇一七年、所収。
(3) 黒龍会編『日韓合邦秘史』上、原書房、一九六六年、三六六-三九三頁。
(4) 井上清・渡部徹編『米騒動の研究』第三巻、有斐閣、一九六〇年、一六二-一六三頁。
(5) 長谷川寧『水平運動並に之に関する犯罪の研究』司法省調査課(一九二七年)、五〇頁。また、群馬県議会事務局編『群馬県議会史』第二巻、群馬県議会、一九五四年、二〇〇六頁。なお長谷川寧報告では「自警団」と表記。

(6) 一九六九年一〇・二一国際反戦デーに際しては、山本舜勝『自衛隊「影の部隊」——三島由紀夫を殺した真実の告白』(講談社、二〇〇一年)が、「楯の会」とデモ隊の衝突と自衛隊主力の出動、そして戒厳令布告による首都制圧という権謀を、三島が政財界や自衛隊と接触してめぐらせていたことを明かしている。「覚めていた」北一輝のように敗北を予想していたとしても、である(さらに徳岡孝夫『五衰の人——三島由紀夫私記』文藝春秋、一九九六年も参照)。

(7) 磯部浅一『獄中手記』中公文庫、四三頁。

(8) 平野啓一郎『三島由紀夫論』新潮社、二〇二三年、「結論」を参照。

(9) 『平岡正明著作集』上、月曜社、二〇二四年。

全集収録一覧

（〔　〕内は『決定版　三島由紀夫全集』〔新潮社〕収録巻を示す）

大東亜戦に対する所感　〔補巻〕
わが世代の革命　〔26巻〕
最高の偽善者として　〔27巻〕
新ファッシズム論　〔28巻〕
（『小説家の休暇』新潮文庫にも収録）
亀は兎に追いつくか？　〔29巻〕
一つの政治的意見　〔31巻〕
私の戦争と戦後体験　〔33巻〕
二・二六事件と私　〔34巻〕
（『英霊の聲』河出文庫にも収録）
「道義的革命」の論理　〔34巻〕
（『文化防衛論』ちくま文庫にも収録）
自衛隊を体験する　〔34巻〕
祖国防衛隊はなぜ必要か？　〔34巻〕
円谷二尉の自刃　〔34巻〕
二・二六事件について　〔34巻〕
F104　〔33巻〕
（『太陽と鉄・私の遍歴時代』中公文庫にも収録）
五月革命　〔35巻〕
橋川文三氏への公開状　〔35巻〕
（『文化防衛論』ちくま文庫にも収録）
新宿騒動＝私はこう見た　〔36巻〕
自衛隊二分論　〔35巻〕
北一輝論　〔35巻〕
「国を守る」とは何か　〔35巻〕
STAGE-LEFT IS RIGHT FROM AUDIENCE　〔35巻〕
「楯の会」のこと　〔35巻〕
同志の心情と非情　〔36巻〕
「変革の思想」とは　〔36巻〕
「蓮田善明とその死」序文　〔36巻〕
性的変質から政治的変質へ　〔36巻〕
問題提起　〔36巻〕
檄　〔36巻〕

本文中、今日からみれば不適切と思われる表現がありますが、
書かれた時代背景と作品価値とに鑑み、そのままとしました。

「国《くに》を守《まも》る」とは何《なに》か
三島由紀夫《みしまゆきお》政治論集《せいじろんしゅう》

二〇二四年一二月一〇日　初版印刷
二〇二四年一二月二〇日　初版発行

著　者　三島由紀夫《みしまゆきお》
発行者　小野寺優
発行所　株式会社河出書房新社
〒一六二-八五四四
東京都新宿区東五軒町二-一三
電話〇三-三四〇四-八六一一（編集）
〇三-三四〇四-一二〇一（営業）
https://www.kawade.co.jp/

ロゴ・表紙デザイン　粟津潔
本文フォーマット　佐々木暁
本文組版　株式会社キャップス
印刷・製本　TOPPANクロレ株式会社

Printed in Japan　ISBN978-4-309-42155-1

英霊の聲

三島由紀夫 40771-5

繁栄の底に隠された日本人の精神の腐敗を二・二六事件の青年将校と特攻隊の兵士の霊を通して浮き彫りにした表題作と、青年将校夫妻の自決を題材とした「憂国」、傑作戯曲「十日の菊」を収めたオリジナル版。

復讐　三島由紀夫×ミステリ

三島由紀夫 41889-6

「サーカス」「復讐」「博覧会」「美神」「月澹荘綺譚」「孔雀」など、三島由紀夫の数ある短編の中から選び抜かれた、最もミステリアスな傑作12篇。『文豪ミステリ傑作選　三島由紀夫集』を改題復刊。

官報複合体

牧野洋 41848-3

日本の新聞はなぜ政府の"広報紙"にすぎないのか？　権力との癒着を示すさまざまな事件をひもとき、「権力の応援団」となっている日本メディアの大罪を暴いていく。

東京裁判の全貌

太平洋戦争研究会〔編〕　平塚柾緒 40750-0

現代に至るまでの日本人の戦争観と歴史意識の原点にもなった極東国際軍事裁判。絞首刑七名、終身禁固刑十六名という判決において何がどのように裁かれたのか、その全経過を克明に解き明かす。

ニッポンの正体

白井聡 42103-2

なぜ日本は堕ちていくのか？　すべての原因は隠された〈戦後体制〉にあった。気鋭の政治学者が、長く続く腐敗した日本の体制を国内外の政治力学と丁寧に比較し、わかりやすく読み解く。時代の必読書。

アメリカに潰された政治家たち

孫崎享 41815-5

日本の戦後対米史は、追従の外交・政治史である。なぜ、ここに描かれた政治家はアメリカによって消されたのか。沖縄と中国問題から、官僚、検察、マスコミも含めて考える。岸信介、田中角栄、小沢一郎…。